凡人修仙之仙界篇

2

忘语 著

ARCTIME 时代出版
时代出版传媒股份有限公司
安徽文艺出版社

图书在版编目（CIP）数据

凡人修仙之仙界篇.2/忘语著.—合肥：安徽文艺出版社,2019.5
ISBN 978-7-5396-6599-3

Ⅰ.①凡… Ⅱ.①忘… Ⅲ.①长篇小说－中国－当代
Ⅳ.①I247.5

中国版本图书馆CIP数据核字(2019)第040184号

FANREN XIUXIAN ZHI XIANJIE PIAN 2

凡人修仙之仙界篇2

忘语 著

出 版 人：朱寒冬
责任编辑：王　涛　李　芳　曾柱柱
装帧设计：田星宇　曹希予

出版发行：时代出版传媒股份有限公司 www.press-mart.com
安徽文艺出版社 www.awpub.com
地　　址：合肥市翡翠路1118号 邮政编码：230071
营 销 部：(0551)63533889
印　　制：湖南天闻新华印务有限公司 电话：(0731)88387856

开本：710mm×1010mm 1/16 印张：18 字数：247千字
版次：2019年5月第1版 2019年5月第1次印刷
定价：34.80元

内容简介

大千世界/云谲波诡/世族纷争/秘境激斗　隐忍少年/逆境崛起/历经考验/叱咤风云

上古秘境梦魇宫出世，引得天南州各大势力钩心斗角，分别派遣后辈历练探险。主人公钟沉跟随秘境探险一行人，于历练中斩获各类奇宝，得金戈剑，收金傀儡，并结识了越、唐两家的后辈。

梦魇宫外，各方旁门觊觎秘境宝物，纷纷暗中出手，掀起一场混战。钟沉一路过关斩将，名声大噪，顺势崛起。但与此同时，围绕钟沉的巨大阴谋也渐渐浮出水面……

目　录

CONTENTS

目　录

CONTENTS

第31章
暗流

“那人既然被十方楼通缉，实力必定不弱，就算他如今身处下界，会受到界面之力的压制，也不是区区两三个大乘期修士能对付得了的。”骨焰散人沉吟片刻后，冷静地说道。

“这一点道友不必担心，据贫道了解，此人如今身受重伤，实力大减，充其量也就比一般大乘期修士略强几分。”净明真人摆了摆手说道。

“让下界宗门去对付一名仙人，此举仍然有些冒险，不如等此人离开灵寰界之后，再由我们几人亲自动手？”骨焰散人想了片刻后，提议道。

“贫道以为，此事宜早，迟恐生变。十方楼能给出如此丰厚的赏金，说明此人身上一定有什么大秘密，即便没有，那些赏金也足以让我们为之一搏了。”净明真人说道。

骨焰散人眼神闪烁，似乎被净明真人的一番说辞打动了。

片刻之后，他才说道：“好，此事我记下了。若一切真如你所言，你我两宗便联手解决此人。至于具体事宜，等我返回黑水城商议之后再定。”

“阎兄英明。”净明真人笑着说道。

数日后，灵寰界，境元观深处一座大殿。

殿内正中央有一座白玉平台，上面有一个传送法阵正在“嗡嗡”运转，发出刺眼的白光。

阖山道人站在法阵前，面无表情地看着法阵，似乎在等待着什么。

片刻后，传送法阵发出的白光一闪，无数符文浮现而出，那些符文盘旋飞舞，绽放出耀眼的光芒。

光芒敛去后，现出一高一矮两名男子。

个子较矮的那人是一名黑袍秃顶老者，他微微有些驼背，双手背在身后，脸色黝黑，浑身散发出一股说不出的阴冷气息。

另一名中年男子，身穿黑袍，颇为儒雅，正是段人离。

“童道友，段道友，今日两位大驾光临，我境元观可真是蓬荜生辉啊。这么多年未见，两位风采依旧，尤其是童道友，修为大增啊，真是可喜可贺！”阖山道人朝两人拱了拱手，笑着道。

原来，秃顶老者正是天鬼宗另一位大乘期存在——童人垩，在整个灵寰界，他也称得上是第一修士。相传他性情孤僻，常年不在宗内，没有人知道他的闭关之处。

童人垩冲阖山道人轻轻地点了点头，算是打招呼。

“阖山道友，别来无恙。”段人离朝阖山道人还了一礼，淡笑着说道。

“两位道友，此处不是说话的地方，请随我前往偏殿。”阖山道人呵呵一笑，做了一个请的手势。

片刻后，三人来到一间偏厅，分别落座。

“阖山道友，那个韩立如今身在何处？”童人垩一坐下，便直接问道。

“不瞒两位道友，这位韩真仙，如今正在敝宗的聚星台。他上去之后，未离开过一步，算起来，至今已有半年了。”阖山道人坦言道。

“他堂堂一名真仙，借用聚星台必有所图，阖山道友可知其中内情？”段人离慎重地问道。

“这一点我想过，也曾数次深夜观察，还让本宗一名合体期修士以护卫之名日夜守在他旁边，但都没有发现什么异常。从他修炼的情形和引发的天象来看，他应该是在修炼某种必须借助星辰之力才能完成的特殊功法。”阖山道人答道。

“此人的肉身已经强大到不可思议的程度，又能施展某种古怪的秘术，化身真灵山岳巨猿和青鸾，如今他还在继续修炼肉身，莫非他是一名玄仙？”段人离猜测道。

“很有可能。根据净明祖师所述，此人身受重伤之后失去了仙体，如今他身处本界，实力会受到不小的压制，顶多只能算是个半仙吧。”阖山道人点了点头，说道。

“哪怕是半仙，也比普通大乘期强者更加可怕，我们还是慎重一点为好。”童人坙沉声道。

“童道友所言甚是，此事非同寻常，而且牵连甚广，必须想一个万全之策，这也是我今日请两位来此的原因。”阖山道人闻言，神色凝重地点了点头，说道。

“此处毕竟是阖山道友的地盘，对于此次行动道友想必早已考量过了，我们愿闻高见。”童人坙看向阖山道人，说道。

“嘿嘿，童道友客气了。在下是有些拙见，但还需要和两位道友商榷。”阖山道人笑着说道。

深夜时分，万籁俱寂，境元观内的亭台阁楼均笼罩在朦胧的夜色之中，唯独九宫峰峰顶亮若白昼。

六道巨大的光柱从星空垂下，光柱上白光闪动，化作点点银光弥散开来。很快，整个聚星台就弥漫着一片银色光点。

聚星台上，韩立闭目盘膝而坐，只见他浑身透亮，肌肤表面笼罩了一层银光，浑身的肌肉都散发出淡银色的金属光泽，在他胸腹处，还有六个呈勺子状排列的蓝色光点在不停闪烁。

就在此时，六道黑光从六道通天光柱中飞出，将六面巴掌大小的古朴黑镜卷起，飞入了韩立体内，消失不见。

半晌后，韩立缓缓地睁开双眼，长出了一口气。

在聚星台及星月宝镜这两件异宝的辅助之下，他终于修成了小北斗星元功第六层。

"还差最后一步。"韩立喃喃自语，随后站起身，跨步向前走去。

只听"轰"的一声巨响，整个聚星台随之一震，韩立也不由得一个踉跄，他竟然一脚将石台踩出了一个窟窿，半截小腿都陷了进去。

韩立见此，不禁有些哭笑不得，他没想到第六层功法大成之后，自己肉身的力量竟然会有如此明显的增强。

方才他只是没有控制好脚下的力度而已，就有如此惊人的破坏力。所幸被他踩烂之处，并没有刻星图法阵，不会影响聚星台的使用，否则，他就有些不好交代了。

想到这里，他不由得伸手摸了摸鼻子。

护卫在聚星台四周的几名境元观长老，感受到剧烈的震动以后，皆是一怔，其中三人都不约而同地望向了那名合体期白须老者。

"没什么事，不必在意。"白须老者略微打量了一眼高台上方，便朝其余三人传音道。

自从韩立来此修炼，白须老者对这位实力堪比大乘期修士的高阶力修的所有行为，都已经习以为常，毕竟，在如此庞大的星辰之力的笼罩下依然能够泰然自若地修炼的人，还有什么是做不到的呢？而且，太上大长老给他的谕令，是严密监视此人的动向，尽量不要与之接触。

聚星台上，韩立深吸一口气，翻动手腕，取出了一面两尺来高的灰色盾牌。

这面盾牌是先前在天鬼宗混战时，他随手捡起的一件防御法宝，应该是哪个倒霉的炼虚修士之物。此盾通体以流光铁打造而成，还加入了炼晶，盾面刻有不少玄奥的符文，上面隐隐有光芒流转，看起来品阶不低。

他朝盾中注入法力，将原本加在盾牌之上的禁制悉数破开，接着两手把住盾牌，用力一捏。

"噗——"

盾牌表面光芒一闪，一连串"锵锵"声响起，接着整面盾牌就在他的揉搓之下，扭曲变形，变成了一团废铁。

韩立见此，心中一喜。他估计，自己如今的力量与肉身的强度比之前至少增强了一倍。

他抬头望了一眼天空中的璀璨星辰，心情逐渐平复，接着，他重新坐回到那幅北斗星的星图之上，闭目调息起来。

约莫一个时辰之后，韩立双手掐诀，开始吟诵小北斗星元功第七层的功法口诀。

天空中的北斗星突然大放光芒，不过，它发出来的却是迥异于周围群星的蓝银色光芒，并且忽明忽暗，剧烈地在闪烁。

这一次，夜幕中赫然有七道粗大的银色光柱飞快地垂落下来，轰击在聚星台之上。

聚星台上刻的所有星图，同时光芒大放。

只听“轰隆”一声巨响，整座九宫峰猛然一震，大片银光流转，形成了一个银光旋涡，在高台上疯狂地旋转起来。

原本笼罩在聚星台外的那层防护光罩，被这狂暴的星辰之力卷了进去，顿时裂成碎片，化作点点金光消失不见。

四名镇守聚星台的长老，也被旋涡的余波击中，其中三名炼虚期长老被震得倒飞了出去。

而那名合体期长老在发现不对劲之后，一口气祭出了数件防御法宝才勉强挡住了这股星辰之力的冲击。当他在百余丈外的空中重新稳住身体后，望向聚星台的目光中满是震惊。

与此同时，在数百里之外的某座山峰的峰顶，有三个人并肩而立，正是阖山道人、亶人垩与段人离。他们无一例外地全都望向了那一片耀眼的银光，那里正是九宫峰的方向。

三人均沉默不语，除了山风不时拂过，吹得衣角“猎猎”作响之外，附近寂静无声，气氛有些凝重。

半晌后，有人忍不住出声了。

“阖山道友，莫非这就是你所谓的万全之策？放任此人安然修炼，眼看他的实力得到大幅提升？”段人离质疑道。

“是我考虑不周了。看来此人应该是找到某种恢复之法了。”阖山道人叹了一口气，有些无奈地说道。

“此事不能再拖延了。”童人丕冷冷地说道。

“童道友所言极是。我们本来就已经准备得差不多了，有些细节原想再完善一下，现在看来是不能再耽搁了。”阖山道人说道。

“早就该动手了。”段人离说完后，双拳紧握，双眼中流露出跃跃欲试的神色。

翌日清晨。

冷焰宗圣火峰后山，隐于紫竹林海中的青瓦小院内。

司马镜明垂手立于一张紫檀几案前，望着墙壁上的一幅画像，神色恭敬地禀报着什么。

只见画像上光芒流转，一道人影跃然浮现，悬在半空中，那人面孔方正，双目炯炯有神，正是冷焰老祖。

“你是说，韩立如今已经开始修炼第七层功法了？”冷焰老祖轻咳了一声，问道。

“从昨夜传回来的关于天地异象的描述来看，多半不会有错。老祖，此人究竟是什么人？这种修炼速度，委实有些匪夷所思……”司马镜明忍不住问道。

“嘿嘿，他是什么身份我不清楚，不过我刚刚得知，这位韩道友正被仙界某个庞大的组织悬赏通缉，赏金之丰厚，即便是我听了也有些心动。就连常年闭关不出的净明老道，最近也动身去了阎老鬼所在的黑水城。依我看，天鬼宗和境元观怕是要有所行动了。”冷焰老祖不紧不慢地说道。

“那我们是否……”司马镜明闻言一惊，忍不住脱口而出。

“是否也加入那两宗所谋之事，去分一杯羹？”冷焰老祖直接打断了司马镜明的话。

司马镜明心知失言，连忙闭嘴。

“说起这位韩道友，净明老道与阎老鬼可能还没有亲自与他打过交道，我可是与他交过手的。此人绝不简单！方才听你说他已经成功修成小北斗星元功第六层，我便更加确信了这一点。赏金纵然令人心动，也要有命享用才行啊。”冷焰老祖大有深意地说道。

“镜明受教了。”司马镜明闻言，连忙应道。

深夜，聚星台上，韩立盘坐在七道银色光柱所形成的旋涡中，浩瀚的星辰之力从四面八方朝他体内涌来，助他修炼。

他身体一动不动，心里却有无数念头在转动。

他修炼小北斗星元功时引起的异象颇为惊人，在庞大的星辰之力的席卷之下，原本笼罩着聚星台的防护禁制被击碎，镇守在此的那四名境元观长老被震飞之后，再也没有出现过，而阖山道人对此竟然不闻不问，对他未免太放心了吧。

这本来不是什么大事，但韩立能清楚地感应到，在最近一段时间内，原本住在聚星台附近的修士们都陆续离开了洞府，并且之后再也没有回来。

起初他并没有觉得有什么不对劲，毕竟宗门内有修士外出游历或执行任务而长期不归是常有之事，但当这种情况持续了半个月之久后，他终于生出了警惕之心。

就在刚才，不知为何韩立突然隐隐觉得有些不安，一种不妙的感觉涌上了心头。

韩立沉吟片刻后，收回了部分接引星辰之力的神识，将其释放出去，迅速探察起方圆数百里之内的一切。

就在此刻，聚星台上方突然浮现出一道粗大无比的白光，仿佛将整片天空撕成了两半，看起来诡异至极。

“刺啦！”

密密麻麻的银色符文从白光中源源不绝地涌出，那些符文一出现，便滴溜溜一转，化为银色光晕弥散开来，将整片天空全都染成了银白色。

这些银色光晕迅速融合，形成一轮奇大无比的银色“月亮”，发出夺目的光芒，周围的星星随之黯然失色。

这一切都发生在刹那之间，就在银色“月亮”形成的瞬间，漫天星光也随之全部消失。

韩立见此，二话不说一闪身，就离开了九宫峰的范围，眨眼间他便飞到了二三十里外。

就在此刻，异变再生！

距离九宫峰数十里远的一座山峰“轰”的一声炸开，巨石滚落，山峰表面浮现出一个巨大的白色符文，并腾起一道巨大的白色光柱，直冲天际。

几乎在同一时间，位于另一个方向的一座山峰也猛地一震，腾起一道巨大的绿光。

“轰隆隆……”

八声巨响之后，九宫峰方圆百里内的八座原本看起来毫不起眼的山峰，在这一刻同时浮现出颜色各异的巨型符文，并从各自的符文中腾起一道巨大的光柱。

密密麻麻的各色符文在光柱周围浮现，然后迅疾地连在一起，眨眼间就形成了一个巨大的光罩，将以九宫峰为中心的百里范围，全都笼罩在里面。

光罩上无数五颜六色的符文不停转动，发出怪异的响声，相距很远也能感觉到上面传出的惊人的灵力波动。

光罩内，韩立遁光一敛，心中微微一沉。

虽然不知道境元观在谋划什么，但是就目前的情形来看，他们八成是对自已生了歹意。

他的目光向周围扫去，瞳孔中浮现出一片蓝光，接着眉头微微一皱。

这巨型禁制玄妙莫测，远非当日天鬼宗的鬼王天柱阵可比，他一时半会儿也看不出这禁制的弱点。

韩立当即毫不迟疑地飞身而出，眨眼间便来到了彩色光罩前，胸腹处六团蓝光一闪，接着他便提起拳头朝光罩某处狠狠地挥出。

一声惊天动地的巨响过后，光罩一阵颤动，光芒狂闪，浮现出一个凹陷的巨大拳印，密密麻麻的彩色符文纷纷向拳印聚集过来，凹陷处以肉眼可见的速度在恢复。

未等其彻底恢复，韩立又是一拳击在了那个凹陷的拳印上，光罩剧烈地颤动起来，似乎下一刻便要崩溃。

就在韩立的第三拳刚刚举起准备击出之时，半空中那巨大的“银月”骤然一亮，洒下万道银光，所有银光汇聚到一处，形成一道直径足有百里的巨大光柱。

韩立只觉眼前银光一闪，下一刻便恢复如初，但是他发现自己已经莫名其妙地出现在了一个陌生的世界。

这是一片广袤而荒凉的戈壁，地面到处都是大大小小的灰色石头，还有一些巨大的深坑。

天空飘着一层厚厚的灰云，给人一种极为压抑的感觉。

“又是洞天法宝吗？”

韩立低声自语，立即放出神识对周围进行探察。

结果，他的神识所到之处，除了荒芜的地面，便是深坑巨石，除此之外，什么都没有。

他略一沉吟后，将神识一凝，探入灰云之中。

韩立的神识一进入灰云，便有一种举步维艰之感，四处一片昏暗，即便他催动炼神术也只能勉强感应到十余丈远，仍然没有发现异常。

这灰云不知有什么古怪，以韩立那强大的神识，竟然都无法彻底透过它探察到更远的地方。

韩立目光闪动，将神识一收，打算动用其他手段进行探察，突然，他头顶的灰云剧烈地翻滚起来。

第32章

撒豆成兵

下一刻，一道道黄光从天而降，落在地面上。

每一道黄光落地后，便飞速膨胀，在一阵扭曲变形之后，化为一名金黄色大汉。

这些大汉皮肤呈金黄色，上面隐隐有金色光晕在流转，腰缠黄巾，手持各种武器，和传闻中的黄巾力士颇为相似。

他们看起来虽然和常人差不多，但身上没有丝毫活物的气息，脸上表情呆板，仿佛傀儡一般。

不到片刻的工夫，便出现了近千名黄巾力士，将韩立团团围住。

这突如其来的变化，让韩立微微一怔。

这些黄巾力士全都手持兵器，有刀、枪、剑、斧等。他们一落地，有的双腿一蹬直接跳起，仿佛一只只黄色大鸟在半空中滑行；有的则撒腿狂奔，引得大地一阵颤动。

刹那间，密密麻麻的黄巾力士大军从四面八方朝着韩立扑来，遮天蔽日，声势骇人。

韩立站在原地一动不动，从容不迫地四下扫视了一眼。

下一刻，一名黄巾力士当先冲至韩立身前，黄巾力士手中的长枪刺出，幻化出一道道枪影，袭向韩立。

韩立眉梢一动，视那些枪影如无物，不退反进，单手探出，如闪电般飞快地抓住了长枪。

一股巨大的力量沿着手臂传来，让韩立不禁微微一晃，虽然他瞬间便稳住了身体，但他眼中仍然闪过一丝惊讶的神色，这黄巾力士的力量着实惊人！

思量间，韩立抓住长枪的手臂往后一拉，顿时将那名黄巾力士扯得一个踉跄，同时韩立的另一只手握拳轰出。

“砰！”

那名黄巾力士手中的长枪脱手，整个人被击得倒飞了出去，狠狠地砸在后面的人群之中，将数十名黄巾力士都撞飞了。

岂料，那名黄巾力士一个翻身，立刻就站了起来，只是他的胸前多了一个清晰可见的拳印。他的动作虽然比刚才迟钝了几分，但仍然和其余的黄巾力士一起，继续朝着韩立冲去。

韩立将手中的长枪往身后掷出，将数名黄巾力士震飞。他回头一看，略觉惊讶，刚刚那一拳他足足用了五成的力量，都可以打碎一座山峰了，眼下竟然连一名黄巾力士都没打死。

此时，周围的黄巾力士已经蜂拥而至。

韩立冷哼一声，接连闪身，同时双手握拳一抖，双拳变得模糊起来。

密密麻麻的拳影浮现而出，朝着四面八方轰击而去，“砰砰”声大作！

离韩立最近的那些黄巾力士顿时被一一击飞，他们胸前都出现了一个深深的拳印，他们飞出去时和后面的黄巾力士撞在一起，又带倒了一片，黄巾力士大军原本气势汹汹的攻势随之一缓。

那些被击飞的黄巾力士倒地后，过了片刻便纷纷翻身站了起来。

韩立目光一冷，身体一晃，犹如鬼魅般出现在一名刚刚被击飞的黄巾力士身前，毫不犹豫地提起拳头击在了对方胸口拳印的位置。

“咔嚓！”

那名黄巾力士浑身一颤，身体表面浮现出一道道裂纹，一道道黄光从裂纹中射出，接着，黄巾力士的身体轰然碎裂，化为漫天黄雾飘散。

韩立神色一缓，这些黄巾力士虽然身躯强健，但也并非打不死。

周围的黄巾力士瞬间又蜂拥而至。

韩立深吸一口气，只见他胸前蓝光一闪，浮现出六个光点，他的身体猛地变大了一圈，然后左右一晃，幻化出几个模糊的身影。

“砰砰砰！”

飞扑过来的黄巾力士一接触韩立的身影，便被震得倒飞出去，直接化为黄雾消散开来。

韩立两手舞出一股飓风，那飓风所过之处，密密麻麻的拳影浮现而出，巨大的轰鸣声不断响起！

他周围十几丈内的所有黄巾力士尽数被击飞，化为一团团黄雾消散不见。

哪怕这些黄巾力士再强悍，在韩立使出了小北斗星元功之后，也变得不堪一击。

仙界，一片广袤无垠的漆黑海域。

海面上阴风呼啸，黑雾弥漫，不断掀起十几丈高的滔天巨浪。

在海域中黑雾最为浓郁之处，有一座巨大的黑色城池。此城高逾百丈，面积颇广，正北面的城门之上，刻着三个大字：“黑水城”。

城池外面的城墙，以黑色的巨型方石垒砌，在阳光的映照下，折射出水晶般的光泽。城内宛如寻常城镇，既有河流田地、庄稼林木，亦有大小街道、市肆宫殿，也能看到，行人来来往往，川流不息。

城内并非一马平川，越靠近城中心，地势就越高，建筑分布也越密集，宫殿阁楼也越宏伟。

整个城池的最高处还有一座内城，一条黑色河流将其与外围的其他建筑隔开，俨然一道分界线。

内城之中，既有亭台楼阁，又有池馆水廊，还有假山和花园。内城中心处是一个广阔的平台，平台上耸立着一座三层的重檐阁楼，阁楼朱红斗拱交错，琉璃黄瓦盖顶，上有龙凤雕塑盘踞，十分精致华美。

阁楼最高的那一层，所有窗户大开，由此向下望去，视野极为开阔，不仅能将城内的风景尽收眼底，就连黑水城之外的大片黑色海域，也一览无余。

阁楼内的陈设十分简单，只在正中央摆放了一张方形几案，几案两侧，各有一个圆形的丝质蒲团。

几案之上，一只暗红色的紫铜铭兽香炉中正有袅袅青烟缓缓冒出，香气弥漫了整个房间。

右侧蒲团上，一个头戴莲花紫冠、须发灰白的消瘦老者盘膝而坐，他正捧着一只精美的茶盏，细细地品着茶。

茶盏之中的茶水，颜色碧绿，香气闻着很淡，入口之后的口感却极为细腻，灵气浓郁，令人回味无穷。

消瘦老者缓缓放下手中的茶盏，由衷地赞叹道："骨焰道友这黑水灵茶，果然名不虚传啊。"

"净明道友谬赞了。你若是喜欢，可以多带一些回去。"对面一名面色蜡黄的宽额男子，笑着说道。

"之前因为下界宗门之碍，我与阎兄之间少有走动，我们日后应当多多合作，共谋发展才是。"净明真人面露笑容说道。

"这次若能拿下那人，说不定我们以后还要通力合作，一起挖出他身上所藏的秘密。"骨焰散人点了点头说道。

"说起来，那人的身份，阎兄查到了吗？"净明真人正色道。

"上次你联系我之后，我便多方打探，但是没有得到半点有用的信息，你那边可有什么发现？"骨焰散人摇了摇头，说道。

"情况与你这边差不多，我也摸不清那人的底细。十方楼那边透露的消息十分有限，只知道委托人来头不小，更具体的就不知道了。"净明真人轻叹一声道。

"越是如此，我对那人身上隐藏的秘密就越感兴趣了，看来唯有等我们拿下他之后再好好拷问一番了。"骨焰散人嘿嘿一笑道。

"哈哈，看阎兄这信心十足的样子，想必是提前赐了秘宝给门下弟子吧？”净明真人爽朗一笑，试探性地问道。

“难道道友没有赐予弟子秘宝？”骨焰散人瞥了净明真人一眼，反问道。

净明真人毫不在意，笑了笑说道：“为了确保万无一失，我自然也是赐予了秘宝的。”

“我早前在机缘巧合之下种出了一些兵豆，直到半个月前那些兵豆才成功转化为道兵。这次正好用得上，我就将它们赐下去了。”骨焰散人见净明真人不愿多说，也没有多问，而是说出了自己的秘宝。

净明真人闻言神色一变，十分吃惊：“居然是道兵……阎道友可真是福缘深厚，造化惊人啊。”

“不过是下三品道兵中的黄巾道兵而已，不值一提。”骨焰散人挥了挥衣袖，摆出一副不在乎的样子，眼底深处却闪过一丝自得之色。

“即使是下三品的道兵，威力也远非其他法宝所能比，弟子们有了此宝，纵使那姓韩的有三头六臂，也是手到擒来。”净明真人说道，言语中充满了艳羡之意。

骨焰散人闻言，微笑着没有说话。

这时，净明真人忽然又想起一件事，挑眉问道：“对了，这韩立名义上是冷焰宗的外门长老，冷焰那家伙不会也来插上一脚吧？”

“他若不怕以后灵寰界只剩下两大顶级宗门，就尽管来试一试。”骨焰散人面色一寒，冷笑着说道。

净明真人点点头，脸上也露出了一丝冷笑。

神秘空间中，某处厚厚的灰云上方，有三个人正悬在半空中，这三人正是童人垩、阖山道人和段人离。

此刻的段人离手捧一只黄色的葫芦，口中念念有词。这葫芦足有半人高，表面亮起一圈圈金光灿灿的细密小字，葫芦嘴处还有一些金色符文在飘动，散发出一股股灵气。

玄奥晦涩的咒语从他口中传出，葫芦上随之亮起金色光芒，接着，一颗颗犹如黄豆一样的东西从葫芦中飞出，纷纷朝着下方飞射而去。

这些“黄豆”一接触到灰云，就被灰云表面浮现出的细小旋涡吞噬了，不见踪影。

“这莫非是……撒豆成兵？没想到道友竟然能够施展此等传说中的仙术！”阖山道人望着段人离手中的黄色葫芦，羡慕地说道。

“阖山道友见识不凡。不过此等仙家秘术，以我们这点修为如何能够掌握？多亏了祖师赐下的这件秘宝，我们才能勉强召唤出一些道兵。”童人巠说道。

“原来如此。那韩立的肉身极为强大，寻常手段还真对付不了他。让这些黄巾力士打头阵，先消耗他的气力，此举甚妙！”阖山道人点了点头，称赞道。

“只是配合阖山道友这件洞天之宝的权宜之计罢了。如今这第一步虽然已经成功了，但真要杀死他，可能还要我们三人一起出手。”童人巠沉吟道。

“时间差不多了，阖山道友能否让我们看看下面的情形？”段人离口中的咒语声一停，转头看了过来。

阖山道人点点头，手一扬，一道银光从他手中射出，银光里面隐隐有一颗鸡蛋大小的银色珠子。

那银色珠子滴溜溜一转，便出现在三人身前的空中。

“噗——”

银色珠子突然爆裂，一团银色烟雾弥漫开来，凝聚成一面银色镜子，镜面一阵模糊之后，一幅画面清晰地呈现出来。

三人看清画面中的情形后，脸色顿时一变。

画面之中，无数黄巾力士从天而降，从四面八方朝着中间的高大青年扑去。

高大青年并无太多动作，只是不停打出一道道拳影朝着四周轰击而去。

周围的黄巾力士一接触到高大青年的拳影便被击飞，他们根本无法靠近高大青年。

不过几次呼吸的工夫，便有七八十名黄巾力士被击飞。

而高大青年神色从容，动作没有丝毫迟缓，似乎击飞这些黄巾力士根本不用花多少力气。

就在这时，只听“扑哧”一声，三人面前的银色镜子突然碎裂开来，化为烟雾消散了。

“这……这怎么可能？！”段人离脸色有些难看。

“这些黄巾力士虽然不懂任何秘术功法，但他们的肉身都十分强悍，堪比高阶力修。就算是我们被上百名黄巾力士围住也会觉得棘手，韩立却应付自如，可见我们还是低估了他的实力。”童人垩眉头一蹙，说道。

“莫非他的伤已经痊愈了？”阖山道人猜测道，心里直打鼓。

“他的伤若是这么容易就能痊愈，他又何必离开仙界，来到灵寰界？事已至此，一不做二不休，按照之前商议好的，还是我们三人一起动手。”童人垩面色一寒，说道。

洞天空间中，韩立一闪身避开了数名黄巾力士的夹击，只见他右臂一挥，七八道拳影浮现而出，每一道拳影都准确无误地轰击在一名黄巾力士的脑袋上。

“砰砰砰……”

七八名黄巾力士被打飞，化为黄雾消散。

转瞬间，便有数十名黄巾力士被消灭。

经过一段时间的交锋，黄巾力士在韩立眼中已经不足为虑，因为，他击杀黄巾力士的速度，已经超过了他们从四面八方拥来的速度。

周围黄巾力士的数量骤减大半之后，韩立眼中蓝光闪动，朝着上方的灰色云层望去，准备找机会一举冲破云层，探个究竟。

就在此时，天空中洒落的黄光骤然一停，某处灰云随之一阵震颤，接着，灰云从中间裂开了一道十余丈宽的口子，三道遁光从天而降，悬于半空中。

光芒敛去，露出三个人。

韩立目光一扫，双眼微眯。

三人之中除了肥硕如山的阖山道人和手捧黄色葫芦的段人离外，还有一名身材矮小的黑袍秃顶老者。

“阖山道友，看来你已经和天鬼宗联手了，真是遗憾。”韩立神色如常地说道。

“韩道友，这可怨不得贫道啊，要怪只能怪你得罪了不该得罪的人，贫道也是不得已而为之。”阖山道人辩解道。

“哦？看来段道友的面子还真大。”韩立想到了什么，面色不变地望向段人离，讥讽地说道。

“韩道友拥有此等实力，在灵寰界自然可以要风得风，要雨得雨。若只是因为区区一百斤阴辰石，我天鬼宗怎会如此大动干戈？”童人垩干笑了几声，说道。

“我没猜错的话，想必阁下就是天鬼宗第一修士童道友了吧？不知在下究竟得罪了何人，竟劳烦三位同时出手？”韩立目光一转看向童人垩，缓缓地问道。

“韩道友若想拖延时间，恐怕要失望了。动手！”

话音未落，童人垩就将衣袖一甩，祭出了一本灰色的古书，并单手一抬朝着古书一点。

那本古书顿时飞快地翻动起来，一道道灰白色的光芒从书页中疾射而出，化为一只只身长六七丈，长着鬼首鹰身蝎尾的怪鸟，眨眼间，便出现了数十只怪鸟，在空中盘旋。

“韩道友，得罪了！”

阖山道人说完，单手一扬，一件淡蓝色的法宝飞出，一闪没入了半空的灰云之中，接着他伸出一根手指冲空中一点。

“轰隆隆！”

天空中那厚厚的云层立刻翻滚起来，发出震天的雷鸣声，一道道粗大的灰黑色电光在云层中闪现，骇人至极。

段人离口中念念有词，他手中的黄色葫芦表面金色符文缭绕，发出尖啸声，下一刻，数以百计的黄色豆子从葫芦口飞射而出，并在落地后纷纷化为黄巾力士。

三人犹如说好了一般，同时开始施展招术。

韩立手中动作不停，目光落在了那只黄色葫芦上，眼底浮现出惊奇之色。原来这些黄巾力士是这么来的！

这个念头在韩立脑海中一闪而过，下一刻他手臂一抖，密密麻麻的拳影浮现而出，朝着周围横扫而去，一下就将十几丈内的所有黄巾力士震飞了，随后他一跃而起，朝着段人离飞去。

这三人如此煞费苦心地将自己拖入这洞天空间中，肯定别有用心，说不定还有其他手段，自己必须先下手为强。

就在此时，十余只怪鸟双翅一展，朝着韩立俯冲而来。

怪鸟未至，它们背后的蝎尾冲着韩立一阵颤动，无数条纤细的黑丝射出，将下方的韩立笼罩其中。

韩立见此，肩头轻轻一晃，整个人斜飞出去，令怪鸟的攻击全都落在了空处。

就在韩立在不远处站稳并挥拳击飞两名黄巾力士后，他头顶上方再次响起破空声，又是数只怪鸟朝他俯冲而来。

几乎是同时，半空中传出“咔嚓”声，一道粗大的灰黑色电光从天而降，气势汹汹地向下劈来。

韩立眉头微皱，身上金光一闪，淡金色的鳞片浮现而出，顷刻间覆盖了他全身，同时，他一拳朝着上方轰去。

“轰隆隆——”

伴随着一阵巨响声，一团耀眼的灰黑色电光爆裂开来。

韩立并没有受伤，只是身子一晃，往后退了一步。

“叮当——”

那些怪鸟的蝎尾所发出的攻击落在韩立身上的鳞片上，发出一阵乱响，同时泛起星星点点的黑光，但并没有在鳞片上留下一丝痕迹。

“砰”的一声！

韩立随手扔出的一名黄巾力士砸中了一只怪鸟，怪鸟顿时发出一声哀鸣，与那黄巾力士一起殒命了。

第33章

玄黄之索

紧接着，半空中响起阵阵轰鸣声！

一道道灰黑色电光迅速劈下，耀眼的电光撕裂了周围的灰色空间，威势惊人。在半空中盘旋的怪鸟也不时朝下方发动攻击。

韩立闪转腾挪，随手出拳，轰击着空中的闪电和怪鸟，倒也能应付自如。不过如此一来，他一时半会儿无法再对段人离出手了。

黄色豆子仍然源源不断地从葫芦中飞出，而韩立击杀黄巾力士的速度却变慢了，此消彼长之下，围在韩立身边的黄巾力士越来越多。

只是几次呼吸的工夫，韩立周围已经聚集了三四千名黄巾力士。令他不安的是，外围的黄巾力士并没有急于向他发动攻击，而是在一阵狂奔之后，猛然站定，一动不动。

“法阵！”韩立瞳孔一缩，心头顿时浮现出这两个字。

韩立心中念头一转，刚刚挥出的拳头瞬间张开，向前一抓将他身前的一名黄巾力士猛地提起，朝着外围的黄巾力士掷去。

“砰——”

一名站在外围的黄巾力士被砸了个正着。在猛烈的冲击下，两名黄巾力士双双倒飞出去，将周围的数名黄巾力士撞倒在地。

韩立双手挥舞，不断提起靠近他身边的黄巾力士，用力抛出，砸到外围的黄巾力士群当中。

至于无法闪避的灰黑色电光及怪鸟的攻击，他干脆无视了。

如此不过两三次呼吸的工夫，外围的黄巾力士已经横七竖八地倒了一片，陷入了混乱之中。

“不能再等了，速战速决！”童人亚面色一沉，冷冷喝道。

说完，童人亚当即翻手取出一块锈迹斑斑的玄黄色令牌，另一只手掐诀，口中念念有词，令牌表面顿时浮现出耀眼的黄光。

韩立头一偏，眉头一皱！虽然不知道这令牌是何物，但在童人亚祭出此物时，他竟有了几分心惊肉跳之感。

下一刻，童人亚手中的玄黄色令牌飞出，化为一道耀眼的黄光落在韩立头顶，令牌开始飞速旋转，玄黄色的古怪灵纹一圈圈亮起。

诡异的一幕出现了！

只见外围那些站定不动的黄巾力士同时双手交叉高举过头，他们身上陡然绽放出耀眼的黄色光芒，那光芒迅疾地汇聚至手臂交叉处，冲天而起。

所有耀眼的黄色光芒在空中彼此连接，形成一个黄色光罩，顷刻间便笼罩了以韩立为中心的千丈区域。

在被黄色光罩笼罩的瞬间，韩立只觉身体陡然一沉，犹如被万丈巨峰压住，动作一下就变得迟缓了。

就在此时，“噗噗”声此起彼伏！

被黄色光罩笼罩的地面上冒出一缕缕玄黄色雾气，那些雾气化为一条条玄黄绳索，如灵蛇般朝着韩立飞去，瞬间便缠绕在他身上。

韩立感觉自己的腰身、手臂和双腿都被捆住了，半点也动弹不得。

韩立心中暗叫不好，赶紧催动小北斗星元功法诀。只见他胸腹处亮起六团蓝光，体内爆发出一股巨力，身躯一扭，双臂猛然发力。

缠绕在他身上的玄黄绳索，顿时被拉得紧绷绷的，其中较细的数条，更是颤动不已，虽然这些绳索仍旧捆在他身上，但已经无法完全限制他的动作了。

与此同时，原本被段人离捧着的黄色葫芦，不知何时已经飞至他头顶上空。

段人离一张口，对着黄色葫芦喷出数口鲜血，接着，他开始吟唱咒语。

半空中的葫芦上黄光一闪，变至房屋大小，围绕葫芦口飘动的金色符文随之变成巴掌大小，发出夺目的金光。

“呼啦啦！”

无数黄色豆子从葫芦口喷出，悉数化为黄巾力士。

这些新出现的黄巾力士，略一跑动后便站定不动，同样双手交叉举过头顶，发出耀眼的黄光，汇入上方的黄色光罩之中。

虽然还没有完全挣脱玄黄绳索的捆缚，但韩立双拳紧握，接连砸出数拳，将身前的黄巾力士和怪鸟一一击杀，只是他的动作变得越来越迟缓。

似乎每多出一名黄巾力士，上方的黄色光罩便会变得更加凝实，从地面冒出的玄黄雾气也会增多。

如此一来，地面上的玄黄雾气越来越多，缠绕在韩立身上的绳索也变得越来越紧。

韩立只觉得身躯变得无比沉重，双臂之上仿佛压着数座大山，越来越难挥动。

突然，韩立身上亮起金光，一根根金毛从肌肤中长出，转瞬间他就化为一只金毛巨猿，身躯也变大了数倍。

他再次施展惊蛰诀，化身山岳巨猿！

童人垩与阖山道人看到眼前变至十余丈高的金毛巨猿，都是微微一怔。虽然他们早就从段人离口中听说过韩立的这种秘术，但亲眼见到之后，他们还是被韩立身上散发出来的可怕气息震惊了。

“阖山道友，你还愣着干什么？”童人垩低喝一声，将身前的古书一收，全神贯注地催动下方的大阵。

阖山道人闻言，回过神来，立刻停止催动灰黑色电光，只见他神色凝重，口中念念有词，同时两手掐诀，下一刻，密密麻麻的金色符文从他身上狂涌而出，一层金霞随之浮现。

此时，围在金毛巨猿周围的黄巾力士已经有上万名。

无穷无尽的玄黄雾气从地面冒出，汇入缠绕在金毛巨猿身上的玄黄绳索，使之变得更加粗大结实。

“嗷——”

金毛巨猿发出一声怒吼，它体内随之传出一阵“噼啪”声，接着，它浑身的肌肉充气般鼓胀起来，身上的金毛根根倒竖，它的身躯也再度变大，直到三十余丈高。

然而，缠绕在金毛巨猿身上的玄黄绳索竟然也随之变得更加粗大坚韧，依旧牢牢地捆绑着金毛巨猿。

下一刻，金毛巨猿身上忽然光芒一亮，它的身躯急剧缩小，又变成了十来丈高。

几乎是同时，那玄黄绳索也跟着发生变化，缩短变小了。

无论金毛巨猿变大还是变小，玄黄绳索总能牢牢地将它捆住，令它始终无法挣脱。

“想挣脱？简直是痴心妄想！”段人离目睹此景，不禁狂笑道。

“阖山道友，此时不动手，更待何时？”童人垩望向不远处的阖山道人，皱眉喝道。

阖山道人没有答话，衣袖一挥，一道金光从衣袖中飞射而出，停在金毛巨猿头顶上空，一幅青灰色的古朴卷轴从金光中浮现。

阖山道人并指朝着那卷轴一指，同时大喝一声：“疾！”

他身上的金霞立即从指端迸射而出，化作一道金光飞入了古朴卷轴中，卷轴青光一闪，左右晃动了几下，“呼啦”一下展开。

一片璀璨夺目的金光在卷轴上亮起，一道五六寸高的金色元婴虚影从中飞了出来。

那虚影中的金色元婴头戴莲花紫冠，身着赭黄道袍，容貌苍老，看起来竟与境元观老祖净明真人颇为相似。

与此同时，阖山道人不停吟唱咒语，一个个金色的古篆字符不断从卷轴中飞出，纷纷涌入那金色元婴虚影之中。

金色元婴被金光包裹着，很快就发生了变化，它竟化为一柄十丈余长的巨剑，剑身闪着金光，上面还镌刻着一道道奇异的金色符文，一阵阵令人心悸的恐怖波动从中传出。

童人亚与段人离在见到那巨剑浮现的瞬间，都露出了惊骇之色。

金毛巨猿猛地抬头，向上望去。下一刻，它双拳骤然握紧，六团巨大的蓝色光团在它胸腹处亮起，双臂肌肉鼓胀，奋力向身前收拢，准备迎击上方的巨剑。

缠绕在金毛巨猿手臂上的玄黄绳索，突然光芒大放，似乎有些撑不住了。

“不好，快！”段人离大声喝道。

童人亚脸色苍白，十指飞快掐动，不断打出一道道法诀。

半空中那玄黄色令牌的旋转速度骤然大增！

下方一万余名黄巾力士身上发出的黄光也随之大盛，更多的玄黄雾气从地面冒出，使得捆在金毛巨猿身上的玄黄绳索再次收紧。

金毛巨猿身子猛然一颤，它刚收回到胸前的手臂，又被拉回了身体两侧。

“疾！”

阖山道人再次大喝一声。

那柄悬于空中的巨剑猛然一颤，朝着金毛巨猿当头劈下。

“轰轰轰——”

巨剑所过之处，发出惊雷般的轰鸣声，传出一阵阵强烈的空间波动。

被剑光所覆盖的区域，光线扭曲，变得模糊一片，就连上方的云层都发生了变化，原本盘旋于上空的两三百只怪鸟避让不及，悉数殒灭。

此时的金毛巨猿无法挣脱玄黄绳索的束缚，根本避无可避。

就在这千钧一发之际，金毛巨猿猛地咆哮一声，浑身金光大放，金色鳞片瞬间从全身浮现而出，头上也多出了一只青色独角。

就在巨剑落下的瞬间，金毛巨猿略微向后一仰，脖子一梗，竟然用头撞了过去。

“轰隆——”

巨剑的剑尖重重地砍在了金毛巨猿额头处那只青色的独角之上，剑身发出的所有剑光瞬间炸裂，四下洒落。

整个空间随之摇动起来，巨剑附近出现了数十道灰白色的裂缝，一闪而过，金毛巨猿近百丈范围内的所有黄巾力士全都化为黄雾消散不见。

一片璀璨光芒之中，巨剑剧烈地颤动，然后弯成一个不可思议的弧度，一下弹飞了出去。金毛巨猿却只是晃了晃，丝毫没有受伤。

“怎么可能？！”阖山道人失声惊呼道。

童人垩与段人离两人见此，也是满脸震惊，说不出话来。

高空之中，巨剑浑身乱颤，一直飞出去百余丈后，才停下来。

未等阖山道人催动法诀，巨剑表面的符文骤然大亮，剑身爆发出尺许长的金光，再次朝着金毛巨猿急掠而去。

由于周围的黄巾力士数量减少，金毛巨猿的压力骤减，只见它略一扭动身体，正面迎向巨剑，然后猛地一吸气，胸膛一下高高鼓起，大口张开，眼中蓝光一闪，发出一声响彻云霄的咆哮。

“嗷——”

一股肉眼可见的气浪从金毛巨猿口中喷出，向着斜上方涌去。

上方空间一阵扭曲，顿时凹进去了十余丈深，附近所有的景物都变得模糊不清。

这一吼非同寻常，是韩立变身山岳巨猿后的另外一种大神通——金刚吼。这是一种威能大到无法想象的音波功法，以韩立如今的肉身之力施展此功，威能足以击碎空间。

“轰隆——”

又是一声巨响，巨剑以雷霆万钧之势猛然砸入这股气浪之中，巨剑顿时一滞，随后剧烈地抖动起来。

下一刻，“咔嚓”声不断响起，耀眼的金色剑光碎裂开来，巨剑之上显现出一张苍老的面孔，看样貌，正是净明真人。

紧接着剑身上开始浮现出一道道细密的裂纹，片刻之后，巨剑就在一阵“锵锵”声中寸寸断裂，化为一片金光。

净明真人的元婴虚影从金光中一闪而出，浮现在空中。那元婴虚影身上的光芒有些暗淡，脸上带着几分惊愕之色，它二话不说转向悬浮在空中的卷轴，一个闪动，就消失不见了。

几乎同时，金毛巨猿的两眉之间，突然裂开一道狭长的口子，一股乌黑的气流从中一涌而出，瞬间幻化成一只硕大的漆黑妖目，此目正是可洞穿空间的“破灭法目”。

只见那漆黑妖目竖立在半空中，一道黑色光芒从中喷出，下一秒就没入空气中不见了踪影。

“嘭”的一声，那道黑色光芒突然闪现在古朴卷轴的附近，狠狠地击在了重新浮现而出的元婴虚影上。

元婴虚影顿时发出一声哀鸣，化作一团金光消散，而那幅古朴卷轴也随之“呼”的一下，燃起了熊熊火焰，化为灰烬。

“这是……破灭法目！”童人垩见状，脸色大变。

段人离见境元观仙人老祖所赐之宝竟被韩立所化的金毛巨猿三下两下破开，甚至连法宝之中隐藏的一丝老祖的元神也被消灭了，脸色不由得变得铁青。

“什么？！此人竟然还有专破瞬移之术的神通？”

阖山道人顿时心生怯意，他已经顾不上心疼老祖赐下的法宝了。

就在此时，更让几人魂飞天外的一幕发生了！

韩立所化的金毛巨猿周身银光一闪，大片银色火焰突然从它毛发下涌了出来，熊熊燃烧。

道道黄烟在金毛巨猿身上冒起，那些紧紧缠绕在它身上无法绷断的玄黄绳索，竟然被熊熊燃烧的银焰逐渐熔化，断裂开来。

挣脱了束缚的金毛巨猿，两手一捶前胸，就地一个翻滚，身上的银色火焰立刻熄灭了，取而代之的是无数银色电光。

下一刻，一只身长超过十丈的银色巨鸟从银色电光中飞出，它的翎羽如钢、双爪如钩，模样与传闻中的真灵鲲鹏十分相似。

这正是惊蛰十二变中的又一种真灵变化——雷鹏。

“不好！”童人巠发出一声低呼，双手快速掐诀。

玄黄色令牌疯狂转动，玄黄雾气再次从地面疯狂冒出，朝着空中的雷鹏缠绕而去。

段人离也立即变换法诀，只见空中新出现的黄巾力士不再飞入法阵，而是铺天盖地地扑向雷鹏。

然而，雷鹏仅是双翅一扇，就化为银色飓风骤然从原地消失，让玄黄雾气与黄巾力士都扑了个空。

未等三名大乘期修士反应过来，一道银色电光突然从天空中闪过，雷鹏出现在巨大葫芦的上空，它两只爪子一探，就将葫芦抓住了。

只见空中一阵光芒闪烁，雷鹏与巨大葫芦骤然同时缩小。

不过片刻工夫，韩立就重新变回了人的模样，他手中还捧着一个一尺来高的黄色葫芦。

看到这一幕，阖山道人脸色一沉，咬着牙说了一句：“我们不是他的对手，快走！”

说完，他便当先遁光一闪，朝远处飞去。

另外两人也没有犹豫，立即催动遁光紧随其后，连悬在空中的玄黄色令牌都不管了。

韩立打量了手中的黄色葫芦一眼，只见他手中突然亮起一片青光，然后在葫芦的表面用力地一搓，原本刻在葫芦上的金色符文立即变得模糊不清，他再抬手一抹，那些符文就完全消失了。

几乎同时，所有的黄巾力士，全都像是突然脱力了一般，纷纷瘫倒在地。

接着，那些黄巾力士身上黄光一闪，化为遍地的黄色豆子。由黄巾力士组成的黄色大阵，自然也土崩瓦解，烟消云散。

韩立手掌一翻，将葫芦收起，瞥了一眼正朝高空中遁去的三人，冷笑一声，重新化为雷鹏，双翅一扇，便从原地消失不见。

此时，正在拼命逃跑的段人离，只觉得喉咙发涩，心中苦闷。先前他操控黄色葫芦和黄巾力士，消耗了大量的法力，此刻他的遁速明显不及阖山道人与童人垩的速度，他远远落在了最后面。

就在他叫苦不迭之时，耳畔忽然传来一阵“嗞嗞”声。他忽然想到了什么，顿时如坠冰窖，遍体生寒。

就在此时，段人离头顶不远处骤然浮现出银色电光，一双锋利钩爪破空探出。无数纤细的银色电光闪烁着，围绕钩爪盘旋，渐渐形成一张巨大的圆形电网，朝段人离笼罩而去。

段人离能够修炼到大乘期，绝非无能之辈，早有准备的他，身上陡然浮现出大片红光，他张口一吐，一面数寸高的红色古幡立即飞射而出，瞬间化为丈许高的巨幡。

巨幡上红光闪烁，腥风大作，无数红雾弥漫而出，化作一团巨大的红云将段人离罩住。

不过，不等他的身影完全隐没，雷鹏就浮现而出，浑身电光闪耀，接着，雷鹏双爪一收向下俯冲而去，瞬间砸入红云之中。

“轰隆隆——”

伴随着一阵巨响声，红云剧烈地翻涌起来。

只听一声嘹亮的鸣叫响起，雷鹏将整团红云撕开，从中飞了出来。它的一对利爪之中，还抓着一个人，那人正剧烈地扭动着，神情惊恐无比，七窍之中皆有黑色血液流出，看起来十分凄惨。

这时，那雷鹏突然口吐人言：“段道友，之前韩某对你手下留情，是不想招惹事端，没想到你竟然如此不知好歹。既然如此，那就别怪我手下无情了！”

说罢，雷鹏的利爪骤然收紧，爪心处顿时亮起一团耀眼的银光，无数电光轰然炸裂。

段人离发出一声惨呼，在银色电光中殒灭了。

下一刻，一个神色惊恐的暗红色小人从段人离的尸体中一闪而出，不过，那小人还未来得及远遁，就被一道银色电光击中，瞬间化为一缕青烟，消散不见了。

一名在灵寰界呼风唤雨数万年的大乘期修士，就此神魂俱灭。

从韩立所化的雷鹏现身，到成功击杀段人离，这一切如同电光石火般，发生在几次呼吸之间。

不管是童人垩还是阖山道人，都没有对段人离施以援手，两人此刻早已逃得不见了踪影。

仙界，黑水城内城。

净明真人和骨焰散人仍在重檐阁楼的第三层内品茶闲谈，不过他们谈论的话题已经转移到了修炼心得上。

两人正说得起劲，净明真人突然脸色一白，喷出一口鲜血，看来元气受损不轻。

“净明道友，你怎么了？”

骨焰散人赶忙问道。

“我赐予下界的那一道灵婴剑符，被人给破了！”

净明真人脸色阴沉，一字一句地说道。

“不可能，怎么会发生这种事情？！单是你的灵婴剑符就相当于你的全力一击，还有我的道兵在旁辅助，这样竟然也没能将那人击杀？”骨焰散人不禁大惊失色。

净明真人脸色难看，没有回话。

灰色空间中，童人垩和阖山道人化为两道虚影，正风驰电掣般破空飞遁，以他们的修为全力飞遁，顷刻间就跨越了万里之遥。尤其是在感受到段人离的气息眨眼间就消失得无影无踪之后，两人更是不惜大耗元气地催动秘术，令遁速大增。

这种魂飞天外之感，他们不知多少万年没有感受过了，要知道，放眼整个灵寰界，修为可与他们比肩之人屈指可数，更何况到了他们这个层次，自然不会随意与人斗法。

第34章
百目天鬼

“阖山道友，你现在赶快施法打开空间通道，我觉得我们不离开这处洞天，必是死路一条！”童人垩朝后方望了一眼，急促地说道。

“好！”阖山道人一点头，单手一翻，一个巴掌大的银色圆盘出现在他手中，他另一只手掌上青光一闪，毫不迟疑地往银色圆盘上轻轻一击，口中念念有词。

一团银光在银色圆盘上绽放，并在咒语声中变得耀眼，密密麻麻的银色符文从中浮现。

下一刻，十几道银色光柱同时从银色符文中喷射而出，在两人身前的空中汇聚交织，幻化成一个模糊的银色图案，并从中散发出微弱的空间波动。

就在此刻，雷鸣声从两人身后传来。

两人闻声，脸色顿时一变。

只见一点银光闪烁着从后面射来，速度之快远超他们两人。

“你还要多久？”童人垩低声问道。

“十息……不，八息！”阖山道人手中掐诀，急忙答道。

“我来挡住他，你尽快完成施法！”童人垩咬牙说道。

话音一落，童人垩口中就传出了低沉的咒语吟唱声，同时，他一挥手扯掉了身上的黑袍，露出赤裸的上身。

他那看似瘦弱的胸膛上赫然印着一个暗红色的鬼物图案，那图案正发出明灭不定的红色光芒，看起来就像是一个活物在不停地挣扎。鬼物身上有几个白色的东西，发出淡淡的白光。

童人罡深吸一口气，两手掐诀，手指闪电般在那几个白色的东西上点了几下。一团团耀眼的白光从那些白色的东西上亮起，并浮现出数个白色符文，这些白色符文颤抖着弹射而出，化为十三颗白色骨钉。

骨钉一射出，暗红色的鬼物图案就发出了一声兴奋的咆哮，仿佛可怕的恶魔终于挣脱了束缚。

耀眼的红光从童人罡的胸口处爆发，笼罩了他整个身体，那些红光形成十几道粗大的红色光柱，恐怖的力量从中传出，引得附近空气不停震荡。

红光之中，童人罡面露痛苦之色，闷哼了一声。紧接着，他体内蓦地传出“咔嚓”声，他全身的肌肉开始剧烈地抖动，身躯也迅速变大。

转眼间，他整个人竟化为一只青面獠牙的巨大鬼物。

这鬼物，和段人离当初召唤出来的赤血天鬼有些相似，但看上去更加恐怖。它身体表面浮现出密密麻麻的黑红两色神秘纹路，更诡异的是，在它的胸腹、手臂，甚至双腿和脚背上，都长满了眼睛，足有上百只。这些眼睛不停眨动，发出幽幽的黑光，令人毛骨悚然。

尤其是它眉心处的一只竖眼，特别大，将它的眉毛和一双眼睛都挤到了两旁，令它看起来更加狰狞，不过这只竖眼是紧闭着的。

这百目天鬼一现身，一股庞大的气息就从它身上散发出来，使得周围空间一阵波动。

就在此时，银色电光一闪，雷鹏在前方闪现，看到童人罡所化的百目天鬼后，雷鹏眼中闪过一丝惊讶。

雷鹏随即双翅一展，发出一声雷鸣，全身散发出无数银色电光，一只利爪猛然向前方一抓。

“呼啦——”

一只惊人的电光巨爪突然出现，朝着百目天鬼当头抓下。

巨爪还未落下，一股恐怖的巨力已经轰然而至。

面对如此攻击，百目天鬼丝毫不畏惧，只见它两手掐诀，身上近半数的眼睛同时一亮，射出一道道黑色光芒。数十道黑色光芒交织在一起，形成一张黑色光网，和电光巨爪撞击在一起。

就在两者碰撞的瞬间，一股微弱的法则波动从黑色光网中传出。

电光巨爪一晃，骤然从原地消失，下一瞬已经出现在数百丈之外的地方。

只听“砰”的一声巨响，电光巨爪轰击在空中，无数银色电光炸开，使得附近的空间一阵晃动。

“咦？”

雷鹏眼中再次闪过惊讶之色，然后再次一展双翅，两道银色的扇形电光从雷鹏的翅膀上射出，分别出现在百目天鬼两侧，形成一左一右夹击之势。

百目天鬼身上的眼睛一亮，又射出两道黑光，一左一右分别迎向了两道扇形电光。

法则波动再次传出，两道扇形电光也很快消失，然后双双出现在数百丈之外，两者撞击在一起，碎裂开来。

不远处的阖山道人见此，顿时心中一喜。此时距离之前仅仅过去了两三息的时间，在他全力施法之下，半空中的银色图案渐渐变得凝实。

雷鹏双翅一收停止攻击，对阖山道人的举动视若无睹，它对面前的百目天鬼口吐人言：“想不到在这灵寰界，也能碰到能够催动空间之力之人，你倒是担得起灵寰界第一大乘的名号。”

“韩道友，其实你我无冤无仇，大可不必如此大打出手。围捕你是上界的意思，我们只是奉命行事，如今段人离已死，阁下也该消气了。你纵然神通广大，但你若真的将灵寰界搅得天翻地覆，上界绝不会放过你。”百目天鬼神色警惕，用半威胁半求和的语气说道。

“看来此事果然跟你们两宗的老祖有关。不过他们远在仙界，对于这里发生的事，他们应该鞭长莫及吧。”雷鹏冷冷一笑。

“你竟敢……”百目天鬼一怔。

未等百目天鬼把话说完，雷鹏蓦地一仰头，发出一声高亢的鸣叫。

只见雷鹏周身的银色电光再次亮起，朝着双爪汇聚而去，瞬间形成一张巨大的圆形电网。与此同时，一个个闪烁着银光的奇异符文从它双爪之中飞出，纷纷没入电网之中。

银色电网上的电光突然仿佛泡沫般无声碎裂，一团夺目的银色光芒从中爆发而出，这团银色光芒猛地一凝，化为两个银灿灿的雷球。

雷球表面布满银色符文，符文周围有银色电丝在飞舞，雷球中不时传出低沉的轰鸣声，一股毁灭一切的恐怖气息从中散发出来。

祭雷之术！

此雷球所使用的是雷鹏的银色电光之力，故而与韩立用辟邪神雷所凝成的雷球并不相同。

雷鹏双爪一扬，两个银色雷球立刻飞射而出，迅疾无比地飞至百目天鬼身前，随即爆炸。

“轰！”

半空之中，陡然浮现出两轮银色的“太阳”，电光四处飞射，“太阳”之上浮现出无数银色的符文，散发出毁天灭地的恐怖气息，直直地朝着童人亚压迫而去。

童人亚虽然对韩立这一击的威力早就有所预料，但此刻亲眼目睹，还是忍不住脸色大变。他所化的百目天鬼狂吼一声，身上的百余只眼睛猛地睁大，那些眼睛的眼角隐隐有些裂开，瞳孔周围浮现出道道血丝。

“嗖嗖嗖！”

一道道比刚才粗大了近一倍的黑光从百目天鬼的眼睛中飞射而出，交织成一张巨大的黑网。

与此同时，百目天鬼额头的竖目陡然睁开，露出一只漆黑如墨的巨目。

“嗖！”

一道粗大的黑光从那只巨目中飞射而出，没入黑色大网之中。

黑色大网猛地一亮，化为一个黑色光罩，将百目天鬼从头到脚笼罩起来。

两轮银色“太阳”猛地落下，轰击在黑色光罩上。黑色光罩立刻光芒大放，散发出强烈的法则波动。

两轮“太阳”所发出的近半银光顿时一凝，仿佛被冻结了一般，不过，另一半银光却没有受到丝毫影响，继续朝着下面冲击而去。

黑色光罩剧烈地颤动，表面光芒狂闪，但并未消散。

双方呈现出一种胶着的态势。

就在此刻，一声大吼从黑色光罩中传出，黑色光罩的表面陡然浮现出无数黑色符文。

两轮银色“太阳”一闪，骤然从原地消失，而后出现在远处。

“轰隆隆！”

两轮银色“太阳”彻底爆裂开来，化为两道银色雷柱冲天而起，轻而易举就穿透了悬在半空的灰色云层，雷柱底端也深深地没入地面。

巨大的冲击力从银色雷柱上散发开来，在方圆数十里内掀起一股股冲天而起的飓风。

就在此时，黑色光罩也突然一闪，崩溃了，现出百目天鬼的身影。

百目天鬼此刻看起来极为糟糕，它全身上下的百余只眼睛半睁半闭，睁开的眼睛中发出的光芒也极为暗淡，一副元气大伤的样子。

看到这一幕，阖山道人脸色大变，不过他的施法显然已经到了最后的关头。随着他一连打出数道法诀，空中的银色图案突然光芒大放，变得十分清晰，赫然是一幅银月映空图。

阖山道人大喜，手中法诀一变，同时张口喷出一口鲜血融入那幅银月映空图中。

只见银月映空图中的那轮银色月亮上蓦然腾起一道道银霞，银霞一阵交织缠绕后，幻化出一个银光灿灿的旋涡。一阵阵空间之力波动从旋涡中散发出来，闷雷般的声音响起，旋涡最深处隐约能看到一点白光。

空间通道开启的前一刻，百目天鬼和雷鹏同时望向空中，前者神色一喜，后者眼中蓝光闪烁。

结果，阖山道人的目光在百目天鬼身上一扫而过，马上就落在了雷鹏身上，他心中一惊，猛地转身，一下蹿入了那银色旋涡之中。

下一刻，银色旋涡开始波动，随即如泡沫般破碎散开，化为点点银光，消失得无影无踪。

空中只留下微弱的空间波动。

空间通道从开启到关闭，前后不到一次呼吸的工夫。

“阖山老道！！”

百目天鬼见阖山道人不仅独自逃生，还关闭了空间通道，不禁勃然大怒。

雷鹏眼中蓝光一敛，流露出若有所思的神色。就在方才这短暂的一息之内，它已经将空间旋涡开启以及闭合的所有变化尽数捕捉到了。

“童道友，如今这里只剩下你和我了，这样也好，我与贵宗的恩怨就先清算一下吧。”雷鹏收回目光，冷冷地说道。

雷鹏话音刚落，身上的银色电光就陡然亮起，一声巨响过后，雷鹏从原地消失无踪。

百目天鬼心中大惊，顾不得恨阖山道人丢下他自己先跑了，它的瞳孔一缩，两手猛地掐诀，无数黏稠的黑气从它体内涌出，化为十几根粗大的触手，疯狂舞动。

伴随着雷鸣声，银光一闪，雷鹏的身影浮现而出，它那两只三爪突然化为两道模糊的残影，迅疾无比地抓向百目天鬼的后心。

百目天鬼身后的那些黑色触手反应竟然也极快，闪电般一卷，一下就将雷鹏缠住了。

雷鹏眼中闪过一丝意外之色，紧接着，它周身银色电光大盛，电光周围还浮现出许多银色符文。

“砰砰砰！”

那些银色符文纷纷爆裂开来，无数银色雷丝射出，将百目天鬼的黑色触手戳得千疮百孔，那些黑色触手化为无数黑气，彻底消失在电光中。

百目天鬼也被银色电光波及，它的后腰被一道粗大的电光击中，后背上的七八只眼睛尽数裂开，黑血长流。百目天鬼闷哼一声，一闪身，连忙朝着前方疾速飞去。

雷鹏双爪向前一抓，周身银色电光汇聚，再次凝聚成两个银色的雷球。只见它双爪一扬，两个雷球骤然冲天而起，没入半空的灰云之中。

灰色云层中立刻发出惊天动地的巨响声，灰云被银色电光撕裂，刺目的银光从中射出。

两道粗大的银色雷柱骤然从云层中射出，雷柱周围环绕着无数银色符文，快速朝着逃走的百目天鬼砸去。

百目天鬼大骇，身上黑光一闪，所有的眼睛再次大睁，瞳孔中黑光闪烁，准备施展空间法则。

就在此刻，一声冷哼骤然在百目天鬼的耳边响起，然后它就感觉自己的脑袋一阵钻心的痛，仿若被人用尖锥狠狠地扎了一下。

百目天鬼蓦然双手抱头发出一声惨叫，它身上的百余只眼睛全都闭了起来，眼睛中发出的黑光逐渐消失。

在震耳欲聋的雷鸣声中，两道银色雷柱轰然落下，击中了百目天鬼。

惊天动地的巨响声过后，百目天鬼的身躯几乎被雷柱砸成了两截，从半空跌落，重重地砸在地面上。

下一刻，百目天鬼的身体飞快缩小，转眼就化为一名矮小秃顶的老者，老者的小腹和胸口受伤极为严重。

鲜血从童人垩口中涌出，他神色惊惶，双眼暗淡无光。但下一刻，他眼中凶光一闪，双手猛地一掐法诀。只见他身上骤然亮起一圈圈黑色晶光，他那瘦小的身躯也开始疯狂地膨胀。

“自爆！”

半空之中，雷鹏大喝一声，接着利爪一挥，上面再次浮现出耀眼的银色电光，电光汇聚，眨眼间就化为一个银色雷球，并急速落下。

“轰隆隆！”

童人垩竟然抢先一步自爆了，剧烈的波动将附近的天空撕裂开来，黑光从撕裂的缝隙中涌出，银色雷球的下坠之势也随之变缓。

“嗖”的一声，一个数寸高的元婴从黑光中一闪而出，眨眼间就到了数十丈外的空中，随后那元婴周身护体灵光狂闪，化为一道黑光，眼看就要遁走。

说时迟那时快，银色雷球陡然爆裂开来，化为一轮巨大的银色“太阳”，银光立刻朝着四面八方弥散开去，顷刻间就将童人垩的元婴罩住了。

“嗖——”

一个东西从银光中飞射而出，一闪就飞向了上方的雷鹏。

片刻之后，银色“太阳”缓缓消失，地面露出一个漆黑大坑。

童人垩彻底消失无踪，连一丝痕迹也没有留下。

银色电光一闪，雷鹏消失，现出韩立的身影，只见他单手抓着一个红色袋子，袋中发出淡淡的红光。

经过两次变身激战，韩立的脸色有些苍白，他丹田内的法力也差不多要用尽了。

他将手中的红色袋子一收，取出一株千年云鹤草服下，随后抬头望向天空，口中念念有词，同时衣袖一挥。

七道黑光飞射而出，停在半空中，这些正是他用阴辰石炼制的七面星月宝镜，如今正按照北斗星的形状排列在空中。

韩立两手掐诀，一道道光芒落在七面星月宝镜之上。

七面星月宝镜顿时滴溜溜地转动起来，发出耀眼的星光，大量黑色符文从中飞射而出，在星光中跳跃。

韩立不停地变换手中法诀，星月宝镜发出的光芒越来越亮，并传出“嗡嗡”的低鸣声，宝镜自身却颤抖不止，越来越不稳定。

“爆！”

韩立大喝一声，手中法诀猛地一催。

“砰砰砰……”

七面星月宝镜光芒一闪，尽数爆裂开来，化为七个巨大的光团。

韩立脸色一沉，两手飞快地掐诀。

在他的催动下，七个光团飞快移动，排成北斗星的模样。

韩立见此，再次变换手中法诀。

七个光团骤然连接在一起，组成一个星辰大阵。

韩立轻喝一声，两手摆出一个奇特的手势。

“刺啦！”

星辰大阵骤然一亮，接着犹如被两只大手拉扯着朝两侧裂开，大阵中央出现一道漆黑的裂缝，在那裂缝的最深处，隐约能看到一点光亮。

境元观聚星台的上空，巨大银月剧烈地颤动，天空某处陡然裂开一道空间裂缝，一个青色人影从中飞出，悬于半空中。

此人正是韩立。

此时，那个以聚星台为中心覆盖了方圆百里的法阵禁制还在，上方那巨大银月洒下的银光将法阵内的空间照得无比明亮。

成功逃出来的阖山道人，已经不见了踪影。

韩立一闪身出现在光罩前，一连击出三拳，将光罩轰出一个洞，随后他纵身飞出，来到了光罩之外。

整个境元观静悄悄的，没有任何异样。

韩立眉头微皱，放出神识一扫，突然他一转头，目光冰冷地看向远处的惊天峰。下一刻，他化为一道青光，疾速向惊天峰飞去。

就在此时，异变突生！

惊天峰周围的地面陡然一震，数十道黄色光柱从地面冒出，每一道都有四五丈粗，高耸入云，而且每一道光柱上都布满了土黄色的灵纹，散发出剧烈的灵力波动。

这些黄色光柱同时闪亮，发出耀眼的黄光，所有黄光连在一起，形成一个厚厚的黄色光罩。

远远望去，就仿佛有一朵硕大的黄云将整个惊天峰笼罩在内。

惊天峰大殿内有一个三层的玉台，玉台通体用一种晶莹的黄色晶石筑成，上面刻满了黄色符文。

由下往上每一层玉台的面积依次减小，最下面那一层玉台的直径足有十几丈，而最顶层的玉台的直径只有两三丈。

玉台周围矗立着数十根土黄色玉柱，上面也刻着无数符文。

阖山道人正盘膝坐在玉台的第三层闭目打坐，但他眼底深处的那一丝惊惶出卖了他此刻的心情。

他口中念念有词，十指飞快地变化，打出一道道法诀。

三层玉台和周围的数十根玉柱不停地闪烁着土黄色光芒，和外面的大阵遥相呼应。

境元观的七八名合体期修士盘膝坐在玉台的第二层，口中同样念念有词，他们纷纷将体内的法力注入玉台内。

惊天峰外，一道青光破空而至，停在了大阵外，光芒一敛，韩立的身影显现出来。

他望着眼前笼罩了整座惊天峰的土黄色光芒，眼睛微微眯起，深吸了一口气。下一刻，他体内便传出“噼里啪啦”的声音，他的身躯迅速变大，全身浮现出金色茸毛，转眼间，他就化为一只十几丈高的金毛巨猿。

金毛巨猿双手猛捶胸膛，一股狂暴至极的气息顿时爆发，近在咫尺的黄云大阵随之剧烈地颤动起来。

惊天峰大殿内，包括阖山道人在内的境元观诸人透过黄色光罩看到如此恐怖的金毛巨猿，皆是一惊。

阖山道人额头流汗，双手朝着周围的玉柱不断点去，他吟唱咒语的声音也变得急促。

所有玉柱表面的黄光大盛，惊天峰外的黄色光罩骤然增厚，变得比之前更加凝实了。

第35章

银月之变

金毛巨猿一声长啸，一只毛茸茸的拳头冲着前方猛然击出，拳头带着耀眼的金光，以雷霆万钧之势划过天空，卷起一股金色的飓风，狠狠地轰击在黄色光罩上。

响彻云霄的巨响声过后，金、黄两色光芒激烈地碰撞，让人不敢直视。

黄色光罩剧烈震颤，被击中的地方深深地凹了下去，浮现出一道道如蜘蛛网一般的裂纹，并迅速朝着周围蔓延。

整个惊天峰大殿随之剧烈地颤抖，玉台上光芒狂闪，台阶处甚至出现了细小的裂痕。

殿内所有的合体期修士只觉丹田随着玉台剧烈地颤抖了一下，下一刻，他们便纷纷口吐鲜血，再也无法保持镇定。

笼罩着惊天峰的法阵叫“天魁厚土阵”，是数万年前宗内多名法阵宗师在净明老祖的指点下，花了整整一百年的时间才布下的，刚刚差点就被韩立一拳击破。

阖山道人身躯一震，面容有些扭曲。

“都给我稳住！”

他眼中闪过一丝慌乱之色，但他一咬牙，张口喷出一口鲜血，那鲜血化为一团红云融入了附近的玉柱之中，同时他两手飞快地掐诀，将体内法力注入玉台之中。

周围几名合体期修士见状，连忙跟着施法。

下一刻，大阵中那数十道巨大的黄色光柱猛地一亮，浮现出一层层鳞片状的黄云，黄色光罩上被金毛巨猿击出的裂纹逐渐消失。

金毛巨猿发出一声冷哼，另一只手臂也金光大盛，狠狠地朝着黄色光罩轰击而去。

“轰隆！”

巨大的金色拳头又落在了黄色光罩之上，而且是落在相同的位置，一圈圈金色气浪从拳头上腾起，朝着四周席卷而去，似乎要将一切吞噬。

大阵剧烈地震动，腾起一道道黄色气流，朝着周围喷射而去。

黄色光罩上的凹陷陡然加深，裂纹再次出现，而且越来越多，朝着周围蔓延。

“砰——”

伴随着一声巨响，整个大阵彻底崩溃。

惊天峰大殿剧烈地晃动了一下，三层玉台上浮现出一道巨大的裂缝，将整个玉台一分为二。大殿的地面也裂开了，一下出现了七八道巨大的裂缝。

所有合体期修士都两腿筛糠，直接从玉台上被震落，口吐鲜血，受伤不轻。

阖山道人脸色大变，猛然站起身来。

就在此时，一声巨响传来，大殿屋顶浮现出无数裂纹，下一刻，整个屋顶轰然碎裂倒塌。

一个巨大的金色拳影从天而降，朝着阖山道人击去。

“嗡嗡”声响起！

阖山道人翻手祭出一柄银色拂尘，他将拂尘一挥，无数银丝飞射而出。

紧接着，他单手掐诀，漫天银丝顿时汇聚到一起，化为一只银色麒麟的虚影，和金色拳影撞在了一起。

金光与银光交织，形成一股狂风，朝着四周席卷而去。

整个大殿已经支离破碎，那些合体期修士也被这股狂风卷得倒飞了出去，幸好他们反应快，纷纷祭出各种法宝护住全身，才保住了性命。

一道肥硕的身影从狂风中飞出，正是阖山道人。他手中抓着半截拂尘，眼底闪过一丝惊惧之色，连忙喊道："韩道友且慢……"

阖山道人的话还未说完，金毛巨猿那庞大的身躯就已经如鬼魅般出现在他身前，房屋般大小的金色巨掌朝着他拍去。

金色巨掌还在途中，一股仿佛能将整个空间碾碎的恐怖巨力已经轰然而至，空中发出连珠炮般的爆鸣声。

阖山道人大骇，嘴巴一张，吐出一团光，光中有一方黑色古砚。此砚表面隐隐有幽光流动，一看便是一件坚固且品阶不低的宝物。

那古砚滴溜溜一转，迎风变大，无数符文从中涌出，接着一道粗大的黑色光柱从中射出，挡住了那金色巨掌。

阖山道人趁机倒射而出，朝着远方急遁而去，同时他手中白光一闪，多出了一柄白色的玉如意。

金毛巨猿一声低吼，被黑色光柱顶住的巨掌五指一张，掌心浮现出一道道金色灵纹。一股比先前强大两三倍的力量陡然从巨掌中爆发，轻易就将黑色光柱捏碎了，然后又一把抓住那黑色古砚，用力一握。

"砰"的一声，古砚竟然被硬生生地捏碎了！

随后，金毛巨猿的身影一阵模糊，下一刻就出现在阖山道人身后不远处。一只金色巨掌闪电般探出，掌心的金色灵纹骤然大亮，一股金色气浪向前方席卷而去。

阖山道人骤然转身，手臂狠狠地一挥。

只见白光一闪，白色玉如意被他抛起，玉如意表面亮起红、黄、蓝三色光芒，光芒流转之下，一股三色混杂的灵焰冲天而起，转眼间就化为一只身长十余丈的三色凤凰，朝着金毛巨猿扑去。

耀眼的三色光芒从凤凰身上爆发出来，照亮了整片天空，令周围的一切，都黯然失色。

"轰隆隆！"

惊天动地的巨响声从半空中传出，响彻了整个境元观，引得所有身穿道袍的观内弟子纷纷从各个建筑中飞出，神色惊疑地望向惊天峰。

此时，整片天空被一分为二，一边是金色光芒，另一边是红黄蓝三色光芒，彼此冲击，发出一阵阵闷雷般的响声。

惊天峰及方圆千里的地面都随之剧烈地震动，一股直冲九霄的飓风突然出现，朝着周围席卷而去。

惊天峰附近的树木全都被连根拔起，一些巨石也被狂风卷走，地面几乎被剥去了一层。

两股恐怖力量的交锋，只持续了几次呼吸的工夫，金色光芒便压倒了三色光芒，将其彻底击垮。

三色凤凰发出一声哀鸣，消失不见。

阖山道人被气浪震得倒飞了出去，手中的玉如意也爆裂开来。他飞出数里之后，狠狠地撞在一座山峰上，然后坠落在地。

“轰！”

金毛巨猿从天而降，落在阖山道人前方不远处，地面随之剧烈地晃动，碎石飞溅。

金毛巨猿头一低，看着地上的肥硕身躯。

“韩道友，不……韩前辈，请听在下解释啊，事情并不是你想的那样！”

阖山道人早已吓得魂飞天外，见金毛巨猿没有立刻下杀手，他急忙解释道。此时他后悔不已，早知如此，他从洞天中逃出来之后就应该立刻离开境元观，那样他或许还有一线生机。

就在此刻，从聚星台方向传来数声巨响。

金毛巨猿眉头一挑，转头看向聚星台。

阖山道人吓得一激灵，也朝着聚星台那边望去。

只见聚星台附近的八座山峰正在剧烈地晃动，峰顶很快便爆裂崩塌，八道光柱从中腾起，一闪之后就消失了。

笼罩聚星台的法阵光罩猛地亮了一下，然后彻底崩溃。不过，聚星台上空的那一轮巨大银月没有消失，反而绽放出更加耀眼的光芒，并突然震荡起来。

一股股无形的气浪朝四面八方席卷而去，聚星台周围数百里的空气再次震荡起来，树木碎裂，山峰崩塌。

接着，巨大银月表面发出的光芒朝中间汇聚，并猛地一转，瞬间化为一个巨大的旋涡。

旋涡周围的区域时而变成赤红色，时而变成湛蓝色，各色光芒轮番出现，甚至同时出现数种光芒，交织闪烁。

境元观弟子皆目瞪口呆地望着天空的异象，说不出话来。

金毛巨猿望着半空中那个巨大的旋涡，眼中蓝光闪烁，突然他挥手一抓，一股庞大的吸力爆发而出。

“饶命……”

阖山道人大叫一声，用力挣扎，但毫无作用，他还是被金毛巨猿轻易地吸到掌中，一把握住。

金毛巨猿张口一喷，一只银色火鸟飞射而出，正是精炎火鸟。只见银光一闪，精炎火鸟化为一条银焰绳索，缠在阖山道人身上。

随后金毛巨猿随手一挥，将阖山道人扔了出去，而后转身看向半空中那个巨大的旋涡，脸色凝重。

阖山道人重重地摔在地上，眼冒金星。他感受到了银焰绳索中蕴含的恐怖火焰之力，心中惧怕，所以他只得乖乖地躺在一旁，不敢动弹，省得惹怒金毛巨猿。

天空中，银色巨月表面的旋涡已经比之前大了一倍。在旋涡中心处，隐约能看到有一层半透明的晶壁，晶壁后面是白茫茫一片，仿佛是另一个未知的世界。

突然，那一层晶壁光芒一闪，似乎被什么东西撞了一下。

"轰隆！"

银色巨月微微一颤，旋涡中的那层晶壁竟然裂开了一道缝隙。

"嗖——"

一团刺目的黄光从裂隙中飞射而出，迅疾地坠落。

那层晶壁则瞬间恢复如初，并随着旋涡的缩小，消失不见。

"那是……"

金毛巨猿眼中蓝光一闪，就将那团被黄光笼罩着的东西看得真真切切。

那是一颗黄澄澄的豆子，模样和先前段人离从葫芦中放出来的那些小黄豆十分相似，不过个头大了许多，并且表面印有无数玄奥符文。

这颗黄色的大豆子突然在空中一顿，滴溜溜一转，接着，大量金色符文便狂涌而出，在豆子周围缭绕，同时，无数道黄色光芒从中飞射而出，将附近十余丈的范围照得金光灿灿，从远处看，那处地方宛若悬于半空中的一汪金色池塘。

"咔"的一声脆响，那颗豆子以不可思议的速度开始膨胀，并如生根发芽般长出了头颅和四肢。

一丈、十丈、五十丈、一百丈……

不过一次呼吸的工夫，原本不过核桃大小的黄色豆子，竟化为一个两百余丈高的黄巾巨人，通体发着金光。

这黄巾巨人看起来和之前的黄巾力士差不多，皆是上半身赤裸，腰缠黄巾，但黄巾巨人的手臂和大腿上肌肉凸起，虬筋毕露，仿佛精钢铸就一般，给人一种极大的压迫感。

下一刻，银月再次一颤，无数黄点从中喷射而出，如暴雨般洒落，正是之前被遗落在洞天法宝中的那些黄豆。

诡异的一幕出现了。

所有黄色豆子一接触黄巾巨人发出的金光，便纷纷向其涌去，仿佛那金光对它们有某种吸力。而每一颗豆子落在黄巾巨人身上后，便无声无息地没入黄巾巨人体内，使得黄巾巨人的身躯不断变高。

当数以万计的黄豆悉数被黄巾巨人吸收后，他的身躯随之变至千丈高，看起来跟附近的巍峨山岳差不多了。

一股无法言喻的庞大气息从黄巾巨人身上散发出来，朝着四面八方席卷而去。

“啊！这……这是什么东西？”

“这也太大了吧！”

“来者不善啊，我刚刚好像看到太上大长老败给了那只金毛巨猿，怎么又突然冒出来这个……”

“现在说这些还有何用？赶紧逃命吧！”

远隔千余里的境元观弟子见到此景，吓得魂飞魄散，当即便有不少人放出遁光，朝四面八方逃去。

当然也有不少人留了下来，他们认为距离这么远应该没有什么危险。留下的人中以炼虚期和合体期的高阶修士为主，他们的神色各不相同。

此时，半空中那轮巨大银月银光连闪，开始飞快地缩小，一会儿工夫，就化为一个直径十余丈的暗淡银盘，紧接着，那银盘就如同贴在星空中的画卷一般飘落下来，并在途中熊熊燃烧起来。

天空中原本被遮蔽的漫天星光重新闪耀。

金毛巨猿没有理会银色巨月的变化，自始至终，它的目光一直盯着站在半空中的黄巾巨人，眼中精光闪烁。若韩立猜得没错，化身黄巾巨人的那颗黄色豆子，极有可能来自仙界，甚至和天鬼宗的那三位真仙老祖脱不开干系。这就有些耐人寻味了。

韩立一时思绪万千。

就在此时，黄巾巨人脸上隐约浮现出一张面色蜡黄的人脸虚影，眼神冰冷地望向金毛巨猿。下一刻，黄巾巨人那巨大的身躯猛地扑出，一闪便到了金毛巨猿身前，他抡起右臂，一拳砸向金毛巨猿。

一道黄色气浪仿佛波涛般朝着四周扩散而去，气浪所过之处，周围的山峰树木通通遭了殃。

金毛巨猿大喝一声，身躯飞快地变大，一下达到了百丈高，双臂上银光绽放，无数银色灵纹浮现而出，并汇聚成一层层银色纹阵，布满了整双手臂，一股恐怖的巨力从中散发出来。接着，它便一拳轰出，一股银色的飓风从它手臂上狂卷而出！

一银一金两只巨大的拳头轰然相撞，发出惊天巨响，金黄两色光芒骤然大盛，附近空间随之一阵扭曲，发出“嗡嗡”的声音。

金毛巨猿身躯一震，被击得倒飞而出，直接将沿途的三四座小山撞得支离破碎，最终撞在了一座千余丈高的巨峰上，身躯足足陷入山体十几丈深，才勉强停了下来。

巨峰剧烈地颤动，无数碎石如雨般落下，至于山上的那些亭台楼阁和洞府药园，都在一股巨力的作用下，直接化为断壁残垣。

金毛巨猿一闪身从山体的凹陷处飞出，抖了抖身上的尘土，幸运的是，它浑身上下没有任何伤痕。

虽然韩立因为法力不够，无法发挥出山岳巨猿的全部力量，但眼前这黄巾巨人的力量实在太恐怖，连他都有一种无法匹敌之感。

“轰！”

十余里外，黄巾巨人的飞扑之势一顿，双足重重地落在了下方的地面上，引得大地一阵轰鸣。只见他单膝微屈，身子微微一躬，空中便出现了一圈圈肉眼可见的波纹，向外扩散。

下一刻，他竟然直扑金毛巨猿而去，转眼间他便到了金毛巨猿的头顶，两只巨手猛然向下抓去。

黄巾巨人的速度如此迅捷，韩立惊诧不已，但是他并不慌张。只见大片青光突然从他所化的金毛巨猿身上浮现而出，接着，金毛巨猿就地一滚，化为一只身长四五十丈的青禽。

那青禽头顶凤冠，后拖青色长尾，正是青鸾变身！

青鸾双翅一展，就从原地消失不见，让黄巾巨人扑了个空。

“轰隆隆！”

黄巾巨人收势不及，两只巨手一把抓在了金毛巨猿原先所在位置的那座千丈巨峰之上，硬生生地将巨峰拦腰折断。

折断的那截山峰砸落，直接将后方另外两座山峰压垮，再次引得周围一阵地动山摇。

“嗖！”

黄巾巨人身后青影一闪，青鸾现身，它那两只巨大的利爪之上青光缭绕，狠狠地抓在黄巾巨人的背上。

“刺啦！”

黄巾巨人背后顿时被抓出几道长长的伤口，不过伤口并不深，对于他如此巨大的身躯来说，几乎可以忽略不计。

黄巾巨人反手一挥，一股巨力横扫而出，所过之处发出一连串炸响。

青鸾挥动双翅，化为一道青影再次消失，下一刻就出现在黄巾巨人的正前方。只见它的翅膀狠狠地一扇，数百根羽毛飞射而出，那些羽毛滴溜溜一转，化为数道十几丈长的青色风刃，每一道风刃都闪烁着光芒，迅疾无比地斩在黄巾巨人身上。

“刺啦！”

黄巾巨人的胸腹处被斩出一道道伤痕，顿时大怒，他抬起双臂朝前方狂舞，却只砸中了青鸾的残影。

青鸾眼中光芒闪烁，幻化成一道道模糊的残影，围绕在黄巾巨人身边，寻找着再次出手的机会。

黄巾巨人的一身巨力实在可怕，不过，与之相对的是，他的防御能力并不是很强，所以青鸾的攻击能够击伤他，虽然伤口看着很小，但是这样的伤口不断增多，总能威胁到黄巾巨人。

就在此刻，黄巾巨人胸口处突然光芒一闪，一道道黄色光芒涌出，迅速蔓延到全身。他后背和前胸的伤在这些黄色光芒中飞快愈合，不过几次呼吸的工夫便已经痊愈。

青鸾见此，顿时一愣。它眼睛一眯，发出一声鸣叫，将速度提升到极致，围绕着黄巾巨人上下飞舞，并不时发出一道道凌厉无比的风属性攻击。

黄巾巨人虽然力大无穷，但他的行动速度远远不及青鸾，所以，尽管他双手疯狂地挥舞，却连青鸾的影子也没摸到。

方圆百里内的山峰皆遭了殃，那些百余丈高的小山峰直接被黄巾巨人踩得粉碎，高一些的山峰则难逃被“腰斩”的命运。

青鸾在黄巾巨人四周飞速盘旋，很快便将他打得遍体鳞伤。不过黄巾巨人胸口处不停涌出的黄光，令他身上的伤在几次呼吸间便一一痊愈。

不仅如此，黄巾巨人的动作也变得越来越敏捷，他似乎已经摸清了青鸾行动的轨迹，渐渐能追上青鸾了。

青鸾与黄巾巨人不断转移战场，境元观内的山峰一座接一座遭殃，无数建筑轰然倒塌。

一时间，境元观内轰鸣声此起彼伏，烟尘四起。

那些早已远远避开的高阶修士见此，不禁吓得肝胆俱裂，当即不敢多做停留，四散逃离。

阖山道人躺在地上，眼睁睁地看着偌大一个宗门转眼间变得满目疮痍，他的心头仿佛在滴血。

照这样下去，宗门百万年来的基业就要毁于一旦了呀！

但是当他一抬头，看见眼前这两个庞然大物时，又只能哑巴吃黄连，什么话都不敢说了。

震耳欲聋的轰鸣声传来！

金光缭绕，一只黄色巨掌从天而降，毫不客气地冲一道模糊青影拍去，不过，那青影迅速一扭，就避开了这一击，从黄色巨掌旁边掠过。

“轰！”

黄色巨掌如泰山压顶般砸在了一座山峰之上。一声天崩地裂般的巨响后，整座山峰彻底爆裂崩塌。

第36章

涅槃圣体

青影一闪，瞬间就绕到了黄巾巨人的右臂后面。青鸾头顶的羽冠青光大盛，身上发出耀眼的青色光芒，那些青色光芒尽数汇聚到一对利爪之上，利爪随之狠狠地往下一挥。

“哧哧——”

数十道青色光芒组成一张大网，飞向黄巾巨人的右臂，青色大网所过之处，空间轻易被割开，浮现出一道道纵横交错的漆黑痕迹。

黄巾巨人见状，头一扬，想要收回自己的右臂，但是已经来不及了。

一连串金属撞击般的巨响声传出，青、金两色光芒在青色大网与黄巾巨人的右臂之间爆发出来，青色光芒只是略微一顿，就将金色光芒如纸屑般撕裂开来。

“扑哧”一声，黄巾巨人的右臂轻易就被切了下来。

韩立所化的青鸾见此，眼中一喜。

可就在这时，异变突生！

那截被切下来的巨臂上突然亮起一道道金色光芒，并瞬间爆裂开来，释放出大片黄色雾气，黄色雾气散开，化为一团巨大的黄云。

青鸾在发现不对劲的第一时间就双翅一展转身逃走，怎奈这团黄云实在太巨大，它还是被裹住了。

青鸾只觉身上忽然一紧，行动顿时受到了影响。它发现充斥四周的黄色雾气中有很多黄色细丝，正是这些黄色细丝捆住了它的身体。

青鸾发出轻鸣声，振翅挣扎。绑在它身上的黄色细丝轻轻一颤，无数黄色符文立刻从中狂涌而出。

青鸾顿时感觉周围空气一紧，它整个身体仿佛被一座巨峰压住，动一下都十分困难。

下一刻，青鸾周身猛然冒出大片银色火焰，将它团团裹住。

“哧哧”声响起，那些黄色细丝不断被银色火焰烧断，但四周仍有无数黄色细丝不停地涌来，很快便将青鸾再次牢牢捆住。不过如此一来，青鸾在这个过程中，便获得了一丝活动的机会。

就在青鸾眼中蓝光闪动，想设法找出一条逃生之路时，四周蓦地一黯，一股无形之力压迫而来。

“不好！”

韩立心中暗叫一声，紧接着，一只巨大的手掌诡异地出现在青鸾身边，那手掌直接就朝青鸾握来。

情急之下，青鸾周身金光一闪，顷刻间化为浑身长满金毛的山岳巨猿。

那只巨手五指猛然收拢，一把将金毛巨猿抓在了手里。

金毛巨猿只觉一股股巨力如排山倒海般往身上挤压而来，所幸它的肉身足够强大，短时间内尚能支撑。真正令韩立惊骇的是，他发出的精炎银焰居然对这巨掌没有丝毫影响。

此时，弥漫在周围的黄色雾气轰然翻滚着倒卷而回，露出了不远处的黄巾巨人，他那蜡黄脸上露出一丝狞笑，而他的左手正牢牢地抓着金毛巨猿的身体。

只见黄巾巨人的胸膛处有一点刺目的黄光闪动了几下，接着，惊人的一幕出现了。

那些黄色雾气纷纷往黄巾巨人右臂断裂的伤口处汇聚而去，一阵翻涌之后，一只完整的手臂便出现了。黄巾巨人抬起新长出来的右臂，五指握拳，朝着金毛巨猿的头狠狠地砸去。

黄巾巨人的拳头尚未落下，巨拳上蕴含的可怕巨力已经让附近百丈的空间轰鸣作响，开始扭曲。

韩立见此，心中暗暗叫苦。纵使自己的肉身再强大，被这么一只巨拳直接砸在脑袋上，即便不死，也得重伤。

“只能如此了！”韩立喃喃自语了一句，立即催动法诀，身上顿时紫光大放。

“砰——”

黄巾巨人的拳头轰然落下，但下一刻，他脸上闪过一丝诧异的神色。

他的拳头并未如他预料的那样将下方那只金毛巨猿的脑袋拍碎，反而他的手背被一道紫光直接洞穿了，右手五指向外反卷着，如同被折断了一般。

一团紫色光芒翻滚到不远处停下，光芒敛去，露出了一只足有两三百丈高的金毛巨猿。

与之前不同的是，这只金毛巨猿身上长满了紫金色鳞片，头顶还多出了一只青色独角，肩头两侧和肋部还分别长着两颗头和四条毛茸茸的紫金长臂。

原来，韩立在情急之下施展出了自己压箱底的神通——涅槃圣体！

黄巾巨人望着面前的六臂巨猿，神色凝重，他手上的伤瞬间痊愈。只见他两只拳头上涌现出一圈黄色光晕，几个巨大的金色符文从中飞射而出，金色符文滴溜溜一转，一闪融入拳头中，拳头瞬间变大了一倍。一股恐怖巨力在他的双拳中酝酿，虽然还没有爆发出来，但已经引得附近空气开始震颤。

六臂巨猿见此，发出一声长啸，腿一迈，一下就来到黄巾巨人身前，“呼呼”两拳挥出，拳头上紫金光芒大放。

黄巾巨人见状，毫不犹豫地挥拳迎了上去。

“轰隆！”

四只拳头轰然相撞，发出一声惊天巨响，附近空气也随之“嗡嗡”作响。

这一次，六臂巨猿岿然不动，黄巾巨人却被震得倒飞了出去，他的两只手臂更是以一个诡异的角度弯曲着，显然已经彻底被折断。

黄巾巨人眼中满是难以置信，他那巨大的身躯倒飞出数百丈，狠狠地撞在一座山峰之上。

“轰隆！”

那座山峰犹如纸糊的一般直接被撞塌。而黄巾巨人的倒飞之势丝毫未减，继续往后飞去，又接连撞倒了数座山峰之后，他才勉强停了下来。

就在此时，紫金光芒一闪，六臂巨猿已经追了过来。

黄巾巨人一惊，但他并不慌乱，只见他胸口处源源不断地涌出大片黄光，黄光迅速蔓延到他的双臂之上，快速修复着伤口，同时他的右腿横扫而出，如同一柄巨刃，斩向六臂巨猿腰间。

恐怖的巨力涌出，在空中掀起一股白色气浪。

六臂巨猿突然蹲下，就地一个翻滚，躲过了黄巾巨人这一脚，然后立刻弹射而出，猛地撞在黄巾巨人身上，它最下方的两只紫金手臂用力一捞，死死地抱住了黄巾巨人的身体。

黄巾巨人大惊，全身黄光大放，抬起还没有修复完毕的手臂，想奋力挣脱。

结果，六臂巨猿中间的两只手臂一探，将黄巾巨人的双臂一把抓住，并将其再次折断，同时，六臂巨猿最上方的两只手臂上紫金光芒一闪，狠狠地撞向了黄巾巨人的胸口。

“扑哧！”

六臂巨猿的两只手臂插入了黄巾巨人的身体，并在其中一阵搅动。

黄巾巨人的动作顿时停住，眼中的神采迅速消失，双臂的愈合之势也随之一停。他脸上的蜡黄人脸虚影现出狂怒的神色，随即“啪”的一声，碎裂消失。

六臂巨猿将手臂从黄巾巨人的身体里抽了出来，其中一只手中握着一颗黄色豆子，发出耀眼的光芒。

随着六臂巨猿将手臂抽出，黄巾巨人身躯一颤，不自觉地后退了几步，他身上的金光尽数消失，千丈高的身躯上浮现出无数裂纹，然后碎裂开来，化为一大团黄色雾气，随风飘散。

几乎在同一时间，六臂巨猿的气势骤减，身上紫金光芒一闪，重新化为韩立的模样。

经过这一番激战，韩立的脸色十分苍白，他赶紧翻手取出一株云鹤草，吞服下去，脸色这才变得好了一些。

看着眼前渐渐消散的黄色雾气，韩立长出了一口气，眼中闪过一丝庆幸。

这黄巾巨人虽然不会什么法术，但他的肉身强大至极，一身巨力比起玄仙，恐怕也不差多少，若不是韩立及时施展涅槃圣体，根本不是他的对手。

不过，施展涅槃圣体不仅需要强大的肉身支撑，还需要消耗大量的法力，以韩立如今的法力，本来不足以支撑他施展涅槃圣体。

说起来，这还多亏小北斗星元功，在修成第六层功法后，韩立发现本来需要吸收大量天地灵气才可发挥作用的五藏锻元功竟然恢复了些许威能，令他的五脏六腑也可以存储部分法力。虽然此举需要耗费数十倍的先天紫气，不怎么划算，但他在发现境元观的异常后，还是毫不犹豫地将身上大部分的云鹤草都吞了下去，将其转化为法力存储起来。即便如此，他体内的法力也仅够支撑他施展涅槃圣体几次呼吸的工夫而已，而且他无法将涅槃圣体的全部威能发挥出来。

幸好刚才黄巾巨人没有反应过来，不然，此刻殒命的就是韩立了。

随着云鹤草的药力源源不断地转化为法力，韩立的脸色逐渐恢复正常，他看了看手中的黄色豆子，眉毛微微一挑，翻手将其收了起来。

仙界，黑水城内城，某处开阔的天台之上。

骨焰散人与净明真人并肩而立，一言不发。

骨焰散人一副怒气冲冲的模样，净明真人的脸色也不怎么好。

沉默半晌后，净明真人才缓缓地说道：“也不知此人究竟是何方神圣，不仅我的灵婴剑符奈何不了他，就连阎兄你也……”

说到这里，净明真人叹息一声，没有继续说下去。

“真没想到，我这实力接近玄仙层次的黄巾道将，竟然会被一个谪仙击败！”骨焰散人咬牙切齿地说道。此次他不惜破开空间界限，强行打开通道送去一颗母豆，结果没过多久他便与此豆失去了联系，他痛惜得快要吐血了。

“如此看来，不是十方楼的消息有误，就是韩立遇到了什么特别的机缘，已经恢复了实力。只是如此一来，你我在下界的那两个宗门恐怕要有麻烦了，我们得尽快想办法解决才行。”净明真人目光闪烁，沉吟道。

“哼，此事绝不能就这么善罢甘休！”骨焰散人的脸色变得愈加阴沉。

灵寰界，境元观中。

阖山道人看着正向自己一步步走来的韩立，心里不由得一紧，浑身肥肉都微微地颤抖起来。若不是被禁制困住了，他早就和门内的长老弟子们一起逃之夭夭了，甚至比他们逃得更快。

韩立在阖山道人身前停下，面无表情地盯着他看了一会儿，忽然韩立手臂一抬，并指朝着阖山道人的眉心处点去。

“韩前辈，饶命啊！晚辈做的这一切都只是奉命行事，实在是不得已而为之啊。”阖山道人背上冷汗淋漓，飞快地求饶道。

“哦？那你说说是奉了谁的命令？”韩立眉毛一挑，停下手上的动作，笑着问道。

“这次的事，晚辈皆是奉上界祖师谕令所为，否则晚辈哪敢做出如此大逆不道之举。”阖山道人想也不想就连忙答道。

“你们境元观的老祖为何要下此等命令，莫非他认识我？”韩立继续问道。

“这……据祖师所言，仙界有一个隐秘的组织，发布了捉拿前辈的悬赏令，赏金之高绝非我们这种下界小修士所能想象。天鬼宗的骨焰老祖收到悬赏令之后，便来游说我们老祖，故而有了这次的……无礼之举。”阖山道人眼珠一转，急忙解释道。

“无礼之举？你说得倒是轻巧！骨焰散人收到了悬赏令，你们境元观的净明真人怎么会没有收到？”韩立当即冷笑一声，讥讽道。

阖山道人脸色一僵，小心翼翼地答道：“也许是两个老祖共同定下的计策，我身为后辈实在不清楚个中细节。况且老祖有令，晚辈心中即便万般不愿与前辈您作对，也只能无奈遵从。”

韩立闻言，并未再多说什么，沉吟片刻后，他心中已经有了答案。

阖山道人见韩立沉默不语，以为他在犹豫是否要取自己的性命，心中畏惧更甚，便咬牙道：“前辈神通盖世，阖山从今往后愿奉前辈为主，所有的材料丹药都可以献给前辈，整座境元观也将以您为尊，任凭您驱使……”

“奉我为主……你倒是识时务。”韩立微微一愣，不禁哑然失笑。

以韩立的性格，事情既然已经到了这一步，他本没打算留下对方的性命，结果他还没动手，对方就老老实实地交代了一切，还自愿奉他为主，如此一来，倒是可以省去他不少麻烦。毕竟韩立的本意也并非要在这小小的灵寰界掀起太大的风波。

话说回来，在灵寰界他也遇到过不少高手，像阖山道人这般“识时务”的，却从来没有见过，这不禁让他想起了一个故人——孙二狗。

“多谢前辈大恩！”阖山道人见韩立没有拒绝，立即恭敬地谢道。

“我对境元观没有什么兴趣，也懒得做那鸠占鹊巢之事，日后你只需听我的吩咐，替我做些事情即可。不过在此之前，我要先对你设置禁制。”韩立摆了摆手，说道。

说罢，韩立竖起一只手掌，开始吟诵咒语，只见他五根手指的指尖全都亮起光芒，一根根纤细的晶丝从指尖延伸而出，如水草般在空中飘荡。随着韩立手指微微一屈，那些晶丝立即变得笔直。

阖山道人看到这一幕，顿时浑身一颤，脸色也变得苍白，但他仍摆出一副任由韩立处置的模样。

韩立眼中闪过一丝满意之色，他手掌一探，五根晶丝立即射出，刺向阖山道人的头。

在晶丝入体的瞬间，阖山道人只觉得识海中传来一阵针扎般的刺痛，他忍不住发出一声哀号，脸色也变得煞白。但自始至终，他都没有做出任何反抗和挣扎的举动。

"这些晶丝乃我神念所化，现已深植于你的神魂之中，日后你若敢对我有半点异心，我一念之间就能让你魂飞魄散，你明白了吗？"韩立一挥手，将之前缠在阖山道人身上的银焰绳索撤去，缓缓地道。

"晚辈明白，晚辈日后一定竭力侍奉前辈，绝不敢有二心！"阖山道人从地上站起身，低眉垂首应道。

"表忠心的话就不必再多说了，你先告诉我，观内与仙界沟通的法阵设在何处？"韩立直接问道。

"敬天峰后山和隗山峰上各有一处，我这就带前辈过去。"阖山道人毫不犹豫地答道。

两道遁光飞掠而起，一前一后朝远处飞去。

不多时，本已恢复寂静的境元观内的山峰间突然响起两声轰鸣，这令不少刚刚返回宗内仍惊魂未定的长老弟子再次惊惶起来。直到发现除了这两声轰鸣之外，并没有出现其他异常情况后，他们才安心了几分。

毕竟这一夜发生了太多事，整个境元观有三分之一的地方已经面目全非，连太上大长老都下落不明，还有什么怪事是不可能发生的呢。

约莫半个时辰之后，一胖一瘦两道人影飞至境元观深处的一座山峰之上，直接进入了一座大殿之中。

殿内正中央，有一座白玉平台，平台上面刻着一圈圈复杂的符文，看起来此处应该是一个法阵。

"这便是通往天鬼宗的传送阵？"韩立看着身前的法阵，问道。

“是。此处与天鬼宗的黑暝峰相连，虽然不能直接进入天鬼宗的核心区域，但已经处在山门之内了。”阖山道人立即答道。

“如此，你便陪我走一趟。”韩立闻言笑着说道。

“是！”

说罢，两人便踏入法阵之中，他们周围的地面上立刻升起一片耀眼的白色光芒，瞬间将他们吸了进去。

天鬼宗，祭幽峰。

一座幽深大殿中，主位之上坐着一名身穿红色锦缎长袍的中年男子，男子生着一双桃花眼，面部线条柔和，肌肤呈现出病态的雪白，看起来颇具阴柔之美。

不过，此刻男子的脸色却有点难看，他一只手紧握着椅子的把手，低声说道：“半日前，供奉在司魂殿中的两位太上大长老的魂牌先后碎裂，我们通过秘术与他们联系都没有得到任何回应。对于此事，你们怎么看？”

大殿的左右两侧，总共坐着十几个人，而且这十几个人都拥有合体期修为，但是此刻他们全都神色凝重，一言不发。

殿内鸦雀无声，陷入一片死寂。

良久之后，终于有一个虬髯大汉忍不住站了起来，说道：“宗主，一定是魂牌出了问题，童大长老可是灵寰界第一修士，他不会轻易就殒命吧？”

“对啊，一定是哪里出错了……”殿中有人附和道。

“付长老，魂牌是以修士的一缕分魂和一滴鲜血辅以秘术炼制而成，这数万年来可出过一次错？”一名身着红色纱裙容貌美艳的女子站起身来反问道。

虬髯大汉闻言一滞，张了张口想要反驳，却不知该说些什么。

“魂牌不会出错，童大长老两人也绝不可能轻易殒命，那会不会是他们被什么特殊的法阵困住了，以至切断了与魂牌的联系？”众长老中一名驼背老者说道。

“宗主，不管出了什么状况，两位太上大长老去了境元观后就杳无音信，以防万一，我们应当先将宗内所有的防御禁制尽数开启，并将这一情况尽快汇报给上界老祖才是。”一名生着紫色短髯的中年男子站起身来，对主位上的红袍男子提议道。

坐在主位上的红袍男子松开揉捏眉心的手，说道：“我也正有此意，开启禁制一事就交由卢长老你去做吧，老祖这边我会……”

红袍男子的话还没说完，就听到“轰隆”一声巨响，整个大殿都随之震动起来。

第37章

收服大乘

“怎么回事？”众人皆是一惊。

下一刻，十几道遁光飞掠而出，径直到了大殿外的广场上。

只见殿外的天空之中，浮现出一个黑色光罩，正是天鬼宗的一个护宗大阵。被黑色光罩笼罩着的数十座山峰，是整个天鬼宗的核心区域，宗门内的所有紧要之处，都分布在这些山峰之上。

此时的黑色光罩上幽光浮动，符文乱闪，看起来极不稳固。而黑色光罩之外，有一只身高数十丈的金毛巨猿，正抡起拳头，砸向黑色光罩。

“轰——轰——”

金毛巨猿的巨拳砸下，黑色光罩一阵剧烈地波动，被击打处出现两个深坑，甚至发出了“吱吱”的声音。

“哪里来的孽畜，竟然有如此恐怖的力气！”

“此兽和传闻中的真灵山岳巨猿颇为相似，莫非……”

“不管怎么说，这大胆妖孽居然敢来我天鬼宗撒野，我们一定要将其拿下，以儆效尤！”

以虬髯大汉付长老为首的七八名合体期修士，在看到大阵外的金毛巨猿后，先是一怔，继而做出一番猜测，然后纷纷祭出自己的法宝朝着金毛巨猿飞掠而去。

卢长老正要飞身上前，却突然想到了什么，身形一顿便停了下来。

跟卢长老一样没有出动的，还有一名驼背老者、一名美艳女子和一名独眼巨汉。

这四人，正是当日在魔焰谷中联手引出九天魔焰对付韩立之人，此刻四人眼神交会，都从对方眼中看到了一丝震惊。

与此同时，天鬼宗内所有的长老、弟子都从各自的府邸飞出，落在附近的峰顶或是广场上，凝神观望。

金毛巨猿对于冲上来的那些人视若无睹，继续抡起双拳对着黑色光罩一阵狂击。

“轰隆隆——”

黑色光罩扭曲变形，不堪重负，开始寸寸碎裂。

金毛巨猿庞大的身躯蓦然从光罩的裂开之处穿过，朝着一座山峰的峰顶坠落而去。从祭幽峰冲过来的那几名合体期长老，此时已经到了金毛巨猿面前。

冲在最前面的付长老发出一声怒吼，只见他周身涌出猩红的红雾，将他整个人罩住，下一刻，他便化为一个五六十丈高的红甲巨鬼。红甲巨鬼双手紧握一柄红色巨斧，冲着金毛巨猿当头劈去。

红色巨斧所过之处，浮现出一个个红色旋涡，从旋涡深处传出强大的吸力，似乎要将周围的一切事物吸至斧刃之下。

紧随红甲巨鬼身后的，是数道颜色各异形状不同的鬼道法宝，这些法宝或带着滚滚黑雾，或掀起一条红河，遮蔽了大半个天空，气势汹汹地朝着金毛巨猿扑去。

一时间，天空中阴风怒号，血气翻滚，阴魂索命之声此起彼伏，方圆数百丈内的温度骤然下降。

金毛巨猿嗤笑一声，下坠之势不减，一只手臂高高抬起，冲着下方的黑雾红河一巴掌扇了过去。

“呼啦！”

一股无法言喻的强大气浪如同一堵百丈高墙一般，以摧枯拉朽之势朝着下方推进。

付长老所化的红甲巨鬼首当其冲，红色巨斧轰然劈在这股气浪之上，直接崩碎了。

紧接着，红甲巨鬼那巨大的身躯就像是撞在了巨石之上，半边身子陷了进去，而后化作一团红光，爆裂开来。

红甲巨鬼后方的黑雾红河，尚未接触气浪，便被一股股无形的巨力吹得散开了大半，藏在其中的骨剑、骷髅、血环等法宝，无一例外全都爆裂了。

半空中不断传出哀鸣声，由于本命法宝被毁，数道人影口吐鲜血，从半空中掉落。

剩下的人见此，顿时大惊，纷纷朝后方逃去。

下一刻，金毛巨猿那庞大的身躯如一颗陨石般从高处直落而下，重重地砸在一座山峰之上，周围的大地猛然一震，滚滚烟尘升腾而起，半座山峰随即崩塌。山峰周围传出一阵阵惊呼声，数百道遁光掠起，急速向四面八方飞去。

这时，一个数寸高的元婴突然从半空中的那团红光中疾射而出，容貌与付长老十分相似，元婴一脸惊恐，作势朝远方遁走。

然而，那元婴身上刚亮起光芒，一道肥硕的身影就无声无息地在他身旁浮现，正是阖山道人！

阖山道人对着那元婴一掌拍出，元婴顿觉四周空气一紧，连一声哀号都来不及发出，就化作一团红光，殒灭了。

祭幽峰上，天鬼宗宗主看到七八位合体期长老的联手一击竟然被那金毛巨猿一巴掌就击退时，内心已经非常震惊了，此刻再看到突然出现的阖山道人，他的脸色顿时变得异常难看。

“阖山前辈，你这是在做什么？”天鬼宗宗主强装镇定，扬声问道。

阖山道人望了一眼金毛巨猿，才转过头来，摇了摇头说道：“石宗主，实不相瞒，贵宗的两位大乘期长老都已经死在了韩前辈手中。天鬼宗，算是完了。”

阖山道人的声音不大，但听在天鬼宗宗主以及宗内其他修士的耳中，犹如晴天霹雳。

卢长老等四人顿时面色惨白。

他们方才就已经在金毛巨猿身上感应到了一股熟悉的气息，现在听阖山道人这么一说，他们更加确认金毛巨猿就是由韩立所化，自然也知道阖山道人所言非虚了。

卢长老深吸了一口气，嘴唇微微翕动，向石宗主传起音来。

石宗主听完，面露犹豫之色，最后还是一咬牙，冲半空中的阖山道人恭敬地施了一礼，说道："阖山前辈，既然天鬼宗已经注定无法保全，我们与其白白赴死，不如就此投降。我们日后愿意为韩前辈效犬马之劳。"

"效力一事，有我境元观就足够了。至于韩前辈的怒火，就由你们天鬼宗来承受吧。"阖山道人目露精光，嘿嘿一笑道。

说罢，阖山道人衣袖一甩，一柄桃木古剑飞出，古剑迎风变大，眨眼间就变为一柄十余丈长的巨剑，剑身上有无数玄奥符文缭绕，爆发出一团刺目的金光。

下一刻，巨剑化为一道光，朝着石宗主等人斩去。

那道光所过之处，空气一阵震荡。

石宗主等五人顿时大惊，立即朝不同方向倒射而出，同时身上亮起各色光芒，挥手之间，便祭出了不少防御法宝。

在几人说话间，金毛巨猿已经一闪身出现在一座巨峰之前，它发出一声咆哮，高高扬起双拳，如同擂鼓一般重重地砸向山壁。

只听"轰隆"一声巨响，山壁顿时寸寸龟裂，出现数道如同蛛网般密集的裂缝。紧接着，整座山峰猛地一震，轰然崩塌，扬起滚滚烟尘。

这时，一道高大的人影忽然从烟尘中一闪而出，悬在半空中，正是恢复了人形的韩立。

他的目光向四周飞快地一扫，见到处都有遁光亮起，天鬼宗的大部分长老和弟子，都在四散奔逃。而远处的祭幽峰上，更是光芒频闪爆鸣声不断，阖山道人与天鬼宗宗主和数名合体期修士正在激烈交锋。

韩立双眼微眯，低吟了一句咒语，然后猛地张口一喷，一个银色火球立即喷射而出。

“噗——”

那银色火球在空中幻化成一只尺许长的银色火鸟。韩立见状，手上掐诀，并指朝火鸟点去。

银色火鸟猛地仰头，发出一声鸣叫，身躯以不可思议的速度变大，转眼间就变成一座小山那么大，接着，它双翅一展，冲向了下方一片密集的建筑。

伴随着一声惊天动地的巨响，银色火鸟径直撞入了建筑群的中心处，然后爆裂开来，化作一片火海，将所有的建筑吞没。

韩立见此，忽地一转身，朝着数百里外的另一座山峰飞了过去。他早已从阖山道人那里得知，那座山峰名为“藏幽峰”，是天鬼宗最重要的几座山峰之一，宗内的藏经阁和丹器殿都坐落在藏幽峰之上。

数日后。

冷焰宗，圣火峰后山紫竹林海内的院落中。

司马镜明正手握一块传信法盘，在屋内来回踱步，他的脸上满是欣喜之色。以他修行无尽岁月才有的养气功夫，按理说不应该有如此表现，但他此时实在有些抑制不住自己激动的心情。

突然，他身前墙壁上挂着的卷轴亮起光芒，冷焰老祖的身影浮现而出。

“恭迎老祖。”司马镜明见状，立即停下脚步冲冷焰老祖躬身一拜。

“怎么，那件事有结果了？”冷焰老祖淡然问道。

“启禀老祖，确实有一桩天大的喜事。”司马镜明眼中闪着光，快速回答道。

冷焰老祖闻言，眉头微微一皱，没有说话。

司马镜明立即反应过来，自己有些失态了。他连忙调整了一下心情，道："老祖恕罪，就在今日，那位韩前辈突然传信过来，说天鬼宗已从灵寰界除名，让本宗前去接管之前被天鬼宗掌控的部分区域和宗门势力，还说算是补偿之前宗门典籍被毁的损失。"

"部分……那境元观呢？"冷焰老祖闻言，脸上没有明显的喜色，而是冷静地问道。

"这个韩前辈没有提及，不过根据传回来的消息来看，境元观虽然损失惨重，但并没有像天鬼宗一样，遭遇灭门之祸。"司马镜明思量片刻后答道。

冷焰老祖听罢，眉头微微一蹙，沉吟良久后才低声说道："我原以为他顶多拼得一死，令两大宗门遭受巨大损失，没想到他仅凭一己之力，就重创了境元观，还一口气灭了天鬼宗，看来老夫之前还是低估他了。"

"老祖，经此一事后，我们冷焰宗定能扬眉吐气一跃成为灵寰界的第一大宗门。"司马镜明忍不住欣喜地说道。

"切不可得意忘形，你继续密切关注境元观的动向。对了，我记得韩立有一个妹妹在我们宗门，日后你一定要好生待她，不可有丝毫怠慢。另外，门内所有与韩立有关系的人，你都要在资源方面给予优待并尽量与他们交好。"冷焰老祖吩咐道。

出云峰山腰处的一座洞府内。

清冷的月光透过窗户照进房间，照在一名肌肤胜雪、容貌秀美的宫装少女身上。

此时，少女正倚坐在房内的牙床边，她脸上挂着淡淡的笑容，两行晶莹的泪水顺着脸颊流淌而下。

"父亲，哥哥，天鬼宗已经被韩大哥灭了，丰国也重新归冷焰宗掌管，我们余家的大仇总算是报了，族人不日将迁回故土，你们在天之灵，可以安息了。"少女擦了擦脸上的泪水，低声诉说着。

这名少女自然就是余梦寒，此刻她正因大仇得报喜极而泣，她的脑海中忍不住浮现出那个高大青年的身影。

“韩大哥……”她不禁唤出了声。

半个月后，境元观九宫峰上。

身穿一袭青衣的韩立，正俯身将最后一块浣星石嵌入地面之中。

伴随着“咔嗒”一声轻响，整个聚星台骤然大亮，朦胧的银光从空中洒落，将整个高台笼罩。台上所有的星图，瞬间被点亮。

韩立仰头望了一眼繁星密布的夜空，神色平静地沿着台阶缓步朝聚星台上走去。

仙界。

一片不知名的海域中，有一座小岛，岛上有一座高约千丈的大山，山顶有一座占地面积极广的城池。

城池外围的城墙高逾百丈，通体暗黑，与整个山崖融为一体。靠近大海那一侧的围墙上，有斑驳的痕迹，那是每次风暴降临之时，巨浪拍击在围墙上，经年累月留下的痕迹。

城池之内，除了有四条笔直的大道之外，还分布着不少狭窄的小道，无数家商铺坐落其中。

城中居民不少，大街上车水马龙，连小巷里也是熙熙攘攘，十分热闹。

城池的西南区域，有一条青石窄街，里面酒楼商铺勾栏瓦舍应有尽有，道路两侧到处飘着幌子，人来人往，有些嘈杂。

青石街尾的一棵青杨树旁，有一座不起眼的三层小楼，青砖筑墙红木为柱，八角飞檐青瓦盖顶，外面临街挂着一杆青色旌旗，上面写着一个大大的“药”字。

小楼一层的大堂中，几个身穿布衣的伙计来回走动，忙着招待前来购置灵药的客人。少数客人由掌柜领着去往二楼。二楼通往三楼的楼梯口，设有一道青色木门，很明显，三楼不是一般人可以上去的。

此时，三楼的一间客室之中，两个人正相对而坐。

其中一名青年，身着黑色劲装，容貌俊秀，正是方磐。另一人约四五十岁，身材微胖，身着金钱印花绸缎长袍，面上带着和善的微笑，一副寻常富商的模样。

方磐打量了一番，见周围幽光闪烁，整个房间被一个淡金色的禁制光罩笼罩着，便说道："正所谓大隐隐于市，贵楼将分楼设在这种凡人聚居的闹市，倒也有些意思。"

"哈哈……十方楼不比宗门大派，我们干的就是'包打听'的营生，自然不能设在人迹罕至的仙山福地了。"中年男子笑着说道。

"先前你们传信过来，说已经有了那人的消息，此话当真？"方磐话锋一转问道。

"那是自然，我们让您跑这一趟，为的就是完成这笔交易。"中年男子笑了笑，说道。

方磐闻言，二话不说，手腕一翻，取出一个鼓鼓囊囊的青色储物袋，放在桌上。

中年男子拿起储物袋，放出神识一扫，脸上的笑意更浓了，点了点头说道："您要找的那人，如今正在灵寰界。"

说罢，中年男子手掌一挥，一只盛满清水的紫金圆钵，就出现在茶几之上。他抬起一根手指，在钵沿上轻轻一敲。

"咚——"

紫金圆钵中的清水顿时荡起一圈圈涟漪，一道青光闪过之后，一幅金毛巨猿与黄巾巨人激烈交战的画面浮现在水面上。

方磐一眼就看到了那只体形巨大的金毛巨猿，目光顿时一凝，眼中的杀气显露无遗。

中年男子见状，脸色没有任何变化，依旧是一副温和微笑的模样。

片刻之后，中年男子的手掌在紫金圆钵上轻轻一抹，钵内的光芒顿时变暗，画面也随之消失。

“此人如今还在灵寰界一个名为‘境元观’的宗门中，一时半会儿应该不会离开。”中年男子缓缓地说道。

“有劳贵楼了。”方磐道谢，心里已经开始盘算如何前往灵寰界了。

“不必客气，拿人钱财，予人方便罢了。日后阁下若还有需要，欢迎再来光顾。”中年男子笑着拱手道。

方磐正要说话，一道金光突然在他的腰部亮起，并不停地闪烁。

中年男子见状，立即站起身，恭敬地说道：“此处的禁制绝无问题，阁下可以放心在此休息，在下就不打扰了。”说完，他拱了拱手，便头也不回地退出了房间。

待中年男子走后，方磐从腰间摸出一块金色令牌。

他望着令牌上闪烁的金光，犹疑了片刻，才双眼一闭，放出神识注入令牌之中。

下一刻，方磐的身影出现在一座金碧辉煌的大殿之中，殿内空荡荡的，没有任何陈设，只是四面墙壁之上，雕刻着许多精致华美的花鸟纹路。

大殿正前方，站着一位面戴白纱的宫装女子，她一见到方磐，便说道：“方磐，近日云浮界爆发了千年一遇的隐兽大潮，界内已有数百座城池遭殃，数十个宗派被灭门。现特令你前去云浮界处理此事。”

方磐闻言，脸色微变，犹豫了片刻之后，说道：“仙使，完全平息隐兽大潮，至少需要数年时间，属下现在还有一些紧要之事不得不立即赶去处理，敢问能否换另外的人去执行此次任务？”

“除了你，我下面的其他人都已经各有任务，并无一人得闲，只有你在完成上次的任务之后，一直没有接新的任务。”白衣仙使摇了摇头，说道。

“仙使，可……”方磐还想辩解，可他话说到一半，就被打断了。

“方磐，你莫不是忘记了自己的职责和仙宫的规矩？”白衣仙使提高了声音说道。

“不敢。方磐接令。”方磐心中万般不愿，也只得答应道。

他从令牌之中收回神识，咬着牙说道：“算你小子走运，就让你再多活几年。”

三年之后，境元观。

夜晚，九宫峰上银光闪耀，恍若白昼。

整个聚星台都笼罩在七道奇粗无比的银白色光柱之中，一股由星辰之力汇集而成的巨大龙卷风围在光柱之外，看起来就像一堵无法逾越的围墙。

此刻，韩立正盘膝坐在高台中央，身体仿佛被星光注满，整个人通透发亮，近乎透明。在他的胸腹处，有六个蓝色光点按照勺子的形状分布，闪烁着熠熠光辉，位于勺子手柄处的第七个蓝色光点虽然还有些朦胧，但也能隐隐看见了。

这时，韩立的睫毛颤动了几下，双眼忽然睁开，手上法诀一收，笼罩在聚星台周围的七道光柱顿时光芒一敛，消失了。

半空中有七道黑光飞至，化作七面星月宝镜，被韩立随手收起。

当初在境元观，为了从秘境中逃脱，他将原先的星月宝镜自爆，后来他在天鬼宗缴获了大量阴辰石，便又重新炼出了七面星月宝镜。

他面上露出一丝笑意，喃喃自语：“终于快要凝聚出第七玄窍了。”

对于玄仙，韩立原本没有太多直观的感受，自从三年前和那黄巾巨人一战之后，再加上他修炼小北斗星元功的感悟，如今他已经对这个层次有了更深的认识。他相信，等他修成真极之躯之后，若是再遇上黄巾巨人这种对手，他应该不需要动用涅槃圣体，单凭肉身力量就足以压制对方了。

想到这里，他忽然记起一件事，立刻手腕一翻，他掌心就多出了一颗核桃大小的黄色豆子，正是他从黄巾巨人胸腔中取出的那颗。

自从得知仙界有一个隐秘的组织在悬赏捉拿自己之后，韩立就一直忙于修炼提升实力，今天还是第一次仔细观察这颗豆子。

他先是将豆子捧在手心，凝神观察了片刻，发现此豆除了个头比一般黄豆大数十倍之外，便无其他特殊之处了。

第38章

打听

然后，他将神识深入黄色豆子中进行探察，顿时一惊。

此豆之内，充斥着青色光芒以及令人惊讶的勃勃生机，若非亲眼所见，韩立甚至会以为自己正身处一片茂密的森林。

“此豆竟然蕴含着如此充沛的生命力，果真非同一般。”韩立睁开双眼，不禁赞叹道。

具体该如何使用这颗黄色豆子，韩立还不知道，但以此物所蕴含的生机来看，日后说不定会派上大用场。

韩立将这颗黄色豆子收了起来，然后站起身，沿着聚星台边上的石阶向下走去。

这时，一道粗大的亮光突然从天边急速飞至，落在了韩立身前。

一脸焦急的阖山道人从遁光中现身，他匆忙向韩立施了一礼，焦急地说道：“韩前辈，出事了！”

“怎么了？”韩立问道。

“方才司马道友从冷焰宗传来消息，说……说柳姑娘被……被人带走了……”阖山道人有些吞吞吐吐地说道。

“说清楚，到底是怎么回事？”韩立脸色一沉，问道。

阖山道人一见韩立面色不善，急忙解释道：“傍晚时分，灵焰山脉的禁制突然被一名白衣女子破开，她闯入山脉后直奔出云峰带走了柳姑娘。”

“那人就这么堂而皇之地带走了乐儿，冷焰宗没有人出手阻止吗？”韩立微怒，继续问道。

“司马道友称，他曾经试图阻拦，但失败了。那名女子只是随意地挥了一下衣袖就将司马道友震飞了，不过，那女子似乎并无伤人之意，她只说自己是柳姑娘的同族，便带着柳姑娘飘然离去了。”阖山道人躬身答道。

“一挥袖便轻易地击退了司马镜明……”韩立一怔，沉默了。

“司马道友是这么说的。韩前辈，是否需要我派境元观弟子去探察一下柳姑娘的下落，我境元观在寻人方面，还是很……”阖山道人小心翼翼地提议道。

“据你所知，此界内可有人能够在挥手之间就逼退一名大乘期修士？”韩立看了阖山道人一眼，打断了他的话。

“这……应该没有。”阖山道人微微一怔，答道。

“好了，此事我知道了，你退下吧。”韩立闻言，如此道。

阖山道人恭敬地答应一声，离开了聚星台。

韩立看着阖山道人远去，沉默了片刻，然后他一挥手，一个银色光罩浮现，罩住了整座聚星台。

第二日一大早，阖山道人再次出现在九宫峰前，冲聚星台的方向施了一礼，朗声道：“晚辈阖山，拜见韩前辈。”

其实这三年来，阖山道人每日都会来此向韩立汇报灵寰界的各种消息，并不时充当冷焰宗的传话筒，风雨无阻，从未间断。大多数时候韩立都在闭关修炼，他便禀报一声，然后在旁边耐心地等待一个时辰左右，再恭敬地告退离去，整个过程中他都表现得毕恭毕敬，没有丝毫不耐烦。

以至于境元观的弟子渐渐发现，这位往日深居简出百年难得一见的大乘期太上大长老，如今竟然时不时便能遇见，虽然只能远远地看上一眼，但也足以令不少低阶弟子激动不已了。

当然，几乎所有合体期以及部分炼虚期的观内长老，都或多或少知道一些内情，但他们都十分默契地选择了闭口不言，就好像完全不知道此事一般。

阖山道人恭敬地垂手立于距离九宫峰百丈外的空中，看着被银色光罩笼罩的聚星台，心中有些纳闷。

平时韩立闭关修炼，聚星台附近都弥漫着星辰之力，而且或多或少都会有些动静，今日怎么静悄悄的？

他虽然有些疑惑，但不敢贸然打扰，或许韩立在进行别的修炼？于是，他依旧乖乖地在一旁等候，一个时辰后再次告退离去。

时间一天天过去，阖山道人依旧每日来此，但是他发现，聚星台内始终没有任何动静。

一转眼两个多月过去了，阖山道人有些沉不住气了。

这一日，他等了半日之后，发现聚星台上还是没有任何动静，只有周围的银色光罩在闪烁着光芒。

“韩前辈，关于柳乐儿被掳走一事，在下又找到了一些新线索，不知您现在是否有暇？”阖山道人深吸一口气，扬声问道。

银色光罩中仍然没有丝毫反应。

“韩前辈！”阖山道人又提高声音喊了两声，光罩内还是毫无回应。

“难道……”阖山道人脸色一变，挥手打出一道金光，落在银色光罩之上。

“咔嚓！”

银色光罩应声破碎，聚星台上空空如也，哪里还有韩立的影子？不过，在台面中央，放置着一块白色玉简。

阖山道人拿起白色玉简，将神识探入其中。下一刻，他脸上露出激动之色，浑身的肥肉也随之晃动。玉简中记载的，正是他体内禁制的解除之法。

“多谢韩前辈！”

阖山道人收回神识，朝着远处天际恭敬地行了一礼。

灵焰山脉。

某座大殿之中，司马镜明和宗主及几名合体期长老商议了一番之后，其他人陆续离开，大殿内只剩下司马镜明一人。

他轻轻地呼出一口气，显得有些疲惫。自从天鬼宗这个灵寰界曾经的第一大宗门在一夜之间被灭了之后，这几年各方势力为了争夺天鬼宗留下的地盘，一直争斗不休，冷焰宗作为原三大宗门中唯一一个实力未受损的宗派，尤其忙碌。

以至他这位大乘期修士也没有了清修的时间，终日都在处理各项事务。在这之前，他基本只顾自己闭关修炼，极少理会门派内的事，现在骤然开始打理门中事务，他还真有些不太习惯。

当然，司马镜明之所以会如此，有一部分原因是因为本该在天鬼宗一事中大伤元气的境元观，不仅没怎么受损，反而还从中获得了不少好处。为何会如此，他自然知道，却又无法明言。

不过，看到冷焰宗的势力不断扩张，身处仙界的那位冷焰老祖极为高兴，他已经接连数次赐下犒赏。

有了这些赏赐，若之后好好闭关修炼，自己的实力肯定能够再进一步。如此下去，他日功德圆满飞升仙界，也变得不那么遥不可及了。

司马镜明暗暗高兴，站起身，正要朝着大殿后面走去。

“司马道友。”一个熟悉的声音突然响起。

司马镜明听闻，脸色一变。

只见青光一闪，一名青袍男子出现在大殿内，正是韩立。他笼在袖子里的手中，闪过一道散发着银光的紫色符篆虚影。

司马镜明看清楚来人后，瞳孔一缩，内心闪过无数念头，脸上却露出了灿烂的笑容，拱手道：“原来是韩前辈，数年不见，前辈风采更胜以前，真是可喜可贺。”

“司马道友客气了。”韩立的语气颇为冷淡。

“韩前辈，先请坐。”司马镜明不由得心中一紧，连忙请韩立在首座坐下，自己陪在旁边。

“韩某今日前来，没有什么要事，就是听说我那柳家妹子被人从冷焰宗给带走了，不知此事是否属实？”韩立坐下后，立刻问道。

“是……是晚辈看护不周，让人带走了柳姑娘，不过其中另有隐情……”司马镜明忐忑不安地解释道。

“带走乐儿的那名女子的身份，司马道友可有头绪？乐儿当日说了什么？”韩立面无表情地打断了司马镜明的话。

“禀前辈，带走柳姑娘的是一名年轻貌美的白衣女子，她自称是柳乐儿的同族，并让我转告韩道友，多谢你此前对乐儿的照顾。在下以前绝对没有见过那女子，事后我也曾派出宗内弟子多方打探，却毫无进展，故在下心中有了一个猜测……”司马镜明说到最后，不禁有些犹豫。

“说出来听听。”韩立眉头微微一挑。

“在下猜测，那女子应该不是灵寰界中人，毕竟她的实力异常强大，我连她的一招都接不住。我甚至怀疑，她是一位来自上界的真仙。”

“真仙……”其实韩立心中早已有一些猜想，所以，此时他听到司马镜明如此说，并没有表现得如何惊讶，只是皱眉沉思起来。

据他所知，柳乐儿所在的云狐族，只是一个没落的妖狐族分支，否则当年她家也不会被血刀会所灭，现在怎么会突然冒出一个疑似是真仙的族人？莫非她祖上有人飞升仙界，恰好在此时返回灵寰界？又或者，柳乐儿隐瞒了一些事情，没有告诉他？

“既然司马道友已经尽力了，韩某自然不会怪你。幸好那人是乐儿的同族，应该不会伤害她。”韩立叹了一口气道。

司马镜明见韩立真的没有发怒，暗暗松了一口气，他此时才发现，自己竟已出了一身冷汗。

“对了，韩某此次前来，还有一件事想向司马道友请教。”韩立沉默了片刻，突然说道。

“不敢，不敢！韩前辈有话请讲，在下必当知无不言，言无不尽。”司马镜明连忙道。

“不知贵宗的冷焰道友可与你提过飞升仙界之事？从灵寰界飞升仙界，可有什么忌讳？”韩立没和司马镜明客气，直接问道。

司马镜明闻言吃了一惊，深吸一口气后，恭敬地答道：“韩前辈走的是力修一脉，一旦修成真极之躯，前辈的肉身便会被此界之力所排斥，若想飞升，必须以力破空。”

“原来如此。”

韩立点了点头，难怪他修炼小北斗星元功时，越接近圆满，越是强烈地察觉到一股说不清道不明的无形之力在压制着他，以致他施法飞遁都会受到一些影响。

“因为灵寰界靠近北寒仙域，所以从这里飞升到仙界，会被北寒仙域的某处飞仙台接引过去，别的倒是没有什么忌讳。相反，由于下界灵力稀薄，但凡能够成功飞升之人，都是天资极高、心性坚定之人，在仙界一般也会受到重视。”司马镜明没有丝毫隐瞒，将自己所知道的关于飞升仙界的事都说了出来。

韩立闻言，脸上神色丝毫未变，心中却是思绪万千。

仙界这种对待从下届飞升上来的仙人的态度，不管是从前的灵界，还是如今的灵寰界都一样，他此刻显然已经被仙界的某股势力或某个人给盯上了，而他最不希望的就是引人瞩目了。

“除了刚刚说的飞仙台接引之外，其实我们灵寰界还流传着一种类似偷渡的方法，可以避开被飞仙台接引，偷偷地飞升到仙界。”司马镜明见韩立沉默不语，又补充道。

“哦，你说来听听。”韩立心中一动，追问道。

“说白了，此法就是找出灵寰界和仙界之间的一些薄弱的空间节点，通过空间属性法阵之力或是其他方式强行破开，从而进入界面间隙，最后抵达仙界。”司马镜明想了想后，如此道。

“此法并非正途，困难怕是不少吧？”韩立若有所思地道。

他当初从人界飞升到灵界时所用的不正是这种方法吗？想来也只有在灵寰界这种离仙界很近的界面，才能使用这种方法吧。

“前辈明鉴。用这种方法飞升仙界风险极大，因为界面间隙内危险重重，即便能安全通过，抵达仙界时也很有可能会被传送到一些危险之地，毕竟仙界的空间薄弱之处，一般都不是什么好地方。而且以这种方法飞升的仙人，根本无法享受以仙池淬炼肉身的好处，也无法得到仙牌认证身份，到了仙界之后会遇到不少困难。”司马镜明老老实实地回道。

韩立点了点头，面上神色如常，心中却颇为兴奋。

飞升仙界之事，一直困扰着他，如今终于找到了一个有效的解决方法。至于司马镜明口中所说的危险，以他现在的实力，只要做好充分的准备应当无碍，故而他并没有放在心里。

“多谢司马道友指点。”韩立点头称谢。

“韩前辈千万不要跟晚辈客气。前辈此番给了敝宗如此大的好处，老祖特意交代过，一定要我们向韩前辈好好道谢。”司马镜明语气诚恳地道。

“是吗，没想到冷焰道友还记得韩某。”韩立淡淡一笑，似有深意地说了一句。

“韩前辈说笑了，老祖……”司马镜明心中“咯噔”一下。

“好了，司马道友留步吧。”韩立说完，便转身化为一道青光，朝着远处飞去。

目送韩立的身影完全消失在远处天际之后，司马镜明不禁松了一口气。

离开冷焰宗之后，韩立便如同人间蒸发了一般，再也没有在灵寰界出现过。不过他的事迹，却被添油加醋形成了数个版本，渐渐流传开来，使他成为一个富有传奇色彩的人物。

因为他的出现，原本已经达到某种平衡的灵寰界，掀起了一场腥风血雨。

有人说韩立是一个常年闭关不出的高人，也有人说他是一名谪仙，更有甚者说他其实是一个不知道已经活了多少万年的拥有真灵的老妖。

整个灵寰界对韩立的评价褒贬不一，有人认为他是一个杀人不眨眼的大魔头，也有人觉得他铲除了天鬼宗这个行事蛮横霸道不讲理的势力，还了灵寰界一个安宁。

总之，一时间众说纷纭。

不过天鬼宗覆灭之后的混乱，仍然持续了数百年的时间，各大宗门势力经过多次角逐，在无数修士殒命后，新的格局终于渐渐形成，并慢慢地稳定下来。当然这些都是后话了。

在柳乐儿失踪之后的数月，一个烈阳高照的日子。

灵寰界北方的某处海洋，无边无际，由于这片海域时常会腾起遮天蔽日的浓密黑雾，故而被称为“暗海”。

这片海域蕴含浓郁的灵力，生活着不少海兽，更有数种外面寻觅不到的灵材，故而来此处探险寻宝猎杀海兽的修士络绎不绝。

暗海深处的一座荒岛附近，“隆隆”的轰鸣声不断传出，方圆数十里内的海面波涛翻滚，腾起一道道十几丈高的巨浪，朝着四面八方涌去，就连海面上的黑雾也在一股无形之力的作用下旋转起来，形成一个巨大的旋涡。

旋涡中心有三个人，这三人正在和一只长得像海牛的海兽打斗。

这三人分别是一个绿衫少妇、一个黑袍老者还有一个中年道士，他们都拥有化神初期修为。虽然三人修炼的功法不同，但配合起来非常默契，显然他们已经不是第一次联手了。三人法宝的光芒交织在一起，形成一个圆圈，将那头海兽围在中间，不停地攻击。

那海兽通体蔚蓝，背脊上有两道从额头一直延伸到尾部的黑色条纹，颇为罕见。它不时发出牛吼般的怪叫，身上蓝光闪烁，接着，密密麻麻的蓝色雷球从它身上浮现，抵御着激烈的攻击，一道道粗大的蓝光也不断从它口中喷出，朝着黑袍老者三人射去。

那蓝色海兽的修为虽然比黑袍老者三人高，达到了化神中期，但它的攻击手段太单一，所以，它逐渐被三人压制了。

激战又持续了小半个时辰，蓝色海兽的护体光芒终于被击破，它的脑袋被黑袍老者的一道急速旋转的黑色剑光击中。

蓝色海兽哀号一声，挣扎了几下之后，就倒在地上不动了。

“哈哈，秦道友的噬魂钻心剑果然厉害，连这头以防御著称的成年黑斑玄海牛也抵挡不了你的攻击。”那中年道士大笑着赞叹道。

“枯木道友过奖了。”黑袍老者眼中闪过一丝得意，单手一招将那黑色剑光收回。原来那是一柄奇形长剑，形如两条毒蛇交缠在一起，剑身发出冰冷的黑光。

黑袍老者挥手将长剑收好，看得出来他十分珍爱此剑。此剑花费了他大半生的积蓄，威力堪比一般灵宝，还带有破甲的神通，是他为了对付皮糙肉厚的海兽特意炼制的。

黑袍老者三人很快将蓝色海兽的尸体分割完毕，每个人的收获都不小。

“依我看，就算面对的是化神后期的海兽，只要我们三人联手，还是有希望取胜的，即便不能取胜，安全撤退应该是没有问题的，不如我们继续深入暗海？”那绿衫少妇朝着前方海域望去，提议道。

中年道士眼神闪烁，似乎对这个提议有些心动。

“万万不可，两位来这暗海不久可能不知道，再往前不远便是暗海著名的凶地星罗海眼区域，那个区域的海底有无数奇深无比的海眼，里面生活着很多厉害至极的海兽，甚至有炼虚期乃至合体期的海兽，相传海眼最深处还有一条堪比大乘期的五爪墨龙。虽然那些海兽大多数时间都待在海眼中，极少来海面活动，但除了合体期大能，仍然没人敢靠近那个区域。说实在的，我们追这头黑斑玄海牛来到这里，已经很危险了，我们不能再往前了，还是立刻回去为好。”黑袍老者连忙劝阻道。

“大乘期的海兽！这怎么可能？”中年道士不禁倒吸了一口凉气，震惊地喊道。

绿衫少妇也是一脸的难以置信。

“当然，这只是传说而已，相传那五爪墨龙已经在此生活了至少十万年，它最后一次出现是在数千年前，当时它的实力就已经达到了合体期巅峰。之后这么多年它没有现身，有人猜它的寿元可能已经耗尽了。不管怎么说，此地危机四伏，我们赶紧离开才是正确的选择。”黑袍老者摇了摇头，有些焦急地道。

中年道士和绿衫少妇一听，连忙点头。就在黑袍老者三人准备朝着来路飞回时，一声惊天动地的巨响从前方海域传来。

声源不知在多远的地方，声音却清晰地传到了这里，黑袍老者三人脚下的地面也随之剧烈地震颤了一下。

黑袍老者三人脸色一变，纷纷朝着声源方向望去。

下一刻，“隆隆”的响声再次从前方传来，同时，一股庞大的灵压和飓风袭来。

黑袍老者三人心中大骇，转身便逃，但是已经来不及，他们才飞出没多远就被飓风卷走了。

好在这飓风往前冲出不远之后，就变弱了，黑袍老者三人急忙运功稳住身体，他们早已被吓得脸色煞白。

就在此时，又是“轰”的一声巨响传来！

前方百里外的海面上突然发生了爆炸，一个巨大的黑影从里面倒飞而出，黑影在空中飞了一大段距离之后，重重地砸在离黑袍老者三人不远的荒岛上，整座荒岛随之颤动。

那黑影竟然是一条巨大的黑色蛟龙，蛟龙足有两三百丈长，全身覆盖着漆黑如墨的鳞片，头上长着一对犹如珊瑚般的长角，胸腹处还有四只硕大的爪子，每只爪子上都有五根犹如黑色巨剑一般的脚趾，闪烁着冰冷的光芒，一股无法言喻的庞大气息从这蛟龙身上散发出来。

黑袍老者三人见状，吓得面无人色。尤其是黑袍老者，他并非散修，而是某个规模不小的宗门的内门弟子，他们宗内有一位合体期老祖坐镇。据他观察，这蛟龙散发出来的气息，比他宗内那位合体期老祖要强大得多。

“难道那个传闻是真的？”黑袍老者十分震惊，不由得猜测道。

就在此时，蛟龙翻了个身，再次引得地面一阵颤动。

黑袍老者三人连忙倒退了百余丈之远，再定睛望去，只见蛟龙的胸口处有一个大洞。

“嗖”的一声，一道青色人影从海面飞出，快速从蛟龙身旁掠过。

只见一道寒光闪过，蛟龙的头掉落在地。

蛟龙庞大的身躯颤抖了几下后，彻底不动了。

第39章
两件异宝

就在此时，一道黑光从蛟龙头中一闪而出，里面包裹着一条数寸长的小黑蛟龙，慌慌张张地就要朝远处遁去。

青色人影一闪身便挡在了小黑蛟龙身前，口中喷出一道青色光芒，将小黑蛟龙笼罩住，接着，青色人影便将小黑蛟龙塞进了一只玉瓶中。

黑袍老者三人看得目瞪口呆，僵立在不远处的半空中。

那青色人影光芒一闪，现出一名身材高大的青袍男子，男子看起来二十五六岁，长相普通，皮肤黝黑。

青袍男子没有理会黑袍老者三人，他径直走到蛟龙身旁，单手一抬，五指在空中一抓。

“砰——”

只听一声巨响，蛟龙的头裂开，一颗拳头大小的黑色晶核从中飞出，黑色晶核的表面布满花纹，此物应该就是这蛟龙的妖丹。

青袍男子将那晶核一收，然后五指一并化为刀状向巨龙斩去，只听“咔嚓”数声脆响，蛟龙的四只巨爪便被斩了下来。

青袍男子将巨爪一一收起后，目光一转又落在了蛟龙的脖颈处，那里有一块直径约一丈的淡银色鳞片。和其他黑色鳞片不同的是，这块淡银色鳞片周围长着几根淡银色的骨刺，而且，这淡银色鳞片和骨刺上，都有着和妖丹上类似的花纹，并且散发出惊人的灵力波动。

青袍男子小心地将淡银色鳞片和骨刺取了下来，又拿走了蛟龙身上的几处妖兽材料，接着，他便站起身，转头看了黑袍老者三人一眼。

青袍男子的眼神并没有恶意，但是黑袍老者三人心中还是忍不住“咯噔”一下，三人顿时汗如雨下，手足无措。

青袍男子没有理会黑袍老者三人，他很快就收回了目光，化为一道青光，朝着远处飞射而去。

等青袍男子彻底消失在远处，黑袍老者三人才松了一口气。

“这……这蛟龙难道就是我们刚刚说的五爪墨龙？”中年道士看着黑色蛟龙的尸体，问道。

“应该是，而且看这情形，这蛟龙极有可能已经进阶到了大乘期！”黑袍老者的心情也平复了几分，点了点头说道。

绿衫少妇和中年道士闻言，都忍不住倒吸了一口凉气。

“那位前辈竟然能徒手斩杀这蛟龙，而且看他的样子，似乎没有费多少力气，莫非他是一位大乘期的大修士？冷焰宗的司马前辈和境元观的阖山前辈的画像我都见过，肯定不是他们两人。”绿衫少妇仍心有余悸，面带疑惑地说道。

“莫非此人幻化了外貌？”中年道士想到了另外一种可能。

“应该不是，从这蛟龙的伤口来看，刚刚那位前辈很可能是一名纯粹的力修，而司马前辈和阖山前辈都不是力修。”黑袍老者摇了摇头，说道。

“既然不是那两位前辈，难道这灵寰界还有别的大乘期修士？”绿衫少妇有些诧异地问道。

“是还有一位……难道你忘了数年前，那位在一夜之间灭了天鬼宗的韩立前辈？他正是一名力修啊！”黑袍老者压低声音说道。

“那位韩前辈……没错，传闻他还十分年轻，莫非真的是他？”绿衫少妇的双眸不禁微微一亮。

“据说这位韩前辈可是来自仙界的谪仙，是真正的仙人！”中年道士也有些激动地道。

黑袍老者三人说着话，目光都落在五爪墨龙的尸体上，眼中不禁流露出炙热的光芒。

这蛟龙的尸体，韩立虽然弃之不要，但是对只有化神期修为的黑袍老者三人来说，却是至宝，哪怕只是一小块蛟龙的肉，他们拿回去都足以引起一场不小的轰动了。毕竟，这可是大乘期妖兽的肉！

天晶门创派至今，已经有二三十万年的历史了，底蕴虽然比不上冷焰宗、境元观这些超级大宗，但门中也有数名合体期修士坐镇，实力绝对不容小觑。只是此宗行事一贯低调，所以，在灵寰界的名气并不大。

此时，天晶门内，一个巨大的演武场中。

耀眼金光闪过，雷鸣般的响声传出！

一名银袍老者像箭一般倒飞而出，撞在演武场周围张开的禁制上，喷出一口鲜血。

一个淡金色的钵盂旋转着飞回他手中，表面灵光暗淡，似乎受到了损伤。

银袍老者对面，站立着一个青袍修士，修士脸上被一层青光笼罩着，看不清容貌，他正缓缓地收回右手。

演武场外还围着三名合体期修士，看见此景皆骇然，急忙撤掉了演武场周围的禁制，飞到银袍老者身前，满脸戒备地盯着远处的青袍修士。

“大长老，你没事吧？”

“我没事，这位道友已经手下留情了。”银袍老者说完，取出一颗黄澄澄的丹药服下，片刻之后脸色才好看一些。

此言一出，周围三人顿时一怔。

“道友实力超凡，老朽竟然连一招也接不住，实在惭愧……”银袍老者冲青袍修士一拱手，苦笑着说道。

“阁下既然认输了，按照约定，请将八宝玲珑玉交出来吧。”青袍修士面无表情地说道。

银袍老者无奈，对身旁一名合体期大汉说了一声。

大汉虽然不甘愿，还是一跺脚飞走了。

片刻之后，大汉就飞了回来，手中托着一个数尺长半尺宽的白色玉盒，将其交给了银袍老者。

银袍老者在玉盒上轻抚了一下，眼中闪过一丝不舍之情，但还是挥手发出一道金光托着玉盒递到了青袍修士身前。

青袍修士伸手接过玉盒，手指上青光一闪，点在玉盒上。

“噼啪”一声轻响，白色玉盒打开，里面放着数块大小不一的白色玉石，这些玉石虽然看似寻常，表面却隐约有八色灵光在流转，颇为奇特。

青袍修士点了点头，盖上盒盖，翻手收好。

“本门几条玲珑玉髓矿，万年下来才积累了这些极品八宝玲珑玉，希望道友能妥善利用。”银袍老者叹了一口气，郑重地道。

“阁下放心，我自然不会让这些玲珑玉埋没了。”青袍修士一笑，屈指轻弹，只见一道白光射出，落到了银袍老者身前，银光中现出一个储物手镯。

“我不会白拿贵宗之物，这里面的东西，应该足以抵偿这些八宝玲珑玉了。”青袍修士说完，一闪身化为一道青光，消失在天际。

银袍老者将神识探入储物手镯，顿时一惊。

储物手镯里面有大量的灵石，还有一批万年灵草和一些极为珍贵的妖兽材料。论价值，这些东西确实不在那些八宝玲珑玉之下，甚至还远远超过了。

短短数月之内，灵寰界各处接连发生了一些离奇之事，好几个宗门的珍稀材料、秘术功法或是宗门典籍都被一个神秘人夺走。

此人不知从何而来，修为极高，不过他行事还算妥当，被夺走宝物的宗门，都得到了价值不菲的补偿，故而此人的这些行为并未引起灵寰界各大宗门的公愤，倒是让很多散修及宗门弟子津津乐道。

此人出现得突兀，活跃了几个月之后，又突然销声匿迹，再也没有出现。

转眼间又是大半年过去了。

灵寰界东南区域，有一条延绵数十万里的赤红山脉，名为“火云山脉”。山脉中都是一座连着一座的巨大火山，火山常年喷出炙热的岩浆，令空气中充斥着刺鼻的气味。

山脉的山体都呈黑红色，仿佛烧红的铁块，连天空中的云也常年呈现出赤红色，火云山脉因此得名。

这里是灵寰界最大的火灵之地，也是灵寰界著名的几处凶地之一，即便是修为高深的修士，也不敢深入此处。

火云山脉深处有一条岩浆大河，滚滚流过，发出“轰隆隆”的声音。岩浆表面红光闪烁，似乎有无数火焰在燃烧。此处的温度之高令周围的空气也发生了变化，出现了淡淡的波纹。

距离岩浆河流不到百丈远的一处悬崖石壁上，被人挖出了一个巨大的山洞，洞中发出各色光芒，还不时传出各种尖厉的声音。

这一日，一声龙吟般的长啸从山洞中传出，随后，一道粗大的白色光柱从山洞中腾起，直冲天际。光柱之中隐约能看到两条蛟龙和一件巨大骨铠的虚影，良久之后才慢慢消失。

山洞之中，一名青袍男子盘膝而坐。

此人正是韩立，此刻他的身前悬浮着两件闪烁着灵光的宝物：一件骨质的铠甲，造型古朴，上面刻了八个图案，都是盾牌、宝伞、法轮之类的东西；还有一双银色的拳套，拳套上布满银白色的骨刺。两件法宝都散发出骇人的灵力波动。

韩立的目光从这两件法宝上缓缓地扫过，脸上露出一丝满意之色。

骨质铠甲名为“八宝玲珑骨甲”，拳套则叫“破天拳甲”。

这两件法宝并非寻常的法宝，只有拥有极强的肉身之力的力修才能发挥出它们所蕴含的强大威力。它们是韩立专为自己量身打造的，炼制之法是他从天鬼宗的典籍中找到的。

司马镜明说过用偷渡之法飞升仙界非常危险，韩立为了保险，费尽心思收集了很多奇珍异宝，炼制出这两件法宝。

韩立将骨甲、拳甲收好，翻手取出一块青色玉简，上面是一幅灵寰界的详细地图。

地图上，特意标出了好几处地方。这些地方是韩立从各个宗门的典籍中找到的几处薄弱空间节点的位置，不过他还没有亲自去验证。

韩立的目光落在地图东南区域的一个标注点上，陷入了沉思。

片刻之后，一道青光从峡谷射出，朝着远处飞遁而去。

灵寰界，一座高逾万丈的雪山之上。

天空中飘着一层厚厚的黑色阴云，从中传出闷雷之声，一道道暗蓝色的电光在云层深处若隐若现地闪动着。阴云下方，狂风呼啸，雪片纷飞，整座山峰几乎被大雪覆盖。

距离这座雪山百余里之外的地方，却是月明星稀一片宁静，与此处形成了鲜明的对比。

这座雪山的顶部已经被人削平，成了一个直径足有百丈的巨大平台。

平台之上，竖立着数十根高达十丈的黑色石柱，看似杂乱无章，实则暗藏玄机，它们围成了一个巨大的内外两层的环形法阵。法阵中央的地面上，雕刻着一道道复杂精密的灵纹，法阵周围的石柱顶端，镶嵌着一块块蕴含着精纯灵力的灵石。

此时，一道挺拔的身影迎着漫天风雪盘膝坐在法阵中央。

此人身着单薄青衫，长相普通，眼睛明亮，正是韩立。

只见他双眼一闭，双手在身前飞快地掐诀，低声吟诵着咒语，他体内的小北斗星元功随即飞快地运转起来。

刹那间，峰顶之上光芒大亮。

无数银白色星光冲破阴云，从天空投射下来，化作七道粗大的银白色光柱，照在峰顶的平台上。在狂风中飞卷的漫天雪片，落入这银光之中，纷纷消融，消失不见。

韩立双手掐诀伸过头顶，做举手向天之状，他腰间立即乌光一闪，七面星月宝镜径直飞出，分别飞入一道银白色光柱之中，发出灿烂的光芒。

与此同时，韩立头顶上方忽然出现了一个奇异的旋涡，吸引着七面星月宝镜向其汇集而去。旋涡越来越大，从中传出的吸力也变得越来越大，七面星月宝镜加速朝着旋涡中心汇集而去。

而那七道银白色光柱，也被这股力量牵引着，朝着旋涡中心汇集而去。

只听“轰”的一声巨响，七道银白色光柱终于汇集在一起，融合为一道巨大的光柱，笼罩了整座雪山。

此时，天空中的北斗星光芒大亮，也开始发生惊人的变化。只见自天枢星开始，天璇、天玑、天权等七颗星依次亮起银紫色光芒，继而一颗接一颗地闪烁起来。

片刻之后，北斗星开始变化形状，先是从原本的勺子形状变为一条直线，继而首尾相接，形成一个圆环。

紧接着，一道粗大的银紫色光柱从那圆环中射出，穿过无尽夜空，照射在韩立身上。

“呼——”

银紫色光柱照在韩立身上的瞬间，他的衣衫化为灰烬，全身的皮肤反射出银色光芒，变得透明。

透过皮肤，可以看到他体内的肌肉和骨骼正在发生变化，起初，只是散发出淡淡的银色光泽，后来仿佛被银浆包裹了起来。

“嗡嗡”声大作，无数银色光点洒下，化作巨大的球形光罩，将整座雪山笼罩起来，一阵阵恐怖的灵力波动从中传出。

波动不断增强，整座雪山随之剧烈地晃动起来，连带着整片山脉，也变得极不稳定。

方圆千里之内，大地不断晃动，不少地方直接裂开了一道道狭长的地缝，有的地方甚至造成河床变动，致使江流改道。

附近茂密的原始丛林中，到处升腾起黄土烟尘，无数野兽在林间狂奔，发出各种嘶吼声。各种鸟雀飞兽拍着翅膀争相从林中飞出，黑压压的一片，遮蔽了半个天空。

“轰隆隆——”

距离雪山数百里外的一座沉寂了万余年的火山，在这股震荡的影响下，再次爆发。

大量的暗红色岩浆，伴着浓重的黑烟从火山口喷涌而出，射向高空。

无数烧得通红的岩石，被高高地抛飞而起，随后又疾速坠落，在夜幕中留下长长的轨迹，穿过层层弥漫开来的火山灰，砸入山林之中。

森林中立即燃起熊熊烈焰，在滚滚浓烟之中，将大片夜空都照得火红。

整座山脉之中，接连有十几道遁光从不同的地方飞出，全都停在了距离银色光球数百里之外的高空中，俨然是一群修士。

这些人之中，既有相貌清俊的年轻公子，又有风姿绰约的中年妇人，更多的是耄耋之年的老者。

他们全都是潜藏在这条山脉的散修，大多是独身一人，实力参差不齐，其中最弱的为结丹后期，最强的也不过炼虚中期。

除开这群看起来与普通人无异的修士之外，还有一些相貌奇特之人，有的头上生有竖角，有的身上长有斑斓纹路，有的体外覆着一层皮毛，有的直接长着一颗猛兽的头，俨然是妖修。

然而，不论是人族修士，还是妖族修士，此刻全都既惊恐又疑惑地望向雪山顶部，却没有一个人敢靠近探察。

“如此威势，难道是有大乘期修士将要渡劫飞升？”

一名白袍青年望着雪山之上的种种异象，惊疑道。

与他同来此处的另一名消瘦老者却摇了摇头，道：“我看这天象不像是要降下劫雷，倒像是有人在修炼极其玄妙的功法，即将大成才引来天地异象。”

“修炼功法？这怎么可能……”

白袍青年倒吸了一口凉气，他无论如何都不敢相信，单凭修炼功法就能引发这么大范围的天地异象。

就在这时，峰顶之上忽然传来一声震天咆哮，一股强大的气浪顿时以雪山为中心呈环形之势朝着四面八方席卷而去。

远在数百里之外的众人见状，纷纷遁光一闪朝后方倒飞而去。其中有一名道行尚浅的妖修，没来得及退远，便被气浪追上，顿时被击得口吐鲜血，差一点就落得身死的下场。

等逃开原地百余里之后，众人才停了下来，心有余悸地朝雪山峰顶望去。

只见那笼罩着整座雪山的球形光罩，竟然又增大了一倍，将更大的范围笼罩了进去，整座雪山已经变得模糊一片，只能隐约看到轮廓了。

与此同时，境元观九宫峰上，胖胖的阖山道人站在聚星台上，望着夜空中正在发生异变的北斗星，神情复杂。

之前在韩立的压迫下，他被迫摧毁了门内与仙界之间的联通法阵，算是彻底背叛了净明真人。如今韩立即将离去，待韩立离开之后，若是身处仙界的老祖追究起来，自己该怎么应付，这件事他可要好好想一下。

此外，冷焰宗这些年的发展十分迅猛，明里暗里吸收了不少中小势力，大有与境元观平分秋色之势，一旦韩立离去，这灵寰界怕是又要不太平了……

想到这里，阖山道人不由得暗暗叹了一口气。

无独有偶，冷焰宗圣火峰顶的广场上，一身紫袍的司马镜明，此刻正双手扶着白玉栏杆，仰头遥望夜空，脸上的神色有些复杂。

半晌之后，他长长地吐出一口气，如释重负般道：“韩前辈，你终于要离开了……"

尽管如今的冷焰宗在吸收了天鬼宗的残余势力后实力大增，但韩立的存在，一直像是一座无形的大山，压在他的心头。

虽然他们冷焰宗与韩立并未交恶，相处得还颇为融洽，但是留这么一个一举手就能毁灭一派宗门的人在宗内，无异于将一张随时都有可能爆炸的符箓放在身边，任谁都不会觉得轻松。

此刻，出云峰上一处偏僻的洞府中。

一袭白衣的古韵月与身着宫装的余梦寒，相对坐在院落天井的石桌边。

余梦寒正扬起小脸，遥望着夜空中化为环形的北斗星和那道古怪的银紫色光柱，眼神迷离。

"这位韩长老，对你倒是异常友好，不但将这座洞府留给了你，还留下了这么多法宝和丹药，这些资源总计已经不少于一个小型宗门的资产了，就是让你用到化神期，也绰绰有余了。"古韵月看着余梦寒这副模样，笑着调侃道。

余梦寒闻言一愣，才恍然回过神来，解释道："韩长老多半是念在当年我带他和乐儿妹妹入余府之事，才会对我这般好。其实真正说起来，当年那点恩情他早就已经还清了，反倒是我……欠韩长老的更多一些。"

古韵月闻言，面露微笑，摇头不语。

师徒两人遂都不再多言。

在出云峰半山腰处的一座洞府中，一名头戴莲花紫冠、身披灰白道袍的年迈老道正盘膝坐在密室之中，正是白石道人。

在他身前，放着一本青色古书，上面写着五个大字：玄水炼幽录。

这本古籍，是天鬼宗的上乘鬼道功法，一直是不外传的重要秘籍，所以，当韩立突然现身并随手将其赠予他时，他完全不敢相信。

拿到秘籍的当天，白石道人便开始用心钻研，如今已经修炼到第二层，原先困守多年的结丹初期瓶颈，终于有了一丝松动。他十分惊喜，同时感到很庆幸，幸好当初自己有福缘，短暂地追随过韩立。

第40章

神秘气泡

深夜，漆黑的天空中，其他星星都暗淡了，唯有北斗星异常闪亮。

突然，从北斗星投射而下的那道粗大的银紫色光柱一闪，消失不见了。

只听“轰隆”一声巨响，那笼罩着整座山峰的球形光罩轰然炸裂，无数银色光点如同萤火虫一般漫天飞舞，照亮了大半个夜空。远远望去，仿佛是九天银河坠落人间。

这番美景并未持续太长时间，这些银色光点像是突然受到召唤一般，骤然朝着雪峰顶部急速收拢而去，并悉数没入一名周身闪耀着银光的青年体内。

此人不是别人，正是韩立。

大量银色光点狂涌而至，韩立始终保持掐诀姿态，双目紧闭，一动不动。

不知过了多久，韩立的睫毛一颤，双眼蓦然睁开，眼中蓝光闪烁，熠熠生辉。

下一刻，他发出一声轻喝，一片如同雾气般的银色光芒从他口中喷出，那银光闪烁片刻后，隐没在空气中。在他的胸腹处，亮起七个蓝色光点，光芒闪耀，熠熠生辉。

第七玄窍，终于凝聚成功了！

他周身的银色光芒逐渐消失，他的肌肤之外，却多出了一层半透明的薄膜，上面还隐隐有淡银色的光在流转。

“这就是真极之膜，练就真极之躯的象征！果然，只要小北斗星元功修炼圆满，真极之躯也就修成了！”

韩立大喜，抬起手臂，仔细地观察这层包裹全身的薄膜。此膜触之微凉，无异物感，仿佛就是自己身体的一部分，更让韩立惊奇的是，此膜竟然不需要他消耗法力来维持。

他神识一动，这层光膜立即收缩，贴在了他的皮肤上，接着，仿若星辰般的光芒闪过，此膜便融入了他体内，消失不见。而当他心念一动，再次催动神识时，光膜又瞬间浮现而出。

韩立试了几次后，心中欣喜不已，在确认了自己能够对真极之膜做到收放自如的同时，他还发现，自己的神识之力，已经全部恢复了。

如今，若是单纯比拼神识之力，普通真仙已经远远不及韩立。这对即将返回仙界的韩立来说，无疑是一个极好的消息。

至此，方圆千里的异动终于逐渐平息，就连那座爆发的火山也安静了。只有蔓延在山林中的大火，一时半会儿还无法熄灭。

数百里之外，悬浮在空中的一众散修，皆仰首遥望，有些不知所措。

那名白袍青年背上已被汗水浸湿，他喃喃自语："这是……结束了吗？"

"或许吧……"消瘦老者面露迟疑，有些不确定地道。

此时雪峰上的韩立，却收起了欣喜的表情，目光沉静，神色有些凝重。只有他知道，真正的考验才刚刚开始！

方才，就在他成就真极之躯的第一时间，来自界面的排斥之力便已经出现，一直在压迫着他。

现在的他，只觉得周围的空气流动瞬间变得缓慢，他整个人仿佛陷入了泥淖之中，连呼吸都变得有些不顺畅。

对于这股排斥之力，他并不陌生，当初在灵界飞升之时，他就短暂地感受过，只是当时他忙于应付雷劫，并未太留意。

他深吸一口气，双手掐诀，嘴唇轻启，口中传出一阵阵吟诵咒语的声音。

"嗡"的一声响，数十道光芒同时亮起，一股股浓郁的灵力从石柱顶端的灵石中涌出，并顺着石柱上的纹路流入法阵之中。地面与周围石柱上刻着的道道符文立即亮起光芒，很快就汇集成一个精致繁复的银色光纹阵。

此阵名为“界空灵纹阵”，是韩立在境元观藏经阁中一本古籍里找到的一种空间法阵。虽然此阵不能打破空间，但清除部分空间阻碍还是没有问题的，对于他来说，也算是一大助力。

“轰！”

数十道银色光柱同时从雪峰之上冲天而起，径直刺入高空的阴云之中。

厚重的阴云在银色光柱刺入的瞬间，化作一个巨大的旋涡，开始围绕着光柱急速旋转，同时带动周围的风雪，也跟着疯狂地转动起来。

一道道粗大的雷电，如同一条条蛟龙，不断在光柱四周翻腾，发出一阵阵沉闷的声响。

原本还在观望的一众散修，见此情形顿时一惊，生怕又有什么异象发生，纷纷主动撤离，这一次直接飞到千里之外，才惊疑不定地停了下来。

而此时，处在法阵中的韩立站起身来，手腕一挥，数十道乌光立即从他的衣袖中飞出，朝着四周的银色光柱飞射而去，正是近百面星月宝镜。

这些星月宝镜在飞入银色光柱之后，立即顺着光芒直冲而上，纷纷没入了阴云之中。

为了炼制这些具有空间之力的星月宝镜，韩立不仅将自己在天鬼宗内所得的阴辰石用尽了，连从童人垩的储物袋中得到的阴辰石，也都消耗一空。

韩立掐动法诀，默默吟诵一阵咒语之后，眼中突然蓝光一闪，大喝一声：“爆！”

“轰隆隆……”

巨大的爆鸣声接连响起，无数银色星光在天空中炸裂开来，化作一个银色光罩，在阴云旋涡之中撑出一片银光区域。

这时，韩立身上光芒一闪，骤然一跃飞身而起，朝着那片银光区域冲去。

旋涡内部一片模糊，到处都弥漫着灰蒙蒙的雾气，成百上千道或长或短的灰白色空间裂缝，杂乱地分布在银光区域四周，看起来极不稳定。

韩立目光扫过，就见那些裂缝之中时不时就会有一道细小的灰白色光刃飞出。周围的阴云一接触到那些灰白色光刃，就会立即被切碎，甚至连不远处的一道闪电，在闪现的瞬间被一道光刃切中，瞬间便化作两截消散开来。

随着周围灰白色光刃的不断闪现，由无数星光撑开的银光区域也遭到了侵袭，以肉眼可见的速度不断缩小。

看着大片银光重新被阴云吞没，韩立不再迟疑，口中发出一声低吼，周身顿时金光大放，身体急剧变大，瞬间幻化成一只数十丈高的金毛巨猿。

金毛巨猿的两眉之间裂开一道血痕，一团黑气从中涌出，一只黑幽幽的眼珠顿时浮现而出。眼珠的瞳孔深处黑光一闪，从中射出一丝纤细的黑色光线。

黑色光线一喷出，就剧烈地颤动了一下，而后便化为一道碗口粗的漆黑光柱，一闪即逝，不见踪影。

下一刻，阴云旋涡的深处传来一阵轰鸣声。紧接着，整片天空都寂静下来，整个空间都像被冻结了一般，连旋转的阴云和翻卷的风雪都瞬间静止了。

在那旋涡深处，一堵高不过十丈，形状极不规则的灰白色光墙，浮现在阴云之中。

金毛巨猿眼中蓝光一闪，双臂一抬，两道璀璨的银光便在它那大如山包的拳头上亮起，一双布满银白色骨刺的拳套骤然浮现，将它的拳头都包裹起来。

一声震天巨吼之后，金毛巨猿催动全身法力，浑身上下顿时透出金色光芒，顺着手臂流入拳套之中。拳套之上顿时光芒大放，变大了一倍。

与此同时，韩立胸腹处亮起七团蓝色光芒，浑身肌肉再度鼓胀，两只手臂更是变粗了一圈。

金毛巨猿猛然提起拳头，朝着灰白色光墙砸了过去。

一团银光冲出拳套，在半空中飞速变大，然后化作房屋般大小的银色蛟龙头的虚影，径直冲入旋涡深处。

"轰隆隆！"

整片天空剧烈一震，旋涡深处的灰白色光墙之上，出现了一道道蛛网般的裂缝，几乎爬满了墙面。

然而，纵是这样，那灰白色光墙仍然没有裂开，反倒是之前撑起的那片银光区域，在这剧烈的震荡中轰然崩碎开来。

原本已经静止的阴云再次疯狂卷动，无数裂缝逐渐扩大，朝金毛巨猿那边蔓延。

韩立所化的金毛巨猿见状，立即在空中迈开步伐，几次闪动之后便鬼魅般出现在灰白色光墙的前方。金毛巨猿再次调动全身法力，手臂之上光芒流转，金色毛发之下多出一层金色鳞片，肌肉迅速鼓胀，胸前七处玄窍光芒大放，手上的拳套也亮起璀璨的光芒。一道逐渐凝实的龙首银影浮现，一阵阵蛟龙的低吼声从中传出。

"给我破！"金毛巨猿口吐人言，发出雷鸣般的声响，一拳朝着灰白色光墙砸了过去。

"轰——"

金毛巨猿右手拳套上的骨刺寸寸断裂，龙首银影与拳套同时爆裂开来。

只见一轮银色"太阳"在天空中骤然亮起，绽放出令人无法直视的璀璨光芒，几乎将整堵灰白色光墙吞没。

紧接着，瓷器碎裂的声音响起！

前方的灰白色光墙顿时裂开一道丈许高的口子，露出后面灰色的空间。与此同时，那破口之中传来一股韩立从未感受过的，极其强烈的空间波动。

他目光略一闪烁，身上顿时金光一闪，重新变回人身，一闪身便没入了那破口之中。

韩立一进入那破口，他身后的十几道空间裂缝和阴云，便一起将那堵灰白色光墙吞没了。

又过了数息的工夫，雪峰之上的银白色光柱敛去光芒，逐渐暗淡下来，高空中形成的旋涡也逐渐消散，其中的空间裂缝也一点点消失了。

漫天的风雪重新席卷而下，峰顶上除了呼啸的风声，一切都归于寂静。

冲过灰白色光墙后，韩立目光所及之处，都是五颜六色的光芒在狂暴而无序地涌动着，这些光芒汇聚成铺天盖地的巨大洪流，彼此倒卷冲撞，发出震耳欲聋的巨响声！

不时有一道道白色的空间裂缝在光芒中涌现，传出惊人的吸力，发出“呜呜”的声音。

在此处，不管是修为通天的大乘期修士，还是肉身几近不灭的高阶妖兽，稍有不慎，都可能神魂俱灭，甚至连转世轮回的机会也会失去。

这里便是界面间隙！

此时的韩立，仿佛一个不会水的人，突然被扔到了一片渺茫无边的大海中。他虽然对界面间隙的危险程度有所预料，知道自己不可能轻易通过，但没想到会是眼下这般情景。

这里的空间风暴，比他从人界飞升到灵界时通过的空间风暴厉害了不知多少倍，若非他如今已经修炼成真极之躯，并且吞服过数不尽的灵材，恐怕在进入此地的瞬间，他便会粉身碎骨。

韩立全身早已被一件古朴的白色骨甲所覆盖，正是那件用灵寰界诸多天材地宝炼制而成的八宝玲珑骨甲。在周围此起彼伏的巨大吸力的拉扯下，他显得有些飘摇不定。

韩立深吸一口气，骨甲绽放出耀眼的白光，骨甲上面的宝伞、盾牌、法轮等图案顿时光芒大放，发出“哧哧”的声音，随后尽数化为真的宝伞、盾牌、法轮等从骨甲上飞射而出，围绕着他旋转。

这些东西滴溜溜一转，随即融为一体，化为一个犹如实质的护罩，将韩立笼罩其中。这护罩发出夺目的白光，有隔绝周围的空间波动之效。

韩立这才渐渐地稳定下来。他看着身上的骨甲，满意地点了点头。

当初炼制这八宝玲珑骨甲，就是为了应对界面间隙中的空间风暴，所用的材料都是他特意挑选的，几样主要材料中都蕴含着空间属性，如今看来，果然没有令他失望。

他眼中蓝光闪动，催动遁光朝着前方飞去。

周围的空间风暴不断涌来，都被八宝玲珑骨甲挡住了。

一炷香的工夫过后，韩立的眉头再次皱了起来。

有了宝甲护体，虽然看起来暂时无碍，但是在这些风暴中穿梭的速度极慢，从进来到现在，他只飞出了区区百里。

若只是消耗时间倒也没什么，这里毕竟是两界之间的薄弱空间节点，慢慢前进总有一天能抵达仙界，但他能明显地感觉到，宝甲在承受风暴轰击的过程中，其中蕴含的灵力正在飞快地消耗。

“本来还想留些气力应付突发情况，眼下看来是不行了。”韩立略一沉吟，低声自语。下一刻，他浑身发出七彩光芒，恍如太阳般耀眼。

一声直冲云霄的凤鸣声响起，韩立滴溜溜一转，赫然化为一只身长数十丈的巨鸟。

正是惊蛰十二变中的天凤变身！

八宝玲珑骨甲自动分解开来，化为一块块骨片，贴在天凤身体各处，护罩没有受到丝毫影响。

天凤双翅一展，化为一道七彩幻影，迅疾无比地朝着前方飞遁而去，速度比先前快了不少。

一阵空间风暴袭来，一接触到天凤的身体，天凤身上便爆发出七彩光芒，风暴便自动滑了过去。

天凤真灵有操控空间之力的神通，在这空间风暴中飞行简直如鱼得水。

韩立目露兴奋之色，口中一声长啸，速度陡然再次提升，在无尽的空间风暴中穿梭而过，飞快前进着。

时间一点点过去，界面间隙中没有日夜变化，不过他估计已经过去了差不多一日。

这一日里，他频遭艰险，简直比一年时间还漫长。

界面间隙中不只有空间风暴，还潜伏着其他无法预知的危险，甚至还有一些稀奇古怪的生灵数次向他发动袭击。

所幸在他明清灵目的提前探察下，加上天凤的空间操控之力，总算是有惊无险。

此时，天凤周身的七彩光芒比一开始暗淡了很多，眼中也隐隐带着疲惫。

长时间维持变身，对肉身之力消耗不小，不过这还是其次，韩立担心的是身上的这件骨甲。

骨甲表面已浮现出一道道裂纹，周围形成的白色护罩也只剩下薄薄一层，还不及刚开始时的三分之一。

“早知如此，还不如多花些时日，再多炼制一件宝物……”

韩立心中苦笑，终究将此念头打消，毕竟开弓没有回头箭，此刻说什么都已经晚了。

他深吸一口气，全身七彩光芒一闪，飞遁速度再次提升。

结果，才往前飞了片刻工夫，他眼睛忽地一亮，轻轻“咦”了一声。只见前方的空间风暴中，隐约出现了一点微弱的白光。

“难道……”韩立一怔，心中不觉想到了一个可能性，不由得再次提升飞遁速度，飞快朝着白光进发。

越往前进，白光越亮，一股神圣高贵的气息从里面散发出来，仿佛那里是无数界面的圣地，高高在上，遥不可及。这种气息他仍清楚地记得，正是仙界的气息！

“终于……”韩立十分激动，长长地舒了一口气。

韩立的运气还算不错，否则八宝玲珑骨甲一旦破碎，单凭他自己，今日恐怕真的要葬送在这界面间隙里了。虽然此时他非常疲惫，但眼前的景象还是令他精神一振。只要能够返回仙界，他自然有办法找出通缉自己的那个庞大组织，然后顺藤摸瓜找到自己失忆重伤的真相。

“咦！”

又往前飞了一段距离后，韩立微微一怔，放缓了飞遁的速度。

只见前方不远处的空间乱流中，赫然漂浮着一个巨大的黄色物体，足有数千丈高，圆滚滚的，乍一看仿佛是一个巨大的气泡。

周围翻滚的空间风暴一碰到这个气泡，立刻就被弹开，竟然不能伤其分毫。而这神秘的气泡之中并非空无一物，隐约能看到里面有东西。

韩立眼中浮现出一层蓝光，凝神望去，很快脸色微微一沉。他的明清灵目竟然看不透这气泡，里面有一股诡异的力量，隔绝了他的视线！

韩立心中生出一丝好奇，不过很快又摇了摇头。这气泡确实诡异，但现在他自己的情况并不怎么好，还是不要多生事端，尽快抵达仙界才是正经。

一想到这里，韩立所化的天凤双翅一展，绕了一个弯，从黄色气泡旁边飞遁而过。

就在此刻，他周身的空间风暴突然剧烈地激荡起来。

“轰！”

一股巨大的力量从中透出，狠狠地撞击在天凤身上。

“什么东西？”韩立心中一惊。

这股力量之大，绝不在他全力一击之下。

天凤顿时被撞得斜飞了出去，身体不受控制地撞在了那黄色气泡上。

令人惊奇的是，能够轻易弹开空间风暴的黄色气泡，在碰到天凤之后非但没有将其弹开，反而“扑哧”一声，将其直接吸入其中。

韩立只觉天旋地转，双翅猛地接连扇动几下之后，才勉强稳住了身体。幸亏他如今的肉身足够强大，才没受什么伤。

镇定下来后，韩立的目光朝四周一扫，顿时一怔。

这里是一个平静的黄色世界，外面汹涌的空间乱流在此处尽数消失，空气中弥漫着黄色光芒，下方悬浮着一块直径数百里的陆地，好像是一座岛屿。

这个黄色空间内的天地灵气极为浓郁，比灵寰界最好的灵地都要强上百倍，岛屿上满是郁郁葱葱的森林，每棵大树看起来都有上千年的树龄。森林中有很多种灵材，而且年份都是数千年、上万年的，大多数是他不认得的品种。

这座岛屿上，到处都是宝物。

韩立略一沉吟，身上七彩光芒一闪，变回了人身，翻手取出一颗蓝色的丹药服下。

这丹药名为“天星丹”，是境元观的秘制丹药，是用数种可吸收部分星辰之力的奇异灵草炼制而成的，对修炼了小北斗星元功的韩立来说，是最好的恢复丹药。

天星丹化为一股暖流，很快流遍韩立全身。他疲惫的身躯仿佛被注入了一股强大的生机，飞快地恢复着。

韩立心里放松下来，没有贸然落地，而是催动明清灵目围着岛屿细细地探察起来。刚刚那一下突然被撞，他总觉得有些蹊跷，似乎是有人蓄意为之。

就在此时，一声巨大的咆哮从下方传来。

整座岛屿为之一抖，一片巨大的黄云从森林中腾起，向着半空中的韩立飞扑而来，转眼间就到了他身前。

隐约能看到黄云之中有一个朦胧的身影，似乎是一个巨人。

“轰！”

一只巨大的黄色拳头从黄云中探出，拳头表面的皮肤焦黄干枯，仿佛树根一般粗糙至极。黄色拳头一出现，便带着一股恐怖的巨力，轰向韩立。

拳头未至，附近的空气已经开始剧烈地波动起来。

韩立瞳孔一缩，低喝一声，胸腹处七点蓝光骤然变强，小北斗星元功全力运作。他全身隐隐散发出星辰的光辉，七道粗大的星光缠绕在身上，他同样一拳击出。

“轰！”

韩立周围的空间陡然炸裂开来，爆发出一圈圈肉眼可见的波动。小北斗星元功圆满后，他即便没有变身，这一拳蕴含的力量也足以和之前的黄巾巨人相媲美了。

两只巨大的拳头撞在一起。

伴随着一阵惊天动地的巨响声，周围的空间猛地扭曲了一下，然后爆发出一圈圈气浪，瞬间形成一股股飓风朝着周围飞去。

韩立被一股巨力直接震飞，一直飞出数百丈，才勉强停了下来。

黄云中的巨人也是往后退了两大步才站稳。下一刻，巨人周围的黄云被飓风冲散，现出了巨人的身形。

第二卷

重回仙界

第41章
独目巨人

巨人这一拳中蕴含的强大力量让韩立心惊不已，幸亏他有真极之躯的防御，倒也没受什么伤。

他目光一扫，瞳孔微微收缩。

站在数百丈外的是一个身高两三百丈的黄皮肤巨人，全身上下布满了古怪的灵纹。那人面容五陋不堪，塌鼻，阔嘴，最为奇特的是，他居然只有一只硕大的竖目，灰蒙蒙的瞳孔中闪烁着光芒。

这巨人看起来一副浑浑噩噩的模样，韩立却从他身上感受到了一股堪比真仙的气息，这一发现令韩立的眼皮跳动了几下。这和对方的修为毫无关系，完全是他的直觉。

独目巨人见韩立接下他一拳后，全身上下竟然毫发无伤，不禁一怔。接着，他发出一声怒吼，身上亮起黄色光芒，朝着韩立狂奔而去。

韩立见此，口中念念有词，身上金光大放，下一刻他就变成了一只二十余丈高的金毛巨猿。

金毛巨猿胸腹上浮现出七颗蓝色星辰的图案，发出大片星光，和身上的金光交相辉映，它的身躯随之又变大了几分。

金毛巨猿粗壮的手臂又变大了一圈，一只大手紧紧握成拳，朝着飞扑而来的独目巨人砸了过去。

前方空间剧烈地扭曲，一团小山般的金色拳影浮现而出，拳影中还夹杂着点点星光。

独目巨人一声怒吼，脚步不停，一只巨拳扬起，闪电般迎向了金色拳影。

“轰隆！”

这一次，独目巨人那庞大的身躯竟然被打得倒飞出去，重重地砸在岛上。

整座岛屿剧烈地晃动了一下，地面被砸出一个巨坑，掀起漫天烟尘。

金毛巨猿纵身一跃，下一刻已经出现在巨坑上方，两只手臂一阵模糊，就幻化出无数金色拳影，朝着下方呼啸而去。

独目巨人翻身从地上跃起，看起来并没有受伤，不过满脸都是恼怒之色，随即低吼一声，脚下用力一跺地面。他身上赫然浮现出一道道诡异的黄色花纹，发出一道耀眼的黄色光芒，并且迅速蔓延到周围的地面上。

“咔嚓！”

黄光所到之处，地面的泥土立刻碎裂开来，变成无数黄色晶沙，如通灵般飞卷而起，一圈圈缠绕在独目巨人的身上，瞬间在他身上形成了一副晶沙铠甲。

爆裂声骤然响起！无数金色拳影轰然落在独目巨人身上，爆发出数圈金色光晕，纷纷碎裂开来。

独目巨人的身体动都没有动一下，身上的晶沙铠甲更是丝毫无损。

韩立所化的金毛巨猿见此，微微一怔，身形一停连忙倒射而回。

独目巨人的一只独眼冰冷地望着半空中的金毛巨猿，抬脚再次跺在地面上，他身上的黄色灵纹光芒一闪。

“嗡”的一声，一圈圈黄色波纹扩散开来，瞬间就笼罩了周围十余里。

韩立只觉身子蓦地一沉，重力陡然增加了数倍，他仿佛被一只无形的大手狠狠地往下一扯，再也无法在半空站稳，朝着地面坠去。

“操控重力！”韩立心中“咯噔”一下。他刚刚生出这个念头，他所化的金毛巨猿已经重重地砸落在地面，往下一沉，双足陷入地下数丈，无数碎石飞溅。

几乎是下一刻，独目巨人轰然而至，一只黄色巨拳带着雷霆万钧之势轰向了无处躲避的金毛巨猿。

独目巨人的拳头带起一股恶风，在空中划出一道巨大的白痕。

金毛巨猿双臂交叉抬起，全身瞬间被密密麻麻的金色鳞片所覆盖。

韩立只觉一股恐怖的巨力顺着双臂传至全身，身躯一震之下再次往下陷了丈许。

独目巨人两只巨大的拳头继续挥出，无数巨大的拳影如疾风骤雨般砸向金毛巨猿。

无奈之下，韩立只得两手连连挥舞，竭力抵挡，心中却不禁暗暗叫苦。虽说他如今的肉身十分坚韧，无惧对方的攻击，但在重力场的影响下，一时之间他根本无法脱困，身体又不断下陷，腰部以下几乎完全陷入地下了。这样下去，怕是要被对方给活生生地埋入地下了。

就在这时，异变突生！

独目巨人后方百余丈处的空间突然波动起来，一只百余丈高的半人半马怪兽无声无息地一跃而出。

此怪兽通体乌青，下半身与骏马无异，只是没有长毛，而是覆盖着一层厚厚的青色鳞片，上半身却是男子的模样。更令人惊奇的是，它的肩膀之上，竟然并排长着三颗一模一样的脑袋。

半人半马怪兽一出现，一只肌肉鼓胀的手臂就高高举起，手中握着一柄数十丈长的蓝色长矛，猛地朝独目巨人的后背掷了过去。

长矛之上，蓝色电光疯狂闪烁，在空中一闪，便刺至独目巨人身后。

独目巨人本来正凝神与韩立所化的金毛巨猿交战，等他察觉到身后的变化，再想避让已经来不及了。只听他口中大喝一声，周身灵纹同时光芒大放，周围的大地顿时颤动起来，他身后地面上的黄色晶沙全部飞起，飞卷交织之下，化作一堵褐色的沙墙挡在了他背后。

伴随着“噗”的一声轻响，蓝色长矛轻而易举地就穿透了褐色沙墙，刺入了独目巨人体内。

接着只听“轰”的一声巨响，那柄蓝色长矛之上光芒大放，无数电光射出，炸裂开来。

独目巨人口中发出一声惨叫，只见它小腹偏上的位置，出现了一个洞，鲜血直流。

那半人半马怪兽往后一闪落在数百丈之外，三张面孔上皆露出欣喜的神色，但片刻之后就凝固了。因为它发现，那根长矛并未如它预想的那样刺入巨人的心脏，而是从其腹部偏上的位置穿了进去，并未给对方造成致命的打击。

原来，当长矛刺破沙墙的瞬间，独目巨人就已经通过控制晶沙将地面抬高了数丈，刚好避开了要害之处。但即便如此，独目巨人仍然受伤不轻，此刻嘴角处淌着鲜血，身上的晶沙掉落下来，露出一块块形状不规则的斑痕，让其看上去仿佛是饱经风霜侵蚀的颓圮城墙。

由于突如其来的这一击，周围的重力场陡然一松，韩立所化的金毛巨猿二话不说从坑中跃起，几个闪动之后便落在了数百丈之外。

当他的目光扫过那只半人半马怪兽时，瞳孔微微一缩。从对方身上散发的气息，再结合它擅长隐匿的特征，方才自己被撞入这气泡空间之事，多半与其有关。

韩立并未着急出手，而是凝神望向身前的这两只怪物。

只见半人半马怪兽向前一跃，周身狂风一卷，骤然冲向独目巨人，同时，它手中已经重新凝聚出一柄雷电长矛，朝独目巨人后心处急速刺去。

独目巨人眼中流露出一抹暴戾之色，口中咆哮一声，周身光芒大放。黄色晶沙漫天飞舞，纷纷聚拢，在半人半马怪兽靠近的瞬间，顿时化作数百根暗黄色倒刺朝其刺去。

破空声大作！

半人半马怪兽的三双眼睛中，闪过一丝讶异之色，周身青光大放，手中那柄雷电长矛往身前一横，无数电光射出，瞬间化作一张雷电光网，挡在身前。

"砰砰砰……"

暗黄色尖刺不断撞击在雷电光网上，发出一连串轰鸣声，半人半马怪兽被这股力量冲击得连连倒退。

这一击过后，独目巨人忍不住大口一张，喷出一口红褐色的鲜血来，独目中流露出的愤怒之意更强烈了。他警惕地望了另一边的金毛巨猿一眼，庞大的身躯稍一扭转，向后退开百余丈，与金毛巨猿和那半人半马怪兽形成了三足鼎立之势。

独目巨人小腹上的破洞处缓缓浮现出一个土黄色的流光旋涡，旋涡不停旋转，洞口周围的血肉颜色逐渐由红变黑，然后直接变成了岩石，折射出幽幽的光芒。

不仅如此，随着流光旋涡的不断旋转，洞口处岩石的面积越来越大，很快就将小腹处的破洞完全封住了。

韩立见此，身上金光一闪，身躯顿时急剧缩小，变回人身，接着他手腕一转，双指间蓦然出现一张紫色的太一化清符。

一道紫光亮起，韩立的身影渐渐变得模糊不清，随后消失在原地。

独目巨人见此情形，微微一怔。

那半人半马怪兽见韩立突然消失，六只眼睛滴溜溜一转，同时流露出一丝异样的神采，但接着六目一转，望向了独目巨人，眼中凶光闪动。

独目巨人感受到半人半马怪兽的目光后，顾不得再去管韩立，独目中寒光一闪，身子半蹲，摆出一副全神戒备之势。

半人半马怪兽其中一颗头的双目电光闪动，全身的青色鳞片上亮起雷电纹路，一道道蓝色电光射出，将其整个身躯都笼罩在内，随后它双手在身前一伸，只听"刺啦"一声，一柄几乎与它等高的雷电长戟就出现在手中，戟身电光缭绕。戟上有许多奇异的纹路，看起来犹如一件威能奇大的真实法宝，远非之前的雷电长矛可比。

半人半马怪兽将手中的雷电长戟一挺，两只后蹄在地面猛地一蹬，飞快奔出，径直冲向独目巨人。身形未至，它手中的长戟一抖，一道道密密麻麻的戟影浮现而出，先其一步向独目巨人疾射而去。

独目巨人低喝一声，一只脚猛然抬起，在地面重重一跺，大地顿时随之一震，大片烟尘夹杂着无数黄色晶沙飞起，如同一股黄沙龙卷风一般旋转着飞入他手中，黄光一闪，晶沙便化作一根近百丈长的巨型长棍。

他双手握住长棍，棍身立即泛起一片黄光，只见他大步向前跨出，迎着飞射而来的雷电长戟的虚影一棍扫去。

霎时间，漫天棍影遮蔽了大片天空，径直将雷电长戟的虚影罩住了。

“轰轰轰——”

一连串爆鸣声响起，来势汹汹的雷电长戟的虚影在棍影中轰然碎裂，化为一片蓝色电光，逐渐消散。

就在这时，密集的棍影之中突然破开一道口子，一柄蓝色的雷电长戟从中刺出，直刺独目巨人的咽喉。

独目巨人仿佛早有防备，将手中长棍一收，漫天棍影瞬间收回，他挥起长棍朝旁一挑，“砰”的一声将雷电长戟拨开。

雷电长戟在空中划出一道弧线，继而枪头一转，又重新指向独目巨人。

半人半马怪兽双臂不断挑动，手中的雷电长戟立即如游龙般在身前抖动起来，无数蓝色戟影铺天盖地朝独目巨人压去。

只见茫茫戟影之中，一道道细微电光不断闪动，空气中弥漫着一股东西烧焦的刺鼻气味。

独目巨人手中的长棍化为一片黄影，如同一只黄色鲲鹏展开巨翅朝着蓝色戟影扑了过去。

一时间“噼啪”声此起彼伏，黄光和电光交织在一起，僵持不下。

半空中，不时爆发出一声声巨响，不是一道黄光骤然崩碎，就是一团电光轰然炸裂，巨大的气浪朝着四面八方席卷而去。

笼罩这一区域的巨大气泡经过如此激斗，如同被狂风席卷的海面一般泛起一阵阵剧烈的波动，随时都有可能破碎。

韩立隐身后，早已移动到距离两个庞然大物四五百丈远的地方，目不转睛地看着眼前这场激战。原本他是打算趁着两者相斗时悄悄地遁走，离开这神秘的气泡区域尽快前往仙界的，可眼下这一幕，让他眼中闪过一丝犹豫之色。

他沉思了一会儿后，终于做出了决定：暂时不离开。

轰鸣和震动不知持续了多久，高空中原本势均力敌的激斗，终于出现了一丝变化。

独目巨人体力渐渐不支，挥舞长棍的速度变慢了几分。另一边的半人半马怪兽却是越战越勇，密密麻麻的蓝色戟影开始占据优势，朝着棍影那边压制过去。

只见混乱的光影之中，独目巨人的双足之上忽然亮起一圈土黄色的光晕。他口中发出一声大喝，脚下的地面顿时剧烈地震动起来，滚滚晶沙从地面狂卷而起，化作一道数百丈高的滔天沙幕，直冲高空。

漫天戟影在这道沙幕的冲击下，瞬间溃散开来，而手持雷戟的半人半马怪兽也猝不及防地被阻隔在了沙幕的另一边。

独目巨人见状，一转身就朝着后方奔逃而去。

紧接着，沙幕上黄光大放，同时变得凝实！

半人半马怪兽那三张人脸之上同时露出一丝鄙夷的神色，接着左侧的头微微偏转，与正中的头一起看向前方。两对眼珠中分别闪烁着青蓝两色光芒，远处的空中顿时生出一股强烈的波动。

一道道蓝色电光骤然闪现，一道道青色风刃发出，彼此相连，很快便凝聚成一个直径七八丈的青蓝两色雷球。

青蓝两色雷球在空中一闪，骤然砸向了黄色沙幕。

沙幕被青蓝两色雷球砸中，顿时鼓起一个大包，不过并未破碎，而是将雷球挡了下来。

可就在这时，青蓝两色雷球之上发出一道璀璨的光芒，轰然爆裂开来。

一声惊天巨响过后，一道道蓝色电光弹射穿梭，如同一条条游走不定的细小蛟龙，身上带着锋利无比的青色风刃，向四周冲击而去，瞬间就将黄色沙幕撕开一个直径数十丈的洞。

半人半马怪兽一闪身，便从沙幕的洞中穿过，径直朝前追去，速度非常快，电光石火间便奔出了数百丈之遥。

下一刻，它微微一怔，前方哪里还有独目巨人的身影？

就在这个时候，沙幕后方的某处，忽然升起一轮“太阳”，从中发出夺目的光芒，独目巨人的身影随即浮现出来，气息有些衰弱，丑陋的脸上露出一丝狰狞的笑容。

他根本没有逃走，而是敛息藏于沙幕之中，等着半人半马怪兽追出去，此刻大放光芒的，正是他头上那只原本灰蒙蒙的独目。

半人半马怪兽顿觉不妙，猛然一个转身，手中光芒闪烁，将紧握的蓝色雷电长戟用力一掷，射向独目巨人。

几乎在同一时间，独目巨人那只独目光芒一闪，从中射出一道粗大的白色光线。

还没碰到白色光线，蓝色雷电长戟陡然一阵模糊消失不见，下一刻，突然出现在独目巨人身前，从他心口处刺入，随后“轰”的一声炸裂开来，无数电光射出，将独目巨人胸口炸出一个洞。

那道白色光线也一闪而至，打在了避之不及的半人半马怪兽身上。半人半马怪兽顿时被一股奇异的波动所笼罩，全身变得僵硬，无论是动作还是体内法力的运转，都比之前迟缓了很多！

半人半马怪兽心中大急，拼命催动体内法力，试图冲破这股波动。只可惜此波动看似微弱，却颇为诡异，以它浩瀚如渊的法力都无法将其冲破。

就在此刻，半人半马怪兽身后一闪，一只金毛巨猿从中一跃而出，两只拳头上金光大盛，风驰电掣般挥出，分别击向半人半马怪兽的两颗头。

半人半马怪兽大惊，两颗头下意识地往回一缩，试图躲闪。同时，笼罩着它的青色旋风霍然离体，化为一条深青色风龙，头上凝出一只尖角，朝着金毛巨猿扑去。

金毛巨猿丝毫没有躲闪之意，身上浮现出一层半透明的薄膜，表面淡银色光芒流转，两只拳头轰然落下。

伴随着两声闷响，半人半马怪兽由于动作太迟缓，来不及闪避，左边与中间的头被拳头击中，瞬间裂开。

此时，那青色风龙也扑到了金毛巨猿身前，它头顶上的那只尖角骤然变得刺目耀眼，无数青色符文涌现而出。

“刺啦！”

那层半透明的薄膜竟然被青色风龙的尖角撕裂开来，金毛巨猿胸口顿时被划出一道长长的伤口，鲜血直流。

金毛巨猿发出痛苦的低喝，身体一侧，用一只手护住胸口，另一只手仍冲着半人半马怪兽的第三颗头闪电般拍去。

半人半马怪兽仅存的那颗头上的眼中浮现出惊恐之色，双目黑光一闪，数不清的黑色符文浮现而出，围绕着它的身体飞舞。

诡异的一幕出现了！

半人半马怪兽一闪身，赫然从原地消失了。

韩立所化的金毛巨猿拍了个空，它心念一动，庞大的神识扩散开来，同时眼中浮现出一道蓝光，朝着周围飞快地扫去。

结果，在韩立放出神识并同时施展明清灵目后，竟然还是无法找到半人半马怪兽的踪迹，仿佛它真的消失了。

那条青色风龙则趁机在金毛巨猿周身上下翻飞，用头顶那尖角在金毛巨猿身上刺出了好几处伤口。

金毛巨猿双臂挥舞，护住周身要害，眼中蓝光一闪，同时眉心裂开，黑气一涌，幻化出一只漆黑妖目。

正是破灭法目。

明清灵目和破灭法目同时光芒大盛，射出两蓝一黑三道灵光。三道灵光在半空中一闪即融为一体，化为一个黑蓝交织的光球。光球差不多拳头大小，光芒闪耀，看起来颇为奇特。

第42章

急中生智

“破！”

金毛巨猿张口喷出一道青光，一闪即融入黑蓝双色光球中，使其表面灵光一闪，浮现出无数大小不一的黑蓝双色符文，接着光球飞快地一转。

“嗡”的一声，一道道黑蓝双色光线从光球中射出，朝着四面八方飞射而去，瞬间交织成一张黑蓝双色的巨大光网，笼罩了方圆数里。

这是韩立偶然参悟出的一种将明清灵目和破灭法目结合起来使用的神通，只是，一旦他使出此术，他体内的法力就会瞬间被用尽。

黑蓝双色巨网形成后，网上某处陡然一颤，变得有些扭曲，似乎碰到了什么东西。

金毛巨猿顿时化为一道金影，甩开身上的青色风龙，朝着黑蓝双色巨网上突现异常的那一处飞扑而去。

青色风龙怒吼一声，身躯一摆，紧追金毛巨猿而去。

金毛巨猿身影如风，几乎一眨眼便出现在巨网突现异常之处，一只手掌金光大放，冲前方一探而出，狠狠地拍了下去。

伴随着一声巨响，空间剧烈地波动起来。

大片黑色符文浮现而出，又飞快消散，一个庞然大物踉跄跌出，正是那只半人半马怪兽。

没等半人半马怪兽做出什么反应，另一只金光闪耀的巨拳砸落而下！

半人半马怪兽的动作仍旧十分迟缓，匆忙抬起双臂交错一挡，想要护住自己的头。

就在此时，一声冷哼从金毛巨猿口中传出。

半人半马怪兽只觉脑海中仿佛被锥子狠狠地刺了一下，口中发出一声惨叫，动作顿时一僵。就在此时，金色拳头从它的双臂间隙中穿过，击在它仅存的那颗头上。

“砰！”

半人半马怪兽的最后一颗头被击中，巨大的身躯忍不住一阵抽搐朝着地面落去。紧随金毛巨猿而至的青色风龙正准备用头顶的尖角刺向金毛巨猿的心脏，此时也不禁发出一声哀鸣，身体开始寸寸消散。

“扑哧”一声，一团青影从半人半马怪兽的尸体内冲出。

“咦！”

韩立所化的金毛巨猿目光一闪，口中轻呼。

这青影赫然是一只被青色旋风包裹着的迷你半人半马怪兽，同样长着三颗头，看起来并非什么神魂，而是类似元婴一般的存在。

迷你半人半马怪兽其中一颗头黑光一闪，它周身便黑光大放，接着就带着一连串残影没入空中，不见了踪影。

金毛巨猿发出一声低喝，两眉之间黑光一闪，破灭法目幻化而出，从中射出一道纤细黑丝，一下没入空中。

百余丈外，迷你半人半马怪兽一个踉跄现出身影，它的三张面孔上，皆是惊骇之色。

突然，它周围银光一闪，一条条纵横交错的银色火链浮现而出，瞬间形成了一张巨大的银焰火网，朝着中间收拢。

结果，迷你半人半马怪兽左边的那颗头青光一闪，围绕在它身上的青色旋风滴溜溜一转，化为一根青色风柱，护住了身体，使得银焰火网一时无法收拢。

不过这片刻的工夫，金毛巨猿已经踏步而至，手臂变粗了一圈，一拳向青色风柱击去。

一股恐怖的劲风破空而至，青色风柱瞬间崩溃，躲在其中的迷你半人半马怪兽发出一声凄厉的惨叫，当场殒命。

此时，金毛巨猿的大半个身躯被鲜血染红，它一转身，飞快冲躺在不远处的独目巨人扑去。

独目巨人的心脏处被半人半马怪兽的雷电长戟洞穿，受伤极重，但他的生命力极其顽强，并未就此殒命。只见他胸口处的血洞已经再次被一层细密的黄色晶沙堵住，不过，他的气息仍然十分微弱，躲避攻击都有问题。

眼见金毛巨猿飞扑而来，独目巨人惊恐万分，口中大喝一声，四周的黄色晶沙迅速朝他身下聚集化为一艘沙舟，将他一托朝着远处飞去。与此同时，他额头的独目再次亮起白光。

“嗖”的一声，一道白光从他的独目中射出，直奔金毛巨猿的头部而去。

韩立所化的金毛巨猿心中一凛，虽然不知道这白光具体是什么攻击，但回想之前半人半马怪兽被其击中后的情景，便知这白光绝对碰不得。

思量过后，金毛巨猿身上金光一闪，身躯骤然缩小，变回了韩立的模样。

独目巨人嘴角一咧，独目中白光微闪。那白光一颤，竟然犹如活物一般转了一个方向，继续朝着韩立射去，速度快得惊人。

韩立心中大骇，想躲闪已经来不及了。

就在那道白光即将碰到韩立的前一刻，他脑中忽然灵光一闪，伸手将脖子上的掌天瓶一把扯下，朝着射来的白光一抛。

出人意料的一幕出现了！

那白光一接触到掌天瓶，直接一闪没入其中，而掌天瓶表面没有丝毫反应。

韩立见此情形，嘴巴微张，很快又露出惊喜的表情，单手一招将掌天瓶收了回来，顾不得细看就继续朝着独目巨人冲去。

此时独目巨人的一只独目瞪得滚圆，完全无法相信眼前发生的一幕，但他立刻就回过神来，催动体内仅存的法力，朝远处急速飞去。

韩立见状，立即在半途中再次化身金毛巨猿，大口猛地一张。

“嗷！”一声惊天动地的咆哮从金毛巨猿口中爆发！

顿时，一股音波狂涌而出，音波所过之处，空间扭曲变形，瞬间笼罩了前方数百丈的范围。

这股音波距离如此之远，自然无法对皮糙肉厚的独目巨人造成太大的伤害，却使其身下那本就不怎么牢固的沙舟轰然破碎。

独目巨人那庞大的身躯顿时一个不稳从空中急坠而下。

此时，下方金光一闪，金毛巨猿已经飞身而至，猛然朝上方狠狠地轰出一拳，直直地砸在了独目巨人的头上。

“砰”的一声，独目巨人当场殒命。

“嗖！”

一团有些暗淡的黄色光芒从独目巨人体内飞射而出，正是他的元婴。

独目巨人的元婴一出现，上空立即银光一闪，一张银焰火网迎头罩下，再猛地一收，便将其网住。

无数银色符文从火网中飞出，紧贴在独目巨人的元婴身上，转眼间就形成了一个银色封印，使其动弹不得。

这一切都发生在电光石火间，独目巨人的元婴还没来得及施展任何手段，便被抓住了。它万万想不到，韩立这次一早就放出了精炎火鸟，等着它自投罗网。

“砰！”

独目巨人的尸体重重地坠落在地，待他全身的灵纹变得暗淡之后，他那庞大的身躯竟然瞬间化为无数细小的黄色晶沙。那只灰蒙蒙的独目却保留了下来，“咕噜咕噜”在地上翻滚。

不远处，一道青色身影飘然落下，正是变回了人形的韩立。他此刻正低头看着手中的绿色小瓶，眼神闪烁不定，似乎在思考着什么。

自从掌天瓶到他手中，还从未出现过今天这种情况。难道是因为此处靠近仙界，所以掌天瓶有所异变？还是独目巨人发出的白光中有什么东西导致掌天瓶变成这样？

半晌后，他抬起头，冲前方一挥手，那只灰色独目被一股吸力卷了过来，稳稳地落到他手中。

这只眼睛如今看起来就仿佛一颗普通的石珠，没有丝毫气息散发出来，但是它既然能射出那种带有法则之力的光线，显然不是寻常之物。

韩立心中一动，鬼使神差地用独目轻轻地触碰了一下掌天瓶。结果，不管是独目，还是掌天瓶，都没有丝毫变化。

他见此情形，摇头一笑，没有再多想，重新将掌天瓶挂在脖颈上贴身放好，然后取出一个碧绿色的玉盒，将独目小心翼翼地放入其中收了起来。

此时，那团封住独目巨人元婴的银焰灵性十足地飞到了韩立身前。他抬头望了一眼独目巨人的元婴，若有所思。

这种修为远超大乘，堪比真仙存在的怪兽元婴究竟有何用途，他一时之间还无法确定，但有一点可以肯定，此物哪怕在仙界，也应该是异常珍贵之物。不过如今他可没有时间多考虑此事，只见他衣袖一抖，在独目巨人元婴身上一连贴了数张符箓后，才收回精炎火鸟，并将独目巨人的元婴放入一个木匣之中，收了起来。

随后他朝着数百丈外的那具半人半马怪兽的尸体走去，将其直接扔进了储物镯中。

做完这一切后，他才长出了一口气。这一番激战，可着实让他累得不轻，好在有惊无险，他受的都是一些皮肉伤，并无大碍。

韩立举目四望，发现经此一战，这座小岛已经变得满目疮痍，无数古木断裂，碎屑残渣布满了坑坑洼洼的大地。只有远离战场的一些地方，才勉强保持着几分原本的模样。

韩立双目微合，放出神识，瞬间将整座小岛笼罩了进去。

片刻之后，他眉毛一挑，眼中闪过一丝讶异之色。在原地略一沉吟之后，他一闪身朝着密林深处飞掠而去。

密林之中，古木参天，郁郁葱葱。

韩立在林间自由穿梭，以他如今的见识阅历，竟然有一种目不暇接之感。

这里遍地生长着奇花异草，其中有一些在灵界中都属于百年难得一见的极品灵材，在此处却随处可见，而且年份都在千年以上，甚至还有一些万年以上的。

还有一些他不认识的灵草，不过大都蕴含着惊人的灵力，而且外观奇特，他自然毫不客气地将这些灵材全都收入囊中。

虽然他在刚刚踏入这个神秘的气泡空间时，便用神识粗略地扫了一遍，但如今亲眼目睹，他仍惊叹不已，不由得暗自庆幸自己方才没有就此一走了之。

大半个时辰后，韩立的身影停在了森林中一片较为开阔的地带，此处林木稀疏，也没有生长什么灵药，显得有些荒芜。在他身前百余丈处，有一个巨大的洞穴，就像是一个巨型的麻袋，朝他张着黑漆漆的口子。

韩立站在那里，四周打量一番，确认没有什么异常后，才走到洞穴前，朝里面望去。这个洞穴并非垂直往下，而是斜着朝地底延伸而去，里面不断传来“呜呜”的风声。

韩立眼中蓝光闪动，大步一跨，便朝洞穴内走去。

洞内昏暗，还有些潮湿，洞顶和两侧岩壁上不断有水珠滴落，地面踩上去十分松软。

他一路向下，走了约莫一刻钟后，洞穴走势突然一转，向另一边延伸而去，并且洞壁四周的岩石中开始出现一块块发出清冷光亮的白色晶石。刚开始白色晶石并不多，越往下走，白色晶石越密集，渐渐地，白色晶石发出的光亮已经能将整条通道照得透亮。

又走了一刻钟，韩立终于来到了洞穴的尽头，是一个直径足有数百丈的地下涵洞。

涵洞顶部，密密麻麻地嵌满了无数白色晶石。

而其底部，有一条地下河穿流而过，在这里积成一片小型湖泊，湖泊周围则是一片黄色晶沙组成的沙地。

白色的荧光与波动的水面交相辉映，在洞壁四周映出粼粼波光，看上去倒有几分奇异的美感。

韩立此时无心欣赏此处的美景，他的目光牢牢地锁定在涵洞正中央，那里有一块凸出水面的巨大岩石。那块岩石上，生长着一棵高约十丈的奇异树木。那树光秃秃的，没有半片树叶，只有树枝上挂着一颗颗酷似核桃的果实。

韩立纵身一跃，便落到了那棵树下，近距离地打量起此树来。

这一看之下，却发现树干之上布满一种他从未见过的玄妙纹路，看上去并非人为镌刻，更像是自然生长出来的。

树上挂着的果实，更为奇特，果子表面纹路密集，却十分扭曲，看上去仿佛是一张张古怪的人脸，有的像是耄耋老人，有的则像新生的婴儿，还有的像是中年妇人，完全不相同。然而不管上面的纹路如何，这些果实无一例外，全都散发出惊人的土属性元气。

韩立之前便是因为发现了这股元气，才来到了这里。他摸了摸下巴，若有所思，心中有了一个猜测。

这处神秘的气泡空间应该属于那独目巨人，那只半人半马怪兽就是为了空间内的这棵奇异的树，才不惜与之决战的。虽然他不知道此树和这些果实的来历，但有一点可以肯定，能够引起两只修为堪比真仙级别的怪兽相争的东西，绝不可能是凡物，肯定是某种不知名的天地灵宝。不过这些已经不重要了，反正这里的一切，现在全都归他一人所有了。

仙界。

一片不知名的连绵山脉上空，乌云遮蔽，狂风呼啸，漫天飞雪不断飘落，整片天空都是灰蒙蒙的。

山脉之上的数十座山峰，山腰以下的区域还能零星见到一些被积雪压弯的树木，山腰以上的区域已经是一片雪白，完全被冰封了。

天地之间，充斥着阴风的怒号声，除此之外便再没有其他动静，也看不到任何活物。

就在此时，山脉中最高大的一座山峰的山腹深处，忽然有一道尖厉的女声，穿过道道山梁，丝毫不受狂风的影响，清晰地传了出来："是谁？到底是谁这么大胆，竟敢杀了我的灵宠？不论你是谁，我都要将你找出来碎尸万段！再抽出你的神魂镇压在我这重阴峰下，让你永世不得轮回！"

那声音里满是愤怒，在狂风暴雪之中飘荡，震得整座雪峰都随之一颤。

无数巨大的雪块从峭壁之上滑落，推挤着更多的积雪，浩浩荡荡地朝着山下冲击而去，传来"隆隆"的响声。

北寒仙域，一片蔚蓝的海域。

如同被水洗过的天空上白云飘荡，微风吹过，海面上波光粼粼。

碧波荡漾的海面上，有一座黑色岛屿，岛屿被无数奇形怪状的黑色礁石包围，若从高空俯瞰，其形状就如同一片树叶。

在岛屿北边的一个港口上，停泊着许多船只，船上面却空荡荡的，没有一个人。

从港口处去往岛内，有一条宽敞的青石道，一直通向岛上的密林之中。在道路的尽头，一个古朴的村落掩隐在参天古树之间。

此刻，村落内火光四起，到处冒着滚滚浓烟，震天响的喊杀声不断从各处传来，法宝发出的光芒相互交织，空气中弥漫着一股浓浓的腥气。

一片残垣断壁中，近千名修士分作两个阵营正在厮杀，双方的人数看起来相差不大。

其中一方似乎并非人族，一个个身材高大，青肤獠牙，大多手持锤棒类的法宝兵刃，身上全都笼罩着一层白色光芒。

在这些异族修士中，还有一部分身穿黄色铠甲、手持狼牙棒的高大战士，他们通体蜡黄，看起来不似活人，倒像是一座座可以活动的蜡像。

与之交战的另一方，则是人族以及一群身穿红色铠甲的古怪士兵。

这些红甲士兵神情麻木，即便在冲锋时也没有丝毫表情，看起来就像是傀儡。

一处高地上，一名手持红色长矛的红甲士兵纵身一跃，手中长矛一挑，冲一名正朝前狂奔的蜡黄战士猛刺而去。

“轰！”

那名蜡黄战士被刺得倒退了几步，胸部破开一个洞，从里面流出黄色的液体。但下一刻，他双腿一弓，快如闪电般一跃而起，手中的狼牙棒猛地一挥，无数棒影浮现而出，化为一股黄色飓风，直奔红甲士兵而去。

“砰”的一声，那红甲士兵的脑袋被击中，在最后一刻，他将手中的长矛猛地掷出，长矛化为一道红影刺穿了蜡黄战士的头颅。

两人几乎同时倒地。

另一边，一名矮胖老者突然从一堵断墙后面闪出，手中擎着一只红色玉瓶，只见他将瓶口倒转，直指前方数十丈外的一名异族修士，接着，用另一只手轻拍瓶底，瓶口红光一闪，无数血丝喷射而出，形成一道红色光柱，无声无息地直奔那异族修士的后心射去。

诡异的一幕出现了！

那红色光柱一接触到异族修士身上的那层白光，急冲之势顿时一缓，威力瞬间被削弱了三成。

“砰！”

那名异族修士虽然被打得一个踉跄，口吐鲜血，却并未伤及根本，只见他一个转身，怒吼着朝老者冲去。

类似的战斗情景，在村内各处不断上演。

不论是蜡黄战士还是红甲士兵，都非常勇猛，大有悍不畏死的气势，不过由于双方人数差不多，实力也相差无几，战斗一直处于胶着状态。

然而异族一方的修士由于身上有诡异白光庇护，任何法宝或法术落在他们身上，威能都会减弱三成，这一优势令他们渐渐占了上风，逼得人族修士不断后撤，朝着村落中心聚集而去。

第43章

祖神

与此同时，在村落中心的一个白石广场上，数十名身穿黑袍的人正围着一座巨大的雕像盘膝而坐，口中默默吟诵着咒语。

这些人的面色都显得有些苍白，每个人都挽着袖子，将左臂向前伸。血液从他们的指尖流淌而出，滴落在身前的地面上。

地面之上，刻着一道道半指深的沟槽，这些沟槽彼此连通形成一片颇为繁复的法阵图纹，最终通向广场正中央的那座雕像。

雕像高约十丈，雕刻的是一个青年儒生的形象：头戴纶巾，手持书卷，作举目眺望远方之状。

若是韩立在此，就会惊讶地发现，这青年儒生的五官面貌，竟然与他有三分相似。

雕像前，一名身着灰色长袍的白发老者，双手交叉抱住自己的双肩，虔诚地向雕像祈求道："伟大的祖神啊！请聆听您忠诚的子民对您的召唤，降临吧！"

地面上的血，顺着沟槽流到了青年儒生的雕像下方。

伴随着白发老者有些发颤的声音，雕像表面那层淡淡的红光开始有节奏地涨缩，雕像衣袍前襟垂落之处，一个红色漩涡旋转不已，一阵阵奇异的波动从中传出。

只听"嗡"的一声响，红色漩涡中光芒一亮，一名身着红色铠甲的士兵从中一闪而出，朝四周扫视片刻后，随即一跃而起，径直朝广场外的战场方向飞去。

片刻后，红色漩涡中又是光芒一闪，又有一个红甲士兵从中闪出，加入外面的厮杀。

就在这时，盘坐在雕像周围的一名黑袍女子，突然身体一歪，倒了下去。她的脸苍白如纸，嘴唇上没有半点血色。

白发老者见状，眼中流露出一丝不忍之色，却也只能挥了挥手。

守候在旁的一名布衣大汉走上前去，将晕倒的黑袍女子抱到了一边，取出一颗红色丹药喂女子服下。

女子空出来的位置，很快就被另一名女子填补了。

新上来的这名女子有些害怕，但还是盘膝坐了下来，她也如同其他人一样，伸出左手，拿出一根针，朝指尖扎去。

虽然每隔一会儿就有红甲士兵从红色旋涡中闪出加入战斗，但是这丝毫扭转不了人族这一方的颓败之势。

没过多久，激烈的喊杀声就变得越来越近，广场上众人的脸色也变得异常难看，眼神渐渐变得绝望。

广场上这个以青年儒生雕像为中心的法阵，是他们这一族的传承根本，一旦法阵被攻破，祖神雕像被毁，那么他们整个族群就算是被灭了。

此刻越来越多的人族修士被异族人逼得从四面八方退守到广场外围，形成一个防御圈，做着最后的困兽之斗。

而高空之中，巨大的轰鸣声不断传来，数团光芒激烈地碰撞在一起，从中现出十几道人影。其中六人，皆是青肤异族人，个个面目狰狞，眼中流露着兴奋的神色，獠牙上闪着寒光。

青肤异族人的身材都十分高大，他们当中为首的一名紫袍男子，更是比同族之人还要高出两颗头，看起来就像是一座铁塔矗立在半空之中。此人身上散发出来的气息非常强大，应该有大乘期修为，追随在他身后的五人，也都有合体中后期的修为。

这六人身上，同样笼罩着一层白色光芒，只是比普通异族人的白色光芒要凝实得多。

对面的五位人族修士里，除了一名身着青衫、体态微胖的儒雅男子拥有合体后期的修为外，其他四人都不过是合体初期，显然不是那些异族人的对手。

面临灭族危机，儒雅男子此刻心中万分苦涩，他瞥了一眼广场上的巨大雕像，暗自咬了咬牙。

就在这时，异变突生！

一团明亮的白光毫无征兆地浮现在五位人族修士身前，轰然爆炸，无数光线从中飞射而出，顿时将他们吞没了。

“轰——”

一股强大无比的气浪从爆炸中心冲出，顿时形成了数股狂暴的龙卷风，朝着四面八方席卷而去。

下一刻，数道模糊的身影，从那白光之中急速射出，朝着广场方向坠落。

又是“轰”的一声巨响，广场边缘处的地面崩裂，顿时陷下去一个十几丈深的大坑。

坑中飞出数道光，那几名人族修士的身影从中浮现，此刻他们已是衣衫破碎，气息大乱。

那名儒雅男子面如白纸，手中抓着一面残破的血纹盾牌，嘴角不断有鲜血流出。方才正是他全力出手，才保全了众人，显然，他为此付出了不小的代价。

“族长……”众人见此，惊慌不已，纷纷叫道。

儒雅男子用衣袖擦拭了一下嘴角的血迹，向众人摆了摆手，示意自己没事。他仰头望了一眼高空，见那些异族人并没有立即追上来，便几步来到雕像下方，向那名白发老者投去询问的目光。

白发老者摇了摇头，神色哀伤地道：“祖神还是没有任何回应。”

儒雅男子苦笑一声，喃喃道：“祖神大人啊，难道您真的要抛弃您的子民、您的仆从吗？”

就在这时，那名异族紫袍男子带着几名异族长老，飞到了广场上空，大笑着道：“哈哈哈……洛风，你到现在还在乞求你们那无用的祖神吗？不如考虑一下，以后改信奉我们寒晶族祖神？”

“图哈，你休要张狂！你们的祖神，当年不过是我们乌蒙岛祖神的手下败将。”儒雅男子怒斥道。

“嘿嘿，当年的屈辱算得了什么？所谓成王败寇，我们的祖神今天依旧庇护着本族，你们的祖神呢？自从万年之前他受伤沉睡之后，可苏醒过哪怕一次？只怕他早已殒命了吧？”图哈指了指自己身上的白光，又看向那座雕像，鄙夷地道。

洛风闻言一怔，想出言反驳，却不知该说些什么，因为对方所说的，并无任何不对。

近万年来，他们族中的那位祖神的确一直都处于沉睡中，几乎断绝了与族人的联系，尤其是近千年里，祖神对族人的召唤更是毫无反应。

此次大敌入侵之初，他们就硬着头皮，尝试用族人的鲜血唤醒祖神，但至今都没有得到任何回应。

虽然他们通过祖神留下的这座雕像召唤出了一些祖卫，但不过是杯水车薪，只能勉强抵挡一下，根本改变不了大局。

“洛风，你们仅凭这些召唤出来的红甲道兵，就想阻挡我们，简直是痴人说梦。再不乖乖投降的话，我便屠你全族！”图哈突然厉声喝道。

话音刚落，图哈手一挥，周围的寒晶族人蜂拥而上，攻势一下猛烈了许多。

乌蒙岛一方原本便处于弱势，此刻的处境更是岌岌可危，数处防线被攻破，眼见敌人就要攻入广场中央。

洛风浑身颤抖，脸色难看至极，心中都有些绝望了。

就在此刻，不知哪里传来一阵低沉的“呜呜”声，那青色雕像突然开始震颤。

随后，雕像上发出耀眼的光芒，越来越亮。

“这是……祖神……祖神显灵了！”

距离雕像最近的白发老者最先发现变化，惊喜地喊道。

乌蒙岛一方众人在听到白发老者的声音后，顿时都露出狂喜之色，士气高涨，原本即将崩溃的防线竟然变得越来越稳固。

寒晶族人的神情则恰恰相反，他们心中不由得忐忑起来。

要是对方的祖神真的显灵了，即便是他们那修为已经达到大乘期的族长，也根本不是对手啊。

“不可能！”

图哈死死地盯着下方的雕像，难以置信地叫道。

雕像发出的光芒越来越亮，随后猛地一闪，整座雕像轰然爆裂，化为大片漆黑如墨的光芒。

黑光闪了几下之后，化为一个直径数十丈的黑色旋涡。旋涡中闪动着一道道漆黑的电光，发出震耳欲聋的巨响。

原本明亮的天空，随着黑色旋涡的出现，浮现出一片片乌云，隐约有一道道电光在其中闪过。

方圆数百里的天地灵气，如同沸腾的开水般，剧烈地翻滚起来。

交战的双方看见如此景象，都脸色大变，纷纷停手。

旋涡中的黑色电光不断增多，然后凝聚到一处，化为一个巨大的黑色电球，“哧哧”作响。

下一刻，黑色电球突然扭曲起来，继而变长，化为一道十几丈长的漆黑空间裂缝。

“嗖！”

一个人影从里面飞射而出，在半空略一摇晃便稳住了身体，赫然是一名青袍男子。

空间裂缝狂闪了几下，缓缓闭合。

下一刻，半空中的黑色旋涡慢慢消散，空中的乌云也随之消失。

突然出现的青袍男子看起来有些狼狈，脸上却带着几分喜色。当他稳住身体后，便朝四周望去，看到周围乌压压的人群时，他不禁微微皱眉。

此人正是韩立，他使出浑身解数，终于成功穿越了界面间隙。不过此时的他，体内的法力几乎耗尽，肉身之力也所剩无几，就连八宝玲珑骨甲也在空间风暴之中彻底崩碎了。

只是，眼前这一幕又是怎么回事？

“祖神大人！您终于回来了！”

洛风飞快地打量了青袍男子一眼，眼中闪过一丝异色，脸上却露出狂喜的神情，朝着青袍男子俯身拜倒。

“祖神！祖神大人！”

乌蒙岛众人，尤其是年轻人看见族长的举动，顿时发出欢呼，纷纷退后一段距离，朝着韩立拜倒。

不过，岁数比较大的族人和元老们的神情皆有些古怪，似乎略有迟疑。

“都愣着干什么，还不快拜见祖神大人！”

洛风瞪了那些人一眼，沉声喝道。

“见……见过祖神！”那些人浑身一震，急忙朝着韩立躬身行礼。

“祖神？”韩立脸上神色未变，心中却是一怔。

不过，以他的阅历和见识，自然一下便看清了眼前的局势，以这儒雅男子为首的人族一方显然正在被以那名紫袍壮汉为首的异族人围攻，而且形势十分不妙。

没想到自己好不容易重返仙界，却不巧遇上了此等事情，若非此处只有一名大乘期修士，并且方圆千里之内似乎也没有什么更高级别的，可以威胁到自己的高手存在，他必然二话不说直接离开。毕竟他们双方打得头破血流，和他并没有什么关系。

悬浮在不远处半空中的图哈，紧紧地盯着突然出现的韩立，脸色阴晴不定。眼看只差最后一步，他们就能灭掉乌蒙岛的人族，结果在最后关头，却出现了变故。

“族长，我们现在怎么办？是否要回去请示……”一名长着八字胡的合体期大汉走近图哈，传音问道。

“我们好不容易才将这些人族逼到如此境地，绝不可半途而废。传令下去，血战到底！”图哈略一犹豫后，传音道。

“可是，这人若真是乌蒙岛祖神，我们恐怕……”八字胡大汉有些担心地传音道。

“哼！此人出现得如此诡异，看起来又是如此年轻，他是不是乌蒙岛祖神还不一定呢。况且，我看他的气息有些弱，身上必定受了不轻的伤，根本不足为惧。我们一起出手，一定能将他击杀，只要他一死，乌蒙岛就彻底完蛋了！”

图哈眼中光芒一闪，传音道。

传音完，图哈就行动了，他突然飞出，瞬间出现在韩立上空，冷冷地望着韩立。

八字胡大汉和其他三名合体期异族人也立刻跟了上去，与图哈一起围住了韩立。另外一名身材有些臃肿的合体期异族人则悄悄地退至一旁。

被包围的韩立，将双手背在身后，面无表情地注视着图哈。一时间，双方都没有其他举动。

周围的寒晶族人却同时爆发出一阵呐喊，再度向广场中央发动了进攻。

乌蒙岛一方立刻迎战，因为韩立的出现，乌蒙岛这边的士气比之前高涨了许多。

洛风的目光向四周扫了一圈，随后又看向了韩立，嘴巴张了张，正想说些什么，就在这个时候，图哈动手了。

只见图哈身上突然浮现出蓝色光芒，那光芒在他身后凝聚成一个头顶长着巨大弯角的蓝色蟒头的虚影。

独角蟒头一形成，巨口蓦地一张，无数蓝色波纹涌出，朝着韩立袭去。一股奇寒之力从蓝色波纹中散发而出，无数厚薄不一的冰晶蔓延开来，天地似乎都要被冻住了。

图哈两手在空中一抓，手中瞬间多出了两柄蓝色短枪，下一刻，短枪脱手飞出，化为两条十几丈长的蓝色冰龙，一左一右朝着韩立扑过去。

几乎在图哈出手的同一时间，八字胡大汉等四名合体期异族人也纷纷催动手中的法宝，朝着韩立打去。

韩立见此，从容不迫地单手一抬，朝着蓝色波纹一掌拍去。

“轰！”

一股恐怖的巨力化为阵阵气浪和蓝色波纹撞在了一起。

一阵“噼里啪啦”的声音过后，蓝色波纹被击溃，瞬间消散不见。

就在这时，韩立感觉一股刺骨的寒意袭来，两条蓝色冰龙已经飞扑而至。

韩立赶忙抬起另一只手，用力一挥，周围空气泛起层层波纹，仿佛被一只无形的巨手拂过。

“砰砰——”

两声巨响过后，两条蓝色冰龙寸寸碎裂，重新化为两柄蓝色短枪，被韩立一把抓在了手里。

图哈见此，面色一白，眼中流露出难以置信的神色。

“轰隆隆！”

此时，其他四名合体期异族人的攻击也落在了韩立身上，只见韩立身上浮现出一层半透明的薄膜，薄膜表面亮起银光，那银光微一流转，便将这些攻击全部弹飞了。

“怎么可能？！”

八字胡大汉等四名异族人面色大变，惊呼出声，他们立刻感觉到事情不妙。但是，没等四人做出什么反应，韩立便单手一挥，将手中的那两柄蓝色短枪甩了出去，两柄短枪顿时化为两道蓝影飞出，刺穿了八字胡大汉和另一名合体期异族人的胸膛。

两名异族人的身体立刻泛起耀眼的白光，不过，这丝毫无法阻止蓝影的刺入，下一刻．两人的身躯就被击碎，两人的元婴都来不及逃出，便当场殒命了。

几乎是下一瞬间，剩下的那两名合体期异族人只觉身前光芒一闪，两只模糊的拳影浮现而出，闪电般击中了他们。

两人根本来不及躲开，不过他们身上立刻浮现出一层白光，化为一面光盾试图挡住拳影。只听“咔嚓咔嚓”两声响，那两面光盾轻易被击碎，拳影直接打在了两人身上。

毫无悬念，两人直接殒命。

从图哈等人出手，到韩立轻而易举就杀了对方四名合体期修士，前后不到一次呼吸的工夫。

之前退至一旁观战的那名身材有些臃肿的合体期异族人见此，立刻遁光一闪，逃之夭夭。

此时图哈早已从震惊中回过神来，二话不说转身化为一道白光，朝着远处疾射而去，速度快得惊人。

同时，他一只手腕上的镯子光芒连闪，身上瞬间多出了数个各色光罩，他全身上下更是被蓝色的晶甲所覆盖。

就在此时，韩立发出一声冷哼。

早已飞出数百丈远的图哈只觉脑中蓦地传来一阵剧烈的刺痛，接着遁光一停，他竟然一个踉跄从半空中跌落。就在此刻，他脖颈处一块看似寻常的翡翠玉佩“砰”的一声碎裂开来，化为一根根晶莹青丝，一闪没入他的头中。

图哈只觉脑海中一阵清凉，顿时清醒过来。下一刻，他身前有个人影一晃，韩立已经横跨数百丈距离，来到了他面前。

只见韩立胸腹上七团蓝色光芒一闪，他的一只手臂猛然变粗，五指握拳朝着图哈挥去。

图哈心中大骇，想都不想就将手中的一柄蓝色大刀往身前一挡。

“砰！”

图哈铁塔般的身躯顿时倒飞而出，他手中的蓝色大刀寸寸碎裂，身上的数个光罩也轰然崩溃，就连寒晶铠甲的表面都出现了数道裂缝。

韩立眉毛一挑，脸上露出一丝意外之色，接着他一闪身，便出现在图哈身前，再次狠狠地轰出一拳。

一股恐怖巨力轰然而至，空气随之颤动。

图哈身上的寒晶铠甲连同那层凝实白光碎裂开来，他连惨叫也来不及发出，肉身以及体内的元婴便一起殒命了。

一只蓝色的手镯从中飞射而出，一个闪动后，稳稳地落在韩立手中。他放出神识稍微一扫，便将其直接扔进了储物镯中，随后才悠然朝着下方望去。

广场上，寒晶族和乌蒙岛的人早已停止战斗，目瞪口呆地傻站在原地，鸦雀无声。

“祖神威武！杀，将这些异族人全部赶出乌蒙岛！”洛风最先反应过来，口中发出一声欢呼！

“祖神威武！”

乌蒙岛众人回过神来，发出震天般的高呼，气势如虹地朝着寒晶族人冲杀而去。

寒晶族剩余的人数比乌蒙岛要多一些，但他们的族长与四名合体期长老瞬间被杀，群龙无首，顿时战意全无，被杀得节节败退。

对于追杀剩余的寒晶族人，韩立自然没有什么兴趣，他一闪身落回广场上，自顾自地将那四名被他击杀的合体期异族修士的储物袋一一收好。

此时，除了追杀敌人尚未返回的人外，广场之上的所有人都直勾勾地望着韩立。

不知是谁突然高喊了一句“恭迎祖神大人”，广场上的人纷纷拜倒在地，连声呐喊起来，族长洛风同样恭敬至极地拜倒在地。

乌蒙岛众人脸上全都挂着劫后余生的笑容，当中有不少人，忍不住低声啜泣，但更多人，都以一种崇拜敬畏的，仿佛凡俗之人看待神祇般的眼神，望着韩立。

韩立的目光从众人身上扫过，神色异常平静。他没有立即向众人宣布自己并非他们口中的祖神，也没有顺水推舟承认此事，而是嘴唇微微翕动，直接向那位族长洛风传音了几句。

洛风闻言，身体微微一颤，随即站了起来，神色凝重地向身边几人吩咐道："胡长老，由你来负责救治伤者，并清点族中的伤亡和损失情况；齐长老负责族内警戒，以防那些异族人卷土重来……我要随祖神大人前往祖神阁，没有我的吩咐，任何人不得靠近祖神阁。"

众人皆恭敬领命。

第44章

地仙

“祖神大人，这边请。”

洛风微弓着背，领着韩立朝残缺的雕像后方走去，四周的族人见状，纷纷躬身为他们让开一条通道。

两人走出没多远，广场上的所有族人就不约而同地齐声喊道：“恭送祖神大人！”

那声音洪亮整齐，一连重复了数遍，直至韩立两人的身影渐渐没入后方的山林中，才停下来。

整个过程中，韩立没有回头，也没有停下脚步。

沿着林中一条石板铺就的小径，两人来到了一座古朴的大殿前。

此殿高不过十余丈，与寻常宫殿相比，并不算高大。墙壁黢黑，应该是就地取材用岛上的礁石所筑，上面布满了岁月侵蚀的痕迹。门窗廊柱的颜色倒是十分鲜艳，显然重新刷过漆。大殿前面的广场和石阶，都被打扫得干干净净，连落叶也没有几片。

韩立仰头看了一眼殿门上方，只见那里悬挂着一块黑色匾额，匾额上以金漆写着三个大字：祖神阁。

洛风快步走上前，先恭敬地拜了拜，随后将殿门推开，让开身子，请韩立先进入殿中。

进入殿内，韩立迎面就看到了一座与他身高差不多的黑色石像，单看容貌，的确与自己有几分相似。

“既然这里只有你我两人，我就直说了。我并非你口中说的那位祖神，今日我出现在这里也只是一个意外。”韩立略一打量便收回了目光，转身看向身后的洛风，开门见山地道。

洛风闻言，脸上顿时闪过一丝惶恐的神色，连忙拜倒在地，道：“祖神大人，今日要不是您降临，我们乌蒙岛一定难逃灭族的厄运，您可千万不能抛弃我们啊！我们全族上下这数十万年来一直虔诚供奉祖神，还望您继续庇护我们！”

“今日若非那些人自己撞上来，我也不会出手，你不必因此就对我感恩戴德。你既然身为族长，我是不是你们的祖神，你应该心知肚明，别妄想我来替你们挡眼前的灾祸。”韩立语气变冷。

洛风浑身一颤，露出几分惊惧之色，随后有些无奈地苦笑道：“前辈，其实不管您是谁都没有什么关系，只要您答应继续以祖神的身份留下来帮我们渡过此次危机，我们将倾全族之力，供奉您需要的所有修炼资源。”

“你先说说，你们口中的那位祖神，究竟是什么人？”韩立神色略微有了一丝变化，没有马上拒绝，反而突然问起了有关祖神之事。

“我们供奉的这位祖神是本族数十万年前修炼成仙的一位老祖宗，世世代代庇佑本族，是本族在此地立足的根本。”洛风闻言微微一怔，小心地解释道。

“也就是说，今日侵犯你们的那些异族人也有他们供奉的祖神？笼罩在他们身上的那层白光，莫非与他们祖神提供的庇佑有关？”韩立略想了一下后，又问道。

“没错。不过，寒晶族的寒丘老祖只是一名十几万年前刚刚修成大道的地仙，实力在我所知道的诸多祖神中仅算末流，他当初还败给了我们乌蒙岛的祖神。”洛风恨恨地道。

“何为地仙？”韩立眉毛一挑。

“您不知道地仙……难道您是刚刚从下界飞升上来的？”这一次，轮到洛风吃惊了。

韩立没有回答，只是神色平静地直视着对方。

洛风识趣，没有再多问，转而解释道："所谓地仙，就是通过庇护一方区域，吸收受他庇护的信众供奉的信念之力来修炼的仙人。一般而言，地仙庇护的区域越大，供奉他的人越多，他的修炼速度就会越快，神通也会越强大。"

"和我说说那寒晶族的情况吧。"韩立若有所思地点了点头，话锋一转说道。他心中虽然对祖神地仙一事生出了不小的兴趣，但并不打算此刻就刨根问底。

"启禀前辈，寒晶族与本族一样，都是生活在这片黑风海域边缘的一个小族群，他们所在的岛屿与我们乌蒙岛距离较近，因为争夺资源等诸多问题，寒晶族向来跟本族有矛盾。本族鼎盛时期他们自然不敢造次，如今见本族祖神长眠不醒，他们就起了觊觎之心。"洛风恭谨地回道。

韩立听罢，陷入了沉思之中。

洛风见此，自然不敢多言，乖乖地垂首等在一旁。

"你口中所说的黑风海域，距离北寒仙域有多远？"半晌过后，韩立才低声问道。

"这……据晚辈所知，黑风海域在北寒仙域辖境内，不过只是偏僻地区的一处弹丸之地。对了，这是黑风海域的部分地图，可供前辈参考。"说着，洛风取出一颗核桃大小的白色圆珠，递给了韩立。

韩立伸手接过圆珠，双眼微闭，放出神识注入圆珠之内。

片刻过后，他缓缓地睁开眼睛，眼中闪过一丝复杂的神色，沉吟良久，才说道："想让我庇护你们乌蒙岛也不是没有可能，不过，有些话我要说在前头。"

"前辈但说无妨。"洛风闻言心中一喜，急忙道。

"你说得没错，我的确是今日才抵达仙界的，而且没有经过飞仙台接引。你们若是对此事有所顾忌，我不会勉强，就当全无此事即可。"韩立坦白地说道。

“岂敢！前辈能据实以告，在下已经感激万分了。”洛风连连摆手说道。

“既然如此，为了稳定人心，以后在人前你就以祖神称呼我吧。私下里，你称我一声柳前辈即可。若是寒晶族胆敢再次来犯，我自会出手相助，届时别忘记你承诺的供奉之事。”韩立闻言，淡然道。

洛风闻言顿时大喜，口中连连道：“那是自然，那是自然……”

“好了，现在先给我安排一处幽静的住所，我需要静养一番。”韩立点了点头，说道。

“柳前辈，请随我来。”洛风说完，就带着韩立穿过祖神阁内堂，往后院走去。

出了后院，两人穿过一片紫雾弥漫的竹林后，就来到了一座白墙黑瓦的四合小院前。

“这处院落，是我之前修炼遇到瓶颈时闭关的地方。不会有其他人前来打扰，前辈您大可安心住在此处。”洛风如此道。

韩立打量了一下眼前的院落，点了点头，走了进去。

距离乌蒙岛数万里外的一片深蓝色海域中，有一座数百丈高的白色岛屿。这座岛的面积与乌蒙岛相当，岛身却十分狭长，看起来就像是一片细长的柳叶，岛上植被稀疏，到处都是裸露的灰白色岩石。

岛屿之上，一座座白色的圆顶建筑依着山势疏密有致地分布着，越靠近山顶，建筑的数量就越少。

岛上地势最高之处，已经没有任何建筑，只有一个沿着山脊修筑的梭形广场。

广场的地面之上，刻满了一条条弧形和环形的纹路，这些纹路之间相互连接，组成了一个精美繁密的图纹法阵。

法阵中央，矗立着一座十余丈高的灰白色雕像。

雕像身穿一件刻着精美花纹的铠甲，脸上戴着镂空面具，弯曲的獠牙从面具两侧伸出，一头微卷的长发披在身后，看起来威风凛凛。

雕像周围跪着一群寒晶族人，他们全都低着头，双手交叉抱肩，口中念念有词，好像在进行着某种仪式。

片刻之后，灰白色雕像的面具之下，忽然亮起两团蓝光，紧接着，就有说话声从中传出："事情办得如何？咦，为何不见图哈？"

一名身材有些臃肿的寒晶族长老，满脸悲痛地上前一步，拱手说道："启禀祖神大人，之前……"

半晌之后，他抬起袖子擦了擦额角的汗水，说道："事情的经过大致就是这样，图哈族长和几位长老已经战死。祖神大人，您可要为我们做主啊。"

一阵静默之后，灰白色雕像之中再次传出声音："你说洛蒙真身降临……这绝无可能！他若真的已经从万年之前的重伤之中恢复过来，以他的脾性，绝不会放任你们逃回来。况且，据你的描述，那人连守护之力也未曾释放。"

"祖神大人，既然如此，是否需要我们重新组织力量，再去攻打乌蒙岛？"那名身材臃肿的寒晶族长老小心地问道。

"不必了，那人虽然不是洛蒙，但他能够轻易击杀图哈几人，自然不是等闲之辈，你们再去，岂不是自寻死路？你们先退下吧，后面如何行事，我自有安排。"灰白色雕像上蓝光闪烁，"嗡嗡"的说话声再次传来。

"遵命。"

身材臃肿的长老立即恭敬地一拜，带着一众族人退了下去。

待他们走远之后，灰白色雕像中又传出了声音："嘿嘿……鹄骨、扈突、陆坤，既然你们也盯上了乌蒙岛这块肥肉，想来分一杯羹，那自然就要出点力。不过，那件东西只能归我一人所有，毕竟我下一步的进阶能否成功，就全靠它了……"

待这声音落下，灰白色雕像上的蓝光也逐渐消失。

四合小院内。

韩立两手连弹，一道道青光飞射而出，化为一杆杆青色阵旗，落在院子周围，下一刻，一个淡青色光罩若隐若现地浮现而出，笼罩了整座小院。

做完这一切后，韩立就地盘膝坐下，闭目调息。

天色渐暗，夜空浮现出点点繁星。

韩立睁开双眼，抬头看了一眼星空，随后翻手取出一颗丹药服下，深吸了一口气，开始运转体内的小北斗星元功，他的胸腹处立即浮现出七个蓝色光点。

星光之力汇聚，形成七道光柱从天而降，没入他体内，他原本有些苍白的脸色慢慢变好。

一夜时间转眼就过去了。

第二天清晨，韩立睁开眼睛，长出了一口气。此时，他不仅感觉身体的疲惫一扫而空，就连通过界面间隙时造成的损伤也已经彻底恢复。

他活动了一下身体后，就朝院内的一间侧屋走去，不多时，他已经站在了屋内。

这间屋子不大，也就七八丈深，四五丈宽的样子，房间两侧摆了一个青竹柜子和一套檀木桌椅，房间正中央还有一个蒲团，便没有其他任何东西了。房内收拾得干净整洁，一尘不染。

韩立直接在蒲团上盘膝坐下，翻手取出一个玉盒，玉盒里摆放着一颗黄色“核桃”。“核桃”表面的花纹隐约组成了一张人脸，散发出惊人的土属性灵气波动，正是先前他在那个神秘气泡里得到的果实。

之前太匆忙，他没有仔细查看，现在总算有时间好好研究一下了。他当即放出神识，探入“核桃”之中，仔细地探察起来。

结果这一看，让他心中一惊。其蕴含的土属性灵气达到了让人不可思议的程度，却被压缩到极致，藏在一颗果实内。

韩立对于鉴别各种灵材有不少心得，尤其是在判断其年份上。他虽然不认得此种果实，但是从其蕴含的天地灵气来看，此果起码有十万年了。不过单凭这一点，似乎还不足以让两只真仙级别的妖兽拼命争夺。

韩立心中如此想着，让神识继续在果实内一寸一寸地仔细探察。

“咦！”

当他足足探察了十几遍之后，终于发现了一丝异样。

果实内部浓郁无比的土属性灵气，看似混乱无序，犹如一道道波涛起伏不定，但隐约之间仿佛存在着某种规律。每过一段时间，这些灵气波动便会呈现一种颇为诡异的交织融合状态，并且会散发出一丝极淡的特殊气息。

“这莫非是……”韩立心中怦怦直跳。

这特殊的气息与法则之力有些相像，不过又不太一样。他又仔细探察了片刻，仍然无法确定。

略一沉吟后，他翻手取出了一个木匣。

木匣打开后，里面有一个黄色小人，身上贴着几张符箓，正是那独目巨人的元婴，此时他的一只独目半睁着，看起来有些呆滞。

韩立一手抓住元婴，手指上浮现出道道黑光，黑光直接没入元婴体内。

正是搜魂术！

要弄清楚那人面果实的秘密，自然是直接施展搜魂术最快了。

那元婴原本木然的脸上，出现些许挣扎的神情，身上浮现出一层黄光，黄光飞快地闪烁起来。

韩立眉头微皱，这元婴体内竟然存在着某种诡异的力量，将神魂紧紧锁住，使得他的神识很难进入其中。

他冷哼一声，手中黑光一亮，开始一点一点地加大搜魂术的力度。

那元婴身上的黄光也骤然变亮，剧烈地闪烁起来，小脸上露出痛苦的神情，只是此刻他还被符箓压制着，无法发出声音。

韩立心中微微一喜，自己的神识终于突破了元婴体内那诡异力量的封锁，进入了元婴的神魂内部。

不过就在这时，他脸色霍然一变，全身立刻浮现出一层半透明的薄膜。

几乎是下一刻，一道耀眼的黄光从元婴中射出，然后“轰”的一声化为一轮黄色“太阳”，将韩立淹没。

黄光渐渐敛去，韩立的身影在原地浮现。此刻的他，全身上下毫发无损，只是脸色有些难看。

韩立没想到，元婴体内的那股力量竟然如此霸道，被他的神识突破之后便立刻自行引爆，以至于他根本没有探察到多少信息，只看到了独目巨人以前的少许记忆片段。那独目巨人似乎每过一万年左右，便会吞服一颗人面果实，应该是对修炼大有助益。

韩立轻轻叹了一口气，又看了人面果实片刻，翻手将其收了起来。

如今看来，他只得另寻他法去弄清楚这东西的来历了，现在他刚刚重返仙界，还有更加重要的事情要去处理。

他定了定神，站了起来，走出小院。

“参见柳前辈。”小院之外站着一名儒袍男子，正是洛风。

“洛族长，你怎么在这里？”韩立略觉惊讶。

“在下过来看看，不知前辈在这里住得是否习惯？……对了，这是本族按照前辈的要求连夜收集而来的修炼资源，因为时间紧迫，只收集到了这些，其他的我已经派人去各处收集，还请前辈见谅。”洛风一脸讨好地取出一个黑色手环，双手递给韩立。

韩立伸手接过，放出神识在手环里面一扫，点了点头。

洛风见此，心中松了一口气。

“你来得正好，你们这里应该有藏书阁之类的地方吧，我想查阅一些东西。”韩立将手环收了起来，问道。

“有，柳前辈请随我来。”说完，洛风当先朝着远处飞去。

韩立紧随其后，飞到半空。他向下望去，发现岛上的居民已经恢复了正常的生活，坍塌的建筑也正在重建，远处的港口和周围的城镇中，出现了许多没有法力的凡人。可见，昨日的大战，并没有对那些凡人的城镇造成多大的影响。

此时此刻，那些城镇中的凡人和修士聚集到一处，对岛上各处的祖神雕像进行着类似参拜的仪式。

“在黑风海域的每座岛屿上，都生活着不少凡人，他们投靠在各个修士家族之下，昨日大战的时候他们都藏起来了。各个家族的修士之间虽然争斗不断，但修士们一般不会对付凡人。”洛风注意到韩立的视线，主动解释道。

韩立点了点头，这里的情形，让他想到了当年的乱星海。

片刻之后，两人来到了一座占地颇大的双层阁楼前。

“祖神大人！”

“族长！”

阁楼前有几名炼虚期修士在看守，他们看到洛风和韩立落地，吓了一跳，急忙行礼，神情恭敬至极。

洛风没有理会几人，带着韩立径直走进了阁楼。

藏书阁第一层内，数排书架排列得整整齐齐，上面摆放着各种书册、卷轴和玉简等物。

韩立目光一扫，发现这座藏书阁的规模不大，与冷焰宗的藏经阁相比要小得多。

“前辈，本族实力弱小，能够收集到的典籍数量也不多。这第一层的典籍以修炼功法和野史为主，第二层则是一些关于法宝丹药的典籍。”洛风略带歉意地解释道。

“无妨，我自己在此查阅便可，乌蒙岛此刻百废待兴，你去忙自己的事情吧，不必留在这里陪我。”韩立不在意地说道。

“是。”

洛风一怔，答应了一声，转身走出阁楼。他身上光芒一闪，正要飞遁离开，突然心忌一转，停了下来，走到藏书阁旁边，垂手等待。

韩立慢慢地在一排排书架间移动，以他强大的神识之力，查阅典籍的速度自然极快。

乌蒙岛收集的典籍颇为杂乱，五花八门，这第一层的典籍和洛风说的相差不大，都是关于黑风海域的历史，还有一些大乘期以下境界的修炼典籍。

韩立真正想查的是关于地仙的资料，可惜这里关于仙人的资料极少。不过功夫不负有心人，在他将第一层几乎翻了个遍后，总算找到了几块老旧的玉简，上面记载了地仙的事情。

第45章

仙器

小半个时辰后，韩立将最后一块玉简放下，睁开了眼睛。这几块玉简中记载的内容虽然不多，但总算让他对地仙以及祖神之事有了一个相对清晰的了解。

正如之前洛风所说，地仙也是这仙界芸芸众仙中的一种，只是修炼的方式比较特殊。根据典籍上所言，地仙可以依靠信众的信念之力来凝聚法则之力。只不过，这种依靠外力凝聚出法则之力的方法，有极大的限制，那就是地仙只能在其信念所属的地域才能施展出法则之力，一旦离开了这个区域，他凝聚出的法则之力就会失效。

因为需要凝聚信念之力，所有的地仙都会有一座用特殊材料炼制而成的雕像，来储存和炼化信众的信念之力，从而形成一具地仙特有的地祇化身，这具地祇化身使用法则之力的威力，甚至比本体更强。

通常情况下，地仙本体会躲藏起来，只留地祇化身在外面行动，一旦地祇化身被毁，地仙本体也会受到重创，严重的甚至会丧失催动的法则之力，让此前的所有积累毁于一旦。

“地仙……法则之力……”

韩立眼神闪烁，口中喃喃自语。

即便成为地仙后有地域的限制，但能够通过信念之力这条特殊的途径来掌握法则之力，仍然让他有些心动。

以前在灵界，他不止一次见识过法则之力，尤其是在催动诸如玄天斩灵剑这种蕴含天地法则之力的玄天之宝时，他还亲自感受过这种力量的强大，是一般功法秘术甚至灵宝都无法匹敌的存在。

当然，领悟法则之力也是一种可遇而不可求的大机缘，即便拥有了蕴含法则之力的宝物，穷尽一生去参悟，也未必能够有所成就，若是能通过成为地仙而掌控法则之力，倒也不失为一种可行的办法。

种种迹象表明，乌蒙岛的那位祖神如今八成已经殒命，若他想替代对方成为此处的地仙，应该没有太大的问题。

韩立心中念头转动，忽地单手一招。

他身下的影子微微波动，一团黑影从中弥漫而出，幻化为一个青年的身影，正是魔光。

“这里是……韩道友，恭喜你终于再次回到真仙界。不过此地的天地元气颇为稀薄，莫非你飞升到了极为偏远之处？”魔光现身后，目光冷冷地四下扫了一眼后，木然恭贺道。

“不错，此处名为‘黑风海域’，是北寒仙域辖内一处极为偏僻之地。”韩立平静地道。

“黑风海域……以前似乎听过这个名字，不过印象不深，看来确实是一处僻壤。不过来到这里也不错，至少暂时不用担心身份暴露被仙界的敌人察觉。”魔光毫无感情地道。

“权宜之计罢了。”韩立苦笑一声道。此地偏僻的确是他决定暂时留下来的原因之一。

“韩道友召唤我出来，可是有什么事情？”魔光问道。

“关于地仙，不知魔光道友了解多少？”韩立也不客气，直接问道。

“地仙？我倒是了解过一些，此类仙人通过信念之力凝聚法则之力，是仙界中极为稀少的存在，韩道友为何突然问起这个？”魔光目光闪动，如此答道。

“极为稀少？莫非地仙除了会受到地域限制，还有其他弱点？”韩立没有回答魔光的问题，反问道。

“地仙虽能够通过信念之力，以偏门取巧之道凝聚出法则之力，但是此种修炼方法限制极多，除了会受到地域限制之外，因为体内掺杂了信念之力，地仙的法力的精纯程度要远低于其他同阶仙人；又由于凝聚信念之力要花费很多时间，所以地仙的修炼速度比一般仙人要慢得多。”魔光木然地答道。

“如此说来，限制确实不少……”韩立若有所思地说道。

黑风海域的地仙倒是不少，不过这恐怕和此处特殊的地理环境有关系。他从典籍中了解到，整个黑风海域和外界几乎完全隔绝，极少有外界仙人能闯入这里，只有通过黑风海域中心岛屿的传送阵，才能去往外界。如此特殊的环境，导致黑风海域的修士家族和凡人众多，故而此地的地仙以及祖神这种地仙雏形，才会屡见不鲜。

“即便是在散仙之中，也极少有人愿意转修地仙。”魔光突然又插了一句。

“散仙？那又是什么，莫非也是仙人中的一种？”韩立闻言一怔，问道。

“下界之人一般认为只要是仙界的都是真仙，但其实在仙界，能真正被称为真仙的，是指那些掌握了法则之力的仙人，而没有掌握法则之力的通常被称为‘散仙’。散仙数量极多，‘十仙九散’这句话便是由此而来。散仙因为无法领悟法则之力，只能依靠苦修仙灵力来进阶，而且，散仙没有法则之力护体，渡劫进阶的难度，自然要远远高于真仙。”魔光不带任何情绪地解释道。

“散仙，真仙……”韩立听闻，喃喃自语。

“话说回来，你如今走的这条玄仙之路，就是所谓的力仙，其实也算是散仙的一种。玄仙并不要求掌握法则之力，而是将修炼主要放在自己的肉身上，信奉以力破道来进阶，算是散仙中的异类。力仙数量极少，甚至比地仙的数量还要少。”魔光继续解释道。

“原来如此，多谢魔光道友解惑了。”韩立缓缓地点了点头。

“我虽然只剩下残缺的神魂了，但仙界的大多数事情还是记得的，若道友日后再有什么疑惑，尽管问我便是。”魔光说完，不等韩立再说什么，便再次融入韩立的影子里，消失不见。

韩立站在原地，眼睛微眯，消化着刚刚听到的内容。

片刻之后，他轻呼一口气，朝着藏经阁的第二层走去……

“凡仙器之属，运天地法则之力，蕴法有异，则功行不同，能破万物，立新生，知旧事……”

韩立心中默念一本典籍上的金色小字，脑海中却不由得想起了玄天如意刃和玄天斩灵剑这两件他在灵界中使用过的玄天之宝。

玄天斩灵剑作为高居混沌万灵榜前三的宝器，拥有无视一界天地法则的强大神通，就这一点来说，与这仙器的描述倒是有几分相似。

想到这里，韩立又将目光投向书页之上，仔细地阅读。

约莫半刻钟之后，他将典籍合上，心中总算对仙器这一概念有了大致的了解。

据书中记载，玄天之宝这一类感应某一界面之力而诞生出的宝物，本来就属于仙器的一种，在仙界之中被统称为“先天仙器”。

先天仙器往往出现于某一界面天地初开之时，并且多以灵木为主。之后灵木吸收天地精华，开出或者结出具有无视天地法则的灵花或灵果，通常一界之中最多只能够诞生四五个先天仙器，是极为珍稀之物。

这些灵木开花结果的周期很长，大多需要十万年乃至数十万年，但是，它们的花期很短，长则数日、短则几刻。

如此漫长的生长周期，加上如此快的衰败速度，令它们的灵花灵果异常珍贵，人们想要得到灵花或灵果，也变得非常困难。

根据书上记载，除了这一类先天仙器之外，还存在另外一种后天仙器，它们并非天地蕴养所生，而是后天被仙人打造出来的蕴含法则之力的宝物。

这两者之间并无强弱之分，主要还是看各自蕴含的法则之力，以及能够驱使何种类型的法则之力。当然，驾驭仙器之人的实力，也是重要影响之一。

从数量上来看，先天仙器要比后天仙器少得多，但由于先天仙器往往具有更进一步成长提升的可能，故而更受高阶仙人的喜爱。

当然，不管是先天仙器，还是后天仙器，在仙界中都是十分珍稀的，一般散仙中能够拥有仙器的人数极少，能够打造后天仙器的仙人，就更是凤毛麟角了。

看到这里，韩立不禁有些怀念当年有玄天斩灵剑在手的感觉。他心中微微一动，嘴唇轻启，无声地传音了几句。

不过片刻，洛风的身影便出现在藏书阁的第二层，朝韩立拱手施礼，恭敬地问道："柳前辈，有何吩咐？"

韩立转头看向他，开门见山地道："你们乌蒙岛上，可有仙器留存？"

"仙器……这等宝物，我们可没有福缘能够拥有，昔日祖神大人也曾想获取一件，却一直未能如愿。其实，别说我们乌蒙岛，就是在这整个黑风海域内，能够拥有仙器的祖神，也是寥寥无几。"洛风闻言，苦笑一声道。

韩立虽然没有抱多大希望，但听到这个答案时，他还是不由得有些失望。不过很快他就释然了，继续问道："我方才从古籍上看到，祖神可以通过累积信念之力来凝聚法则之力，你们乌蒙岛的祖神当年应该也是如此，不知道他掌握的是哪一种法则之力？"

洛风闻言微微一怔，脸上露出一丝为难的表情，但很快就消失不见，他答道："洛蒙大人所掌握的，是在黑风海域比较常见的水之灵力，附近势力所供奉的其他祖神，大多数掌握的也都是此种法则之力。"

"水之灵力……"

韩立沉吟片刻之后，忽然想起一件事，遂又问道："我们来藏书阁的路上，曾看到不少族人在参拜祖神雕像，那座雕像便是乌蒙岛祖神的地祇化身吗？"

"岛上各处的雕像，都只是用来收集信念之力的普通雕像，虽然也能够起到与祖神沟通的作用，但都不是祖神真正的地祇化身。祖神地祇化身的雕像，岛上只有一座，被藏在族内的禁地之中。”洛风有些迟疑地说道。

“禁地在何处？带我去看看。”韩立对此大有兴趣，立即问道。

“实不相瞒，祖神的地祇化身在当年被强敌重创之后就已经破碎了，如今只剩下一颗头了。柳前辈您若想看，我这便带您过去。”洛风犹豫片刻后，说道。

“带路吧。”韩立迫不及待地说道。

乌蒙岛的西北部，有一片十分陡峭的悬崖，高逾百丈，下方布满了嶙峋的黑色礁石。海浪拍击在礁石上，不断溅起泡沫般的白色浪花。

崖壁表面千疮百孔，布满了密密麻麻的海蚀孔洞，这些孔洞大小不一、形态各异，周围大都布满了青色的苔藓和白色的盐渍，看起来斑驳一片，不时有一些白色的海蟹被涌入的海水从洞内卷出。

此时，韩立与洛风正飘浮在海面上空，面朝这片悬崖。

“前辈，这里便是洛蒙祖神地祇化身的所在之处了。”洛风抬手指着海崖上一处看似寻常的海蚀孔洞道。

那处孔洞看起来只是略微比旁边的大了一些，里面黑漆漆的，并无任何异常之处，可当韩立放出神识探入其中之后，就发现此处暗藏玄机。

他发现自己的神识在扫向这处孔洞时，竟然被一股奇异的力量带动着朝一旁的石壁上扫去。若非他的神识远超常人，甚至都不会发现自己的神识被干扰了，还以为孔洞内真的只有石壁而已。

“有点意思！”韩立双瞳蓝光一闪，当即催动明清灵目神通，朝那处孔洞中望去。

只见那处孔洞深处，有一个淡白色的水雾漩涡在悠悠地旋转着，从里面传来一丝十分微弱的气息。

“洛蒙祖神万年前重伤沉睡之后，就再未苏醒过，这处的水元封印也变得日渐衰弱，再过个千余年，此处恐怕就无法遮掩了。”洛风一边叹气，一边飞身进入了那处孔洞。只见他双手在身前略一交错，一连串蓝色法诀便飞射而出，法诀闪动几下后，便纷纷没入了洞内深处的那个水雾漩涡之中。

漩涡内微微一震，水雾随之一阵倒转，从中间打开了一条一人高的圆形通道。

“前辈，请随我来。”洛风招呼一声后，一闪身，就踏入那条通道中消失不见。

韩立跟随其后，一纵身，飞入通道之中。

与通道相连的是一条幽暗的甬道，以青色石块垒砌而成，蜿蜒曲折，沿着地面延伸，看不到尽头，每隔数丈便镶嵌一块白色荧光石，用来照亮前路。

韩立自持神通，不需要担心什么，只是默默地跟着洛风向前行去。

甬道越往下走，周围的湿气和水之灵力就越浓重。

两人走了足足一刻钟，韩立估算已经深入地下数里，才终于到了甬道的尽头，前面出现一扇青色石门。

洛风取出一块青色令牌，略一摩擦，只见一道青光射出，没入石门。

“咯吱咯吱”几声脆响，石门缓缓打开，露出一个十几丈深的方形石室。说是石室也不准确，这里地面和墙壁都凹凸不平，似乎是由一个地下溶洞改建而成的，洞顶垂下一根根半透明的钟乳石，呈水蓝色，仿佛琉璃一般。四周的墙壁上也是类似的材质，透过那些钟乳石隐约能看到外面那一道道时急时缓的海流，由此可见这里已经是海底深处。

韩立扫视了一眼石室，发现这里空荡荡的，没有任何陈设，只在石室正中，筑有一个半人高的黑色石台。

石台表面刻着一道道曲折蜿蜒的细沟，一直向下延伸，铺满了整个地面。在台面之上，则摆放着一颗常人脑袋大小的雕像头颅，容貌与韩立有三分相似，正是乌蒙岛的祖神洛蒙。不过，与之前所见的那些雕像不同，眼前这颗头颅通体呈蓝色，似乎是用某种特殊晶石雕刻而成的，在周围白色光芒的映照下，显得晶莹剔透，散发出一股浓郁至极的水属性灵力。

这颗雕像头颅面部光滑，栩栩如生，脖颈处却粗糙无比，似乎是被硬生生地从原本的身躯上掰下来的。

韩立站在距离雕像头颅一步之遥的地方，目不转睛地盯着它，心中突然生出一种古怪至极的感觉，似乎眼前的这雕像头颅并非死物，而是能够呼吸吐纳的活物。

韩立双目轻合，神识蓦然放开，瞬间就将整个石室填满。

一直站在韩立身后的洛风，只感觉一股庞大的神识之力突然从四面八方涌了过来，瞬间将他整个人都吞没了，身子不由得一阵摇晃，额角立刻就有冷汗滴了下来。

韩立没有理会洛风，只是专注地将神识注入那颗雕像头颅之中。

这时他突然发现，在那雕像头颅周围，有一股肉眼无法看见的能量，正朝着它汇集而去。

那股能量看起来十分微弱，每一道都细若游丝，仿佛一挥手就能将其打散，但其数量极多，密密麻麻地几乎充满了整个石室。

那颗雕像头颅上，此刻也有一道原先没有的光芒，正在一下一下地闪烁着，那韵律像极了修士的呼吸吐纳，一明一暗间，就将周围那些微弱的能量全都吸了进去。

“看来这应该就是所谓的信念之力吧……”韩立收起神识，若有所思地道。

洛风脸色苍白，如释重负地长出了一口气，才片刻的工夫，他后背的衣衫就已经被汗水完全浸湿了。他深吸了一口气，上前几步，在一根看似寻常的水蓝色钟乳石上拍打了几下。

地面传出一连串响声，一个小型石台缓缓地从地面冒出，石台上面摆放着一个石盒。

洛风打开石盒，从中取出一本古老的玉册。

“前辈，这本典籍对您应该有用，还请前辈笑纳。”洛风手捧玉册来到韩立面前，道。

“典籍……”韩立随手接了过来，略一翻阅，脸色微变。

“这是洛蒙祖神修炼过的功法——万水仙诀。晚辈听闻从下界飞升的仙人必须转而修炼真仙功法，才能将体内的法力转化成仙灵力，前辈既然是偷渡到仙界来的，想必手头没有合适的功法，这万水仙诀对您应该有用。”洛风轻声道。

“原来如此，洛风族长有心了。”韩立望了洛风一眼，点了点头。

“前辈客气了。这里是深海之底一处灵脉的交汇之地，水之灵力浓郁，前辈若是要修炼万水仙诀，可以在这里闭关。”洛风咧嘴一笑，知道自己已经成功送出典籍，脸上的神色也轻松了不少。

韩立没有说话，仔细翻阅手中的玉册，片刻之后便将玉册中的所有内容大致都扫了一遍。

这万水仙诀是一门水属性的真仙功法，应该能供他修炼到真仙境后期。只可惜，此功法和他原本修炼的功法冲突不小，且修炼此功法所能达到的成就和他预期的也相差不少。

念及此，韩立将玉册还给了洛风。

“前辈，您这是……”洛风见此，有些愕然。

“这万水仙诀虽然不错，可惜的是水属性的功法并不适合我。不知这黑风海域内可还有哪里可以弄到真仙功法？”韩立有些遗憾地摇了摇头，问道。

“我们黑风海域地处偏僻，流传的仙家功法极少，就算有也基本都掌握在那些祖神手中，他们绝对不会轻易拿出来给别人，毕竟一旦他们修炼的功法落在外人手中，有可能会暴露自己的弱点。若说哪里能得到其他仙家功法，恐怕只有海域中心的黑风岛了，那里每隔百年就会举行一次大拍卖会，也许会出现仙家功法。”洛风略一沉吟，如此说道。

“大拍卖会……不知距离下次举办大拍卖会还有多久？”韩立摸了摸自己

的下巴，颇感兴趣地问道。

“大概还有十余年的时间吧。不过在这种大拍卖会上出现的东西，一般都极为昂贵。”洛风想了想后，道。

“十余年……我明白了。对了，我这里有件事需要你帮忙。”韩立颔首，随后话锋一转。

“前辈尽管吩咐。”洛风精神一振，连忙应道。

第46章

尝试

转眼间，四五个月过去了。

在此期间，寒晶族并没有前来报复，这让乌蒙岛的所有人都松了一口气。

族长大殿内，洛风焦躁不安地来回走动，不时来到门口，朝远处望去，神色有些焦急。这几个月以来，他根据韩立的要求，派人四处搜集和元婴禁锢有关的秘术或功法。但因此类秘术相当罕见，几个月下来，他才找到了三四种，送过去后看韩立的神情，显然韩立都不太满意。

这让洛风有些焦急。无奈之下，他只好派出族内一位合体期长老，携带大量灵石前往黑风海域的中心岛屿黑风岛进行寻觅。那里是黑风海域最为繁华的地方，其他岛屿的修士如果要找什么东西，基本都会去那里寻觅。

然而今日已经是预定归期后的第三日了，那位合体期长老仍然没有回来。

就在此刻，远处天空浮现出一道白光，飞快地靠近。

洛风大喜，走出了大殿。

白光很快便在主殿前落了下来，现出一个中年男子的身影。

“汉良长老，你总算是回来了，情况如何？”洛风连忙问道。

“路上遇到了一点麻烦，绕了些路。灵石花费了大半，幸不辱命。”中年男子说着取出一个玉盒，里面摆放着十几块玉简。

“好，你辛苦了，快去休息吧。”洛风松了一口气，对中年男子说了一句后，便迫不及待地手捧玉盒，快步朝韩立的住处而去。

四合小院，一间密室之中。

地上和桌子上扔满了白纸和纸团，凌乱不堪。这些白纸上面，写满了各种繁复玄奥的法阵符文。

韩立坐在桌子旁，正提笔在纸上飞快地写写画画。

片刻之后，他抬起头，轻叹一口气，放下了手中的笔。

这些天来他绞尽脑汁结合过往对法阵的所有记忆和理解，试图破解元婴上的法则之链，可惜一直没有取得什么实质性的突破。虽然他也设计出了数个看似能够撼动这些法则之链的禁制，但大多只是理论上可行而已，经过细细的推敲之后，全部被他否定了。

最大的问题在于他对元婴上的这八条法则之链了解太少，若能查明这些锁链蕴含着何种法则，或许还有一线希望。

就在此刻，一道白光从外面射进来，化为一张传音符，并发出“嗡嗡”的声音。

韩立随手一挥，传音符立即被吸了过来，他将神识探入其中，脸上随之露出一丝喜色，起身走了出去。

片刻之后，当他再次折返之时，手中已多出了一个玉盒，里面隐约有十余块玉简。

他从中取出一块玉简，贴于额头之上，将神识探入其中。

片刻之后，他眉头微皱放下玉简，另外取出一块，继续探察起来。

很快，玉盒中的十几块玉简被他查看了大半，他的眉头却皱得更紧了。

这些玉简中记载的倒都是和元婴禁锢封印相关的秘术，虽然比此前的要高明一些，但对他如今的困境仍是毫无助益。这也难怪，单靠洛风他们这么一股小势力，能搜集到这些东西，怕已是到了极限了。

毕竟他此前让洛风去寻觅，也只是抱着几分侥幸心理而已。

“看来过些时日有必要亲自去一趟黑风岛了。”他心中这般想着，又拿起一块青色玉简贴在了额头上。

结果这一次，他略一查看后，神情顿时变得凝重起来。

良久之后，他才长出了一口气，眼中闪过一丝兴奋之色。

这块玉简中记载了一门名为“隔元天心炼”的秘术，此秘术并非针对元婴的神通，而是禁锢法力的秘术，略一推敲下，和捆缚他元婴的那八条法则之链颇有几分相似之处。玉简上的记载最后还提到，这门秘术是从一种名为“隔元法链”的法则神通中演化而来的。

“隔元法链，莫非我体内元婴上的那些锁链就是……”韩立喃喃自语道。

虽然目前还无法确定，但仅凭这一点，此秘术就值得他好好参悟一番了，走运的话或许能从中找出破解捆在元婴上的锁链的方法。

韩立眼睛一亮，拿起剩下的玉简，一块一块仔细地探察起来，可惜他在剩下的玉简上没有再找到有用的东西了。

他深吸一口气，将其他玉简一股脑儿地扔进储物镯中，只将此前那块记载着“隔元天心炼”秘术的青色玉简拿起，再次贴在了额头之上。

数日之后，洛风又一次收到了韩立让他搜集某些材料的吩咐。这让本来就有些惴惴不安的洛风心中松了一口气。

虽然韩立让他搜集的材料价值不菲，但所幸要的数量并不多，他基本上都能够搜集得到。

半个月后。

原本宁静的四合小院之中，突然传出了一连串闷响。

接着，小院内腾起十几道乳白色的光柱，随即化为一个白色光罩，笼罩了整个院子。

下一刻，小院周围浮现出大片黄光，随后凝结成一个黄色的光罩，将白色光罩连同小院一起罩住。

突然，一阵尖啸声响起，七八面银色大幡浮现在小院内，微一摇晃，无数银色符文涌现，符文化为大片银色云雾，将小院罩住。

夕阳西下，橘红色的余晖笼罩着整座乌蒙岛。

洛风和几名族内长老站在一处高台之上，远远地望着早已淹没在银雾之中的小院，不禁露出了惊讶的神色。

“柳前辈这是要做什么？怎么弄出这么大的动静？”此前奉命前往黑风岛寻觅秘术的洛汉良忍不住问道。

“柳前辈要做什么，我们不必多想，更加不要多嘴，明白吗？”洛风声音一沉，说道。

“是。”洛汉良忍住心里的疑惑，答应道。

“诸位长老，虽然寒晶族至今没有什么动静，但这只是表面上的平静，况且你们也清楚，觊觎本族的势力，可不仅仅只有一个寒晶族。如今本族的安危可以说都系在柳前辈一人之身，所以，我们万万不可做出任何可能会触怒他的事情。”洛风转头看向其他几人，神色严肃地道。

其他人脸色一凛，齐声答应。

“你们传令下去，从即日起，封闭岛上所有的出入口，同时加强岛上各处的巡视，绝对不能让任何人打扰柳前辈。另外，最近岛上多了一些身份可疑之人，你们务必多加留意，柳前辈的身份绝不能暴露。”洛风略一沉吟，又吩咐道。

几人答应之后，各自飞走，很快这里就只剩下了洛风一人，他遥望着远处韩立的四合小院，不知在想些什么。

此时，在小院的空地上，一个巨大的法阵正在缓缓地运转，地面上无数银色纹路交织，忽明忽暗地闪烁着。四周耸立了七根银色的石柱，上面也刻满了符文，这七根石柱以北斗星的形状排列，看起来和境元观的聚星台法阵颇有几分相似。

韩立盘膝坐在法阵中央，一动不动。

时间流逝，夕阳西下，黑暗笼罩了整座岛屿。

今夜的星辰显得异常明亮。韩立抬头朝夜空望了一眼，脸上露出一丝笑容，口中念念有词，挥手打出一道法诀，落在法阵之上。

大阵泛起耀眼的光芒，一股股巨大的灵力波动荡漾而出，即便小院附近被设置了三层禁制，也无法完全阻隔。

韩立此刻早已顾不得这些，两手在身前飞快掐诀。

大阵的运转速度陡然加快，夜空中的北斗星微微一亮，一道道明亮的星光垂落而下，朝着小院汇聚而来，形成了七道星光之柱。

这些星光之柱没有落在韩立身上，而是落在了法阵中的七根银色石柱之中。石柱上的符文尽数被点亮，石柱很快变得晶莹剔透。

随着星光的不断汇聚，七根石柱上的符文越来越亮，一阵闪烁之后，赫然如活物一般移动起来，形成七个像眼睛一般的图案。

“噗噗……”

连续七声闷响过后，从七个眼睛图案中分别射出一道拇指粗细的星光，注入韩立的小腹、胸口、眉心等七处地方。

韩立眉头一皱，脸上闪过一丝痛苦之色，他小腹处浮现出七团蓝色光芒。接着，注入他体内的星光之力微微一闪，化为一道道银色细丝，在他体内的经脉中运转。

与此同时，他丹田内的那些法力也在经脉中缓缓地运转起来。

星光细丝和法力同处于经脉之中，不过两者并没有冲突，而是相安无事地各自运转着。

韩立深吸一口气，两手掐诀结印，发出丝丝白光。

经脉中波动一起，随之出现无数细小的白色符文。法力和星光之力被这些白色符文所笼罩，同时一亮，缓缓地融合为一体，化为一道道犹如闪电般的亮银色纤细光线，在经脉中飞速地蹿动。

一股独特的气息从这些光线中散发出来。这些光线是韩立为了破开元婴锁链，专门让星光之力和法力先融合，再凭借一门秘术演化出来的特殊神通。

“希望有作用吧。”韩立喃喃自语道。

一道道银色光线在他体内经脉中运转了一圈后，纷纷汇聚到丹田之中，一阵交织缠绕，最终化为一张包裹元婴的银色光网，并立刻收紧。

就在此时，韩立心念一催，运转起炼神术来。

“轰！”

浩瀚的神念之力一下子充满了他整个丹田，随即化为无数神念晶丝从银色光网的网眼中穿过，朝着元婴射去。

就在银色光网及神念晶丝即将接触到元婴之时，元婴表面突然黑光一闪，那缠绕在元婴之上的八条黑色的法则之链浮现而出。也许是感受到了威胁，那八条法则之链开始剧烈地震颤，浓重的黑色雾气飘浮而出。

银色光网和神念晶丝一接触黑色雾气，立刻发出“噼噼啪啪”的声音，飞快地消散不见。

不知过了多久，随着银色光线和神念晶丝源源不断地浮现，黑色雾气渐渐被撕裂开来。部分神念晶丝和银色光线得以从撕裂的黑色雾气中飞射而出，击在法则之链上。

法则之链剧烈地震颤，表面的黑光变得暗淡。

韩立见此，心中一喜。这种银色光线对法则之链果然有效。

他心念一催，神念晶丝微微一闪，赫然化为一柄柄晶莹的刀刃，狠狠地斩在法则之链上。

“铿铿——”

晶莹的刀刃斩在法则之链上，立刻碎裂开来，散成点点星光，不过法则之链的震颤也变得越发剧烈起来。

就在此刻，八条法则之链骤然剧烈地抖动起来，发出“哗啦啦”的碰撞声，然后猛地一亮。无数细小的黑色符文浮现，挡住了神念晶丝的斩击。

银色光线也被这些黑色符文所包裹，仿佛溶解一般，迅速弥散开来，原本已经暗淡了几分的法则之链，迅速恢复了原样。

看到眼前这一幕，韩立脸色一沉，不过，他很快就恢复了镇静。

以之前黑色锁链表现出来的诡异属性来看，会出现这种情况本就在他预料之中。

他轻吐了一口气后，猛地催动法诀，比此前更为密集的银色光线源源不断地涌入丹田，并朝着法则之链轰击而去。

“噼啪”声大作！

虽然银色光线一碰到黑色符文，仍然会被击溃，但是黑色符文也在被不断消耗。

神念晶丝所化的刀刃，则继续劈斩而下。

随着银色光线和神念晶丝的不断轰击，法则之链周围的黑色符文变得越发暗淡。

然而，韩立脸上并没有露出喜色。因为他心里清楚，黑色符文确实在减少，但此刻他体内的法力也几乎要耗尽了。

韩立低喝一声，猛地催动体内剩余的所有法力，使得丹田之内的所有银色光线在一闪之后，化为八只银光手掌，一下穿透了剩余的黑色符文，径直抓住那八条法则之链，奋力一拉。

法则之链立刻绷紧，一阵剧痛从元婴上传出。

韩立牙关紧咬，心中却一喜！

自从他的元婴被法则之链封印之后，自己一直丝毫感觉都没有，此刻终于和本体有了一些联系。

他二话不说催动炼神术，让所有的神念之力尽数涌入丹田并一分为二，光芒一闪后化为两柄晶莹巨斧。

数道银色电光从银光手掌上飞出，缠绕在晶莹巨斧上，巨斧狠狠地劈下，斩在紧绷的法则之链上。

紧绷的法则之链剧烈一抖，被斩击的地方出现一道道裂纹。

韩立见此，心中大喜，驱动巨斧再次斩下。

韩立周身波动乍起，一段黑色锁链浮现，不等韩立做出任何反应，一闪即逝没入其体内。周围的星光法阵，根本不能阻挡这黑色锁链分毫。

只听“咔嚓”一声，黑色锁链已经缠绕在韩立的元婴之上，将原本的八条锁链更紧密地连接在一起。

“嗡！”

九条黑色锁链表面浮现出无数黑色符文，快速转动之下，光芒四射，那抓在锁链上的两只银光大手立刻被一道道刺目的黑光穿透，逐渐消散。

“铿铿！”

晶莹大斧斩在锁链上，立刻崩碎，化为一片荧光消散。

同一时间，仙界某处沙漠深处的大殿中。

僵尸男子单手前伸，全身被黑光笼罩，无数黑色符文在他身边飞舞跳动。他周身的锁链一顿狂舞，打在地面和墙壁上，发出阵阵巨响声。

僵尸男子放下了抬起的手臂，他身上的黑光随之暗淡，狂舞的锁链也停了下来，掉在地上。

“老七，看在我们师徒的情分上，为师再帮你最后一次。”僵尸男子喃喃自语道。

小院之中，韩立霍然站了起来，双目蓝光闪动，朝着周围望去。同时，他毫不迟疑地放出神识，探察乌蒙岛周围数千里的海域，结果却没有发现任何异常。

半晌后，韩立面色阴沉地坐了下来。

刚刚那条突然出现在他元婴身上的黑色锁链，肯定是由一个神通极为高强之人隔空施法传递而来的。如今看来，在他元婴上设置封印的人，修为远比他预想的更加恐怖。

突然，韩立心中生出一个念头，他连忙催动神识注入丹田之中，神识随即形成一层晶光，笼罩在元婴身上。他这样做未必有多大的作用，但至少能够阻隔元婴身上的锁链与外界的一些联系。

做完这一切之后，韩立翻手取出一株千年云鹤草，送入嘴里咀嚼起来。

这次的尝试虽然以失败告终，但让他欣慰的是，至少证明了此方法的确是可行的。

虽然最后是因为突然出现的那条黑色锁链搅局，此次尝试才失败的，但若是自己有足够的法力作为支撑，即使再多出一条锁链，他也未必不能强行将其破开。

一个月之后，乌蒙岛上一个僻静的院落。

夜里，七道巨大的白色光柱从高空垂落而下，笼罩了整个小院，阵阵温和的星辰之力波动从白光中传出。

一袭青衣的韩立，正双目紧闭盘膝坐在小院的天井当中。他身旁有无数莹白光点，像萤火虫一般围着他缓缓飞舞，它们不时轻触他的皮肤，又很快弹起，飘回空中。

就在这时，韩立胸腹处的那七团蓝色光芒突然变暗，笼罩在他周围的白光也逐渐消失，那七道白色光柱也消失不见。

他缓缓地睁开双眼，仰头望向群星闪烁的星空，神情有些无奈，苦笑着说道："果然还是不行……"

这一个月以来，他尝试了数种增强体内法力的方法，无一例外都失败了。

近几日，他开始继续修炼小北斗星元功，试图找到能让五脏煅元功的威能进一步提升的方法。然而，他体内的七大玄窍早已经装满，再也无法吸纳更多的星辰之力了。

韩立叹了一口气，目不转睛地望着夜空中的北斗星，视线逐渐模糊，看着看着，他竟然觉得其中几颗星似乎就要重合在一起了。

就在这时，他心头一跳，脑海中突然冒出一个念头：既然自身体内的法力无法再增强，他为何不修炼一具化身？

韩立伸手摸了摸下巴，仔细思量起来。

如果他以化身来修炼并积攒法力，就可以绕开他体内元婴被封禁的情况，只要化身能为他提供充足的法力，就能够解决那些麻烦的黑色锁链了。

可是，这化身从何而来呢？

韩立之前虽然修炼过玄牡化婴大法，也曾以至木灵婴修成过，但要炼这种法术，必须先炼出第二元婴。而想要炼出第二元婴，需要耗费大量的精力和时间，这些正是他如今最不想浪费的。

他所知晓的其他一些化身之术，也都无一例外地需要花许多时间，同样不可取。

就在他犹豫不决之时，心中不由得浮现出了乌蒙岛禁地中的那颗雕像头颅，他的眼睛立马一亮。

"对了，地祇化身也是化身啊……"想到这里，韩立当即从地上站了起来，单手一挥，一道光芒从他衣袖之中射出，朝着岛中某处落去。

约莫半刻钟之后，乌蒙岛西北部的海底禁地内，多了两道身影。其中一人身着青衫，身材高大，正是韩立；而在他身后，还站着一个满脸疑惑的儒袍男子，自然就是洛风了。

方才洛风正在洞府中修炼，突然收到了韩立的传音符，便立即赶到此处，此时尚有些丈二和尚摸不着头脑。

"柳前辈，您唤我来这儿，可是有什么要紧事吩咐？"洛风忍不住问道。

"一会儿有些事情要问你。"韩立只是简单回了一句，并没有多解释。说完，他径直走到石台前方，伸出双手将那颗蓝色的雕像头颅捧了起来。端详了片刻之后，韩立眼中蓝光一闪，伸手朝着雕像头颅的眉心处一点。

洛风见状，心猛地一跳，下意识就想要阻止，可最终他什么也没做，只是身子向前探微张着嘴站在原地。

韩立指尖触碰到雕像眉心的瞬间，一道肉眼无法看见的光芒顿时从雕像头颅上亮起，并如同水波一般荡漾开来。

这道光芒虽然并不如何强烈，也没有什么破坏力，但让韩立在接触的瞬间，全身猛地一震，脸上也流露出不可思议的神色来。

他惊讶地发现，自己体内元婴上的锁链，竟然与这道光芒产生了微弱的共鸣，此刻正随着光芒的阵阵波动，在微微晃动。

韩立略一思量，手中青色光芒突然一亮，一道精纯至极的法力从指端迸射而出，注入了雕像头颅中。

雕像头颅内，顿时仿佛风暴乍起，无数信念之力疯狂地卷动起来，其中有数道淡蓝色的法力从中涌出，与韩立输入的那道青色法力撞在了一起。

青色法力虽然精纯，却只是十分细微的一道，对撞之下立即如同烟雾一般消散开来。

韩立看着那几道蓝色的法力，心中大喜，手指从雕像头颅上收回，转身问洛风："洛族长，当年你们乌蒙岛祖神的地祇化身，除了可以使用法则之力以外，可还拥有其他神通？"

此时，雕像头颅上的所有异状和波动，都已经消失不见。

洛风见雕像头颅无恙，才稍稍放下心来，听韩立这么一问，随即答道："洛蒙大人的地祇化身虽然没有元婴，但也能将信念之力转化为法力，故也能使用一些法术。"

第47章

祖神遗言

“果然如此……”韩立听到洛风此言，若有所思。

如此看来，乌蒙岛祖神的地祇化身在吸收信念之力的同时，不仅可以将其凝聚成法则之力，还能将之转化为法力供自己驱使。也就是说，若是他现在开始转走地仙之路，炼制出属于自己的地祇化身来，并积攒足够的法力，就有望以此辅助本体元婴，从而彻底摆脱那些神秘锁链的束缚。

从方才雕像头颅内的信念之力与自己元婴身上的锁链所产生的那一丝共鸣来看，炼制地祇化身对于脱困或许还有着其他意想不到的作用。不过，他若真要炼制地祇化身的话，还是存在不少麻烦。

毕竟，一旦他踏上地仙之途，他体内的法力就有被信念之力污化的风险，稍有不慎，他就有可能永远都只是一介地仙了。但是，若等到元婴摆脱束缚，而法力还未被信念之力完全影响时，就放弃这一途径，重新走其他大道，也未必不能实现。

韩立面上看似平静，心中却在进行着激烈的思想斗争。

“藏书阁中倒是有不少关于地仙修炼的典籍，但大多只是一些介绍，并未言明如何才能踏上地仙之途，不知洛族长对此可有所了解？”半晌后，韩立冲洛风问道。

“柳前辈，莫非您也想修这地仙之道？”洛风闻言，有些惊讶地问道。

“你且说说你所知道的吧。”韩立不置可否地道。

“一般情况下，大部分的地仙都会先选择成为一名类似本族祖神这般的存在，通过不断地繁衍生息，诞下数代甚至数十代的子孙，再通过子孙们经年累月的供奉，一点点地积累信念之力。在适应了信念之力并且有了一定的积累之后，他们才能真正地踏上地仙修炼之途……”洛风说道。

“必须是他们的后辈子孙，才能为他们提供信念之力吗？”韩立眉毛微微一挑，问道。

“普通人并非不行，但普通人提供的信念之力一般较为驳杂，对于尚处于祖神阶段的地仙而言，几乎无法将其凝聚。而自己嫡系子孙的信念之力是最为虔诚的，与自己的契合度也最高，而且随着时间的推移，子孙数量也会越来越多，故而大多数想走此道之人，都会选择花一些时间来壮大自己的家族。”洛风解释道。

“原来如此，你继续说下去。”韩立点了点头。

“由于地仙的修炼速度的快慢以及其能凝聚的法则之力的强弱，与信念之力的多寡有很大的关系，故而，地仙若想快速提升实力，还要不断地扩张所掌控的地域，并尽可能地攫取更多的资源，只有这样，才能够养育更多的族人，让自己的族群尽快壮大……”

洛风作为乌蒙族修为最高之人，加上他在这黑风海域修炼了很长时间，对于如何成为一名地仙及后续的发展，他还是颇为清楚的。

然而，韩立听完洛风的讲述后，不禁有些失望。

这地仙之途并没有他想象中的那般容易，以他目前的情况，根本不可能花漫长的时间去培养一个庞大的家族。而且一个新家族的崛起，会影响到其他祖神的家族的发展，不可避免地陷入无止境的纷争和厮杀中去，这是他最不愿意看到的。

“洛族长，你刚刚说的是一般情况下的选择，是不是还有其他方式？”韩立忽然问道。

“这个……确实还有另一种方式，可以不走祖神之路，直接修炼地仙。”洛风略一迟疑，道。

“这种方式，应该需要某些特殊的条件吧。”韩立若有所思地道。

“没错，这种直接修炼地仙之法，虽然在整个黑风海域流传甚广，几乎所有高阶修士都听说过，却罕有人成功。因为此法，首先需要满足两个前提条件。”洛风苦笑一声，道。

“说来听听。”韩立平静地道。

“其一，修炼之人所用的地祇化身，不能使用寻常材料，必须用本身就蕴含法则之力的天材地宝。其二，修炼的地仙功法必须是可以直接跳过祖神阶段的，也就是可以直接凝聚普通人提供的驳杂的信念之力的高阶地仙功法。”洛风道。

“蕴含法则之力的材料……高阶地仙功法……”韩立喃喃自语，眉头皱了起来。

“不瞒柳前辈，高阶地仙功法我族是没有的，放眼整个黑风海域，恐怕也没有几部；至于材料方面，洛蒙祖神倒是曾在族内留下一些材料，只是在下见识浅薄，大多数都不认得，不知道里面是否有蕴含法则之力的材料，前辈可亲自去查看一下。”洛风道。

“好，那就请洛族长带路吧。”韩立点点头。

两人很快离开禁地，片刻之后就出现在某座偏殿的地下密室之中。

此密室面积不大，里面摆放着十几个木架，木架上面堆放着不少材料，其中有妖兽材料、灵草、矿石等等。这些东西虽然也算珍贵，但仅仅是对炼虚期、合体期级别的修士有用。

洛风显然知道这一点，于是直接带着韩立来到了最里面的一个碧绿色的玉架旁，整个玉架被一层凝实的蓝光所笼罩，隐约可以看见架子上摆放着一小堆东西。

“柳前辈，祖神大人留下的东西都在这里。”洛风对韩立道。

说完，他便取出一块蓝色令牌，朝蓝色光罩稍稍晃动了一下，一道蓝光随即飞射而出。“啪”的一声，玉架周围的蓝光禁制应声消失。

韩立一看，这架子上大多是圆溜溜的黑色矿石，散发出一股阴寒至极的波动，似乎是某种特殊的材料。

除了这些黑色矿石，其他都是一些杂七杂八的东西：几块散发着馨香的橘黄色木料，一块淡金色矿石，两件残破的短戈法宝，还有一块巴掌大的白色玉牌。

韩立将这些东西一一拿起，仔细地检查了一遍后，不禁摇了摇头。

橘黄色木料和淡金色矿石他认得，是两种珍贵的炼器材料；黑色矿石他以前没见过，但其中显然没有蕴含任何法则之力。至于那对短戈，应该是一件威力不小的灵宝，可惜如今灵性已经受损，不堪大用了。

洛风见此，不禁轻叹了一口气。

他倒是希望柳前辈能够修炼地仙，那就意味着柳前辈在短时间内无法离开这片海域，自然就可以庇护他们洛家一脉了，他相信只要有充裕的时间，洛家肯定能再诞生一名新的祖神。若非如此，他绝不会轻易带柳前辈来这里。

就在此刻，正在端详那一块白色玉牌的韩立，不禁轻“咦”了一声。

“柳前辈，这玉牌有什么特别之处吗？”洛风微微一怔。这些东西他不知翻看过多少次了，这块玉牌也是一样，可他从未发现此物有什么异常。

韩立没有立刻回答，而是仔细打量玉牌良久之后，才缓缓地说道：“我一时也说不清楚，这玉牌似乎有些古怪，我要带回去研究一下。”

“没问题。”洛风立刻道。

“至于蕴含法则之力的材料和高阶地仙功法，还要麻烦你多帮我留意一下，如果有消息立刻告知我。”韩立吩咐道。

“柳前辈尽管放心，晚辈立刻安排下去。”洛风答应道。

片刻之后，四合小院的密室之中。

韩立盘膝坐在蒲团之上，若有所思。眼下看来，他若想在短时间内解决元婴被锁的问题，唯有想方设法走那条不同寻常的地仙之路了，只是，他得想办法满足那两个条件才行。

这片黑风海域很广阔，其中也有几处类似秘境的地方，那些地方虽然危机四伏，但也孕育了一些天材地宝、奇异妖兽，他或许能在其中找到蕴含法则之力的材料。

这时，他忽然又想到了什么，翻手取出一物，正是此前他在神秘气泡中击杀那名独目巨人后得到的独目。

这独目释放的光线竟然能够令人的动作变得迟缓，着实给他留下了深刻的印象。他之前虽然观察过此物，但当初时间紧迫，并没有仔细探察，现在可要好好地研究一番。若是发现这独目中蕴含着法则之力，那可就省了他不少事了。

韩立口中念念有词，双目蓝光闪烁，同时眉心处裂开一道黑纹，一只乌黑的眼睛浮现而出，正是“破灭法目”。

只见韩立的三只眼睛同时一亮，各射出一道光芒。两蓝一黑三道光芒汇聚到一处，开始融合。

韩立口中念起咒语，手中不断掐诀。三道光芒很快就彻底融合，一闪化为一只黑蓝色眼球，散发出一圈圈诡异的黑蓝色光波，将他手中的独目笼罩起来。

同时，他释放出神识，一根根神念晶丝浮现而出，裹住了独目，并缓缓地进入其中。

“这是……”韩立心中一喜，在他毫无保留地用神识之力探察之下，果然有了发现。这独目深处，隐约浮现出几个极淡的白色光点。

韩立心中一动，将神念晶丝再次一变，化为雾状，然后闭目仔细地感应这些白点。

片刻之后，他霍然睁开眼睛，神采奕奕。虽然非常微弱，但他可以肯定，这些白点中确实蕴含着法则波动。

这一发现令韩立无比兴奋，他心里闪过无数念头。看来自己的猜测果然没错，当初独目巨人发出的那道带有迟滞效果的光线，正是蕴含着某种法则之力的攻击。只是这独目散发出的究竟是何种法则之力，他还不能确定。

不过，独目巨人施展的手段大多是土属性的，此前还施展过某种可以控制对手重力的神通，莫非这独目之中蕴含的就是土之法则附属的重力法则？

“或许吧……”韩立摇了摇头，不再多想。不管这独目中蕴含的是什么法则之力，他只要知道这是一件蕴含着法则之力的材料便足够了。

韩立心念一动，身前的黑蓝色眼球一闪即逝，脸上露出一丝疲惫之色。他翻手取出一株云鹤草，吞服了下去，片刻之后才恢复过来。

韩立将独目收回储物法器中，又翻手取出一物，正是那颗他已经用神识粗略地探察过一次的人面“核桃”。

韩立抿了抿嘴，口中再次念起咒语，双眼和眉心处的破灭法目再次一闪射出三道光芒，凝聚出那只黑蓝色眼球。黑蓝色波纹笼罩住人面“核桃”，神念晶丝再次出现，进入人面“核桃”的内部。

片刻之后，韩立嘴角上扬，睁开了眼睛。

黑蓝色眼球一闪消失，神念晶丝也已经从人面“核桃”内退出。

他再次取出一株云鹤草服下，然后把玩着手中的人面“核桃”，脸上露出欣喜之色。虽然很微弱，但他这次确实感应到“核桃”里面蕴含着一丝颇为纯粹的土之法则之力。

接下来，他又取出了其他几颗人面“核桃”，一一探察了一遍，结果都是一样。看来他的运气真是不错，偶然在界面间隙中得到之物，竟然如此不凡。

“眼下看来，修炼地仙的两个问题似乎已经解决了其一，不过这独目和人面核‘桃该’如何选择，要好好想清楚才行。”韩立呼出一口气后，双目微眯再次陷入沉思。

根据从洛风那里得到的信息来看，地祇化身最终会凝聚成何种法则，与雕像本身炼制时所用的材料偏向哪种法则之力有不小的关系。他要炼制的这种特殊的地祇化身，更是直接和材料本身蕴含的法则之力相关。

韩立很快摇了摇头，现在考虑这个还为时尚早，当务之急，他还是要先找到高阶地仙功法。

他将人面“核桃”小心翼翼地收好，再次翻手取出一物，此物正是那块白色玉牌。

韩立眼中浮现出蓝色光芒，施展出明清灵目。他可以看到，白色玉牌表面被淡淡的水蓝色光晕笼罩着。这蓝色光晕给韩立一种奇怪的感觉，绝不只是简单的禁制。

透过蓝光他隐约能看到许多波涛般的虚影，蕴含着一丝淡淡的水属性波动，显然在这玉牌上设置禁制之人，也是那位洛蒙祖神。不过洛风他们似乎察觉不到这玉牌上的蓝光。

韩立看着手中的玉牌，眼中流露出一丝好奇之色，当即手指连弹，十几道白光随之飞射而出，落在周围，却是十几杆白色阵旗。耀眼的白光从每一杆阵旗上发出，所有的白光凝聚成一个莲花形状的白色法阵，“嗡嗡”运转不休。

韩立挥手将白色玉牌扔了出去，玉牌立刻被白色法阵兜住，悬浮在半空。他两手掐诀，打出一道道法诀。

莲花法阵光芒流转，无数白色符文浮现而出，这些符文随着韩立的法诀朝着玉牌汇聚而去，并渗透进去。

玉牌上的蓝色光晕立刻变亮，抵挡白色符文的侵入，不过这些白色符文在韩立的操控下，还是一点一点突破了蓝色光晕的封锁，侵入玉牌中。

白色玉牌上的禁制不凡，想强行破开十分不易，所幸韩立一向对于法阵禁制颇有研究，外加强大的神识之力和明清灵目的辅助，他早已看出端倪，并非无计可施。

时间一点点过去，玉牌上的蓝色光晕显得越发暗淡，很快就只剩下薄薄的一层了。

“去！”韩立低喝一声，双手掐诀骤然加快。

白色莲花法阵骤然一亮，无数白色符文涌现而出，汇聚到一处，形成十几根白色尖锥，狠狠地刺在玉牌之上。

“砰！”

玉牌上最后一层蓝光剧烈地闪烁了几下，终于碎裂了。

韩立心中一喜，正要挥手将玉牌抓住。

就在此时，玉牌上的一些符文陡然蠕动了起来，仿佛活物一般。耀眼无比的白光从玉牌上弥散开来，凝聚成一团团白色的云，发出闷雷般的声音。

“这是什么？！”韩立一惊，霍然站了起来。

只见大片的白云正源源不断地从玉牌中喷出，围绕玉牌盘旋起来，很快形成一个直径数丈的诡异旋涡。旋涡中心出现一个乌黑的空洞，一开始只有拳头大小，随着旋涡的转动，空洞越来越大，几次呼吸之后空洞已经有磨盘大小，剧烈的空间波动从中扩散开来。那空洞黑黝黝的，看起来深不可测，不知通往何处。

韩立看着眼前的奇异通道，很快便冷静下来，闭上了双目，放出神识探入其中。

片刻之后，他睁开眼睛，有些无奈地苦笑了一声。

在这通道内部似乎有一种奇异的力量，阻隔了他的神识，令他无法详细地探知里面的情况。

这股力量并不弱，但他若想强行探入，以他的神识之力自然能够做到，只是他如今一半的神识之力都被用来隔绝元婴与外界的联系了，根本无法使出全力。

韩立在原地站了半晌，略一犹豫后，还是身子一晃，跃入了那个乌黑的空洞中。

空洞之内，是一条宽丈许的通道，通道内到处充斥着明亮的白光，百步之外的半空中悬浮着一个黑洞洞的出口。

一走出洞口，一股奇异的芳香立即扑面而来。韩立下意识地揉了揉鼻子，蹙着眉朝四周扫视。

只见周围是一小片郁郁葱葱的古木山林，山林四周笼罩着浓重的雾霭，看起来似乎是一片小型秘境。

观察一番之后，韩立发现此处的天地灵气和黑风海域的差不多，应该不是什么洞天福地。

周围的古树大多都有百余丈高，树干笔直，在靠近顶端处才斜分出许多枝丫，撑起一大片苍翠的树冠，相邻的古树彼此连接遮蔽，使得整片山林显得有些幽暗。林中少有灌木生长，也见不到任何动物，看起来死寂一片，没有什么生气。

韩立透过古树之间的间隙，看到树林深处有一片较为开阔的地带，似乎是一个广场。于是他穿过树林，缓步走了过去。到了之后才发现这里并不是广场，只是此处周围十丈以内没有任何古树生长，所以显得有些空旷而已。

在这处开阔地带的中央，孤零零地生长着一株奇异的紫色大花，花朵形似牡丹，大如莲叶，通体深紫，叶子有些像芭蕉，花蕊却像鸡冠，看起来颇为奇异。方才韩立闻到的阵阵异香，便是此花散发出来的。

距离此花数丈之外的地方，还有一座高约三丈的两层木楼，因为年久失修，门窗皆已朽化，屋顶也坍塌了大半，墙壁上到处生长着青苔，看上去十分破败。

木楼大门的左侧，有一具灰白色的尸骸正倚靠墙壁瘫坐着，两只仅剩枯骨的手在身前伸着，似乎想抓住什么东西。他手指向的，正是那株紫色大花。

韩立的目光在尸骸之上停留了片刻，突然眼睛一亮，闪过一丝讶异的神色。他立即快步走上前，仔细观察起尸骸来。

尸骸的衣衫早已腐朽，和泥土、灰尘一起附着在骸骨上。透过灰尘能看到骨骼上的幽光，看起来颇为奇特，想来此人生前多半也是修行得道之人。

韩立伸手轻轻一挥，一股清风拂过，将枯骨上的尘土和衣物残片全都扫去，一具闪着幽光的白色骨骼显露出来。

“吧嗒！”

一声轻响从枯骨之上传出，数块玉简和一枚储物戒指掉在地上。

韩立随手捡起一块玉简，打量了片刻后，抬手将其贴在了自己的眉心，然后将神识注入其中。

玉简之内别无他物，只有寥寥数百言：“如有洛家后人有缘入此境，不必惊讶。我是你们的祖神洛蒙，我因化身受重创，入此闭关已经九千余载……我本欲培植诞魂花，重铸地祇化身，无奈距花成之日还有三千余载时遭遇强敌，最后我虽将其击杀，但我自己也身负重伤，回天无力，望日后……”

韩立缓缓睁开双眼，不免感叹，洛蒙竟然已于千余年之前悄然殒命，他族中之人却一直不知道。

不过，或许正是因为洛蒙已死的消息没有传出，所以，觊觎乌蒙岛已久的寒晶族等敌对势力一直不敢动手，直到近些年才开始发难，这也算是不幸中之大幸了。

第48章

掌天瓶失灵

韩立并没有将手中的这块玉简收起，而是将其放在了洛蒙的遗骸旁。

这位乌蒙岛的祖神虽然已经死了，但他在大限来临之前留下了遗言，至于他是不是考虑到族内没有大乘期修士才故意不将这一消息告知族人，以此作为缓兵之计，韩立就不得而知了。

不过在他的遗言中也提及了，若日后有族人能够渡劫成功，可以用他留下的这些材料炼制地祇化身，成为乌蒙岛新的祖神，继续庇护后世族人。

“洛蒙道友，我虽然不能成为乌蒙岛新的祖神，但力所能及之处，自会保护你的族人。这些材料，就当是你给我的报酬吧。”韩立对着洛蒙的遗骸淡淡地说道。

说完，他收回目光，从地上剩余的三块玉简中随手拿起一块贴在了眉心。

片刻之后，他的嘴角不由得微微翘起。

这块玉简之中记载的是地祇化身的炼制之法，正是他目前最想了解的。

据玉简中记载，炼制地祇化身不仅工序极其繁复，而且需要的材料种类也十分复杂罕见，其中最为特殊，也是最不可或缺的一样，便是一种名为“诞魂花”的灵材。

炼制地祇化身时，必须以一株完整的诞魂花作为原料，从中提取出诞魂液，再加入其他材料一同炼制方可成功。且此花的年份越久远，其炼制效果就越好，炼制出的地祇化身所拥有的智力也越高。诞魂花的年份最起码也得一万年，否则根本无法达到凝聚分魂的效果，若是使用十万年以上的诞魂花，便能达到近乎完美的凝魂效果。

玉简也对诞魂花做了一番介绍，此花百年以内有叶无花，百年之时才会开出白色的花朵，千年之后花色由白色转为红色，五千年之后由红色转为紫色，八千年之后转为深紫色，且会生出鸡冠状的花蕊，等到万年之后，花瓣上则会生出一道金纹，之后每隔万年，都会生出一道金纹。至于十万年之后，此花是否还会出现其他什么变化，或许是因为太罕见，玉简中并没有相关的记载。

诞魂花除了可以炼制地祇化身外，对于地仙进阶和突破修炼瓶颈也大有好处，但此花的培育极其困难，能存活至千年以上就已是凤毛麟角，故而在整个黑风海域市面上，别说是万年以上的诞魂花，就是五千年的诞魂花也十分罕见。

韩立身旁不远处的那株紫色大花，自然就是诞魂花无疑了，从颜色来看，此花应该至少有八千年了，若是其流入黑风海域市面，绝对会引起一众地仙家族哄抢。

韩立一边思量，一边将另一块玉简拿了起来。

结果，这块玉简内记载的内容有些特殊，不仅记述用语与寻常的玉简不太相同，其中的含义也是十分晦涩深奥。

韩立一开始有些不明所以，可当他仔细研读之后，就惊喜地发现，这当中记载的竟然是炼化信念之力的方法。其中就包括如何使用信念之力，如何将之转化为法力以及如何凝聚法则之力。

至于剩余的最后一块玉简，记录的则是洛蒙日常修炼的心得体会，以及他对祖神修炼的一些见解分析。

韩立只是草草地看了一下，并没有仔细去研究，不过其中提到的一些内容倒是让他颇感兴趣：由于黑风海域的地理位置特殊，海洋面积要远远超过陆地面积，此处的水属性元气自然最为充足，故而在这里凝聚和修炼水之法则，要比其他法则容易得多。而且，以水之法则在这里与人争斗，要比使用其他法则更厉害三分，自然便占上风。

正是因为这一点，在这里寻找和水之法则有关的地仙典籍也会容易很多，这也导致了整个黑风海域所有蕴含水法则之力的资源都大为紧缺，一旦出现便会遭到疯狂抢夺。

韩立将这三块玉简收起后，目光就落在了那枚储物戒上，他放出神识注入其中搜寻了一番。

果不其然，储物戒之中的东西都是此前玉简中所提到的炼制水属性地祇化身所需的材料，其中就包括他见过的那颗雕像头颅所用的蓝色晶石。

韩立毫不客气地将这些东西通通收入囊中，随后再次看向不远处的那株诞魂花。

沉思片刻后，他上前几步，将掌天瓶从脖子上取了下来，拔掉瓶塞，小心地将瓶内的一滴绿液滴在了诞魂花的花蕊上。

这滴绿液是韩立离开灵寰界前凝聚的，自从他来到这片黑风海域后，一门心思扑在破开锁链这件事情上，一直没有机会用到它，所以才留到了现在。

有了这绿液，韩立想将诞魂花催熟到万年以上自然不是问题，如果时间允许，他甚至打算将此花催熟到十万年。

接下来，韩立又将木楼及整片树林都仔细地搜索了一遍，没有发现其他特别之处，于是，他便从空间通道返回了密室。

就在他飞出通道的瞬间，通道开始“嗡嗡”地震颤，发出大片白光，然后飞快缩小，最后消失无踪。

白色玉牌再次浮现，悬浮在半空，表面灵光闪烁，散发出一阵阵微弱的空间波动。

韩立将玉牌握入手中，收入了储物镯内。看来，这玉牌正是开启洛蒙祖神秘境的钥匙。如今此物的禁制已被自己破开，以后他相当于随身带着一件洞天之宝，做什么事情就便利多了。

韩立想到此，便在密室中盘膝坐下，将那块记载着炼制地祇化身方法的玉简取出，参悟起来。

时间一点点地过去，天色渐暗，乌蒙岛的上空升起一轮皎洁的圆月，已经到了晚上。

本在密室内盘膝参悟的韩立，忽然起身，一闪身就出现在了院外。他抬头望向空中那轮硕大的月亮，伸手将脖颈上的掌天瓶取下，放在地上。

不多时，一道道白光从天空垂落，汇聚到掌天瓶上，形成一个个白色光点，瓶口周围浮现出一个巨大的白色光环，颇为耀眼。

韩立见此景，心中一动。

掌天瓶在仙界吸收月华的动静比在灵寰界时要大得多，之前只要月光充足，掌天瓶两天便能凝聚出一滴绿液，按照眼前这个情况，也许一天便能凝聚出一滴绿液？

韩立有些兴奋地想着，挥手打出一道法诀。

一片青光闪过，覆盖了掌天瓶周围的异象。

随后他干脆盘膝在旁边坐了下来，取出之前的玉简，继续参悟起来。

一夜时间转眼就过去了。

韩立睁开眼睛，挥手驱散青光，拿起掌天瓶，表情微微一怔。瓶盖根本无法打开，也就是说，瓶内并没有凝聚出绿液。

“或许还要再等两天吧……”韩立有些无奈地低语一声，没有太在意，继续闭目参悟。

直至夜幕降临，掌天瓶吸收月华的异象再起之时，韩立再次施法遮盖了异象。

结果，当天明时分，他再次拿起掌天瓶时，脸色不禁有些难看起来。因为，掌天瓶依旧无法打开！

“莫非这仙界的天地灵气还没有灵寰界的浓郁不成？”韩立心中刚生出这个念头，便立马否定了。

当天夜里，他将掌天瓶再次放在小院内，这一次，他没有闭目参悟玉简，而是全程目不转睛地盯着掌天瓶。

结果，他发现掌天瓶吸收月华的情况与之前相比没有任何变化，但是，等到次日清晨他查看时，瓶内还是没有绿液出现，这让他心中不由得泛起几分焦躁的情绪。

要知道，他之所以能够走到今日，除了小心谨慎外，还少不了这掌天瓶的功劳。如果此瓶失去了凝聚绿液的能力，他恐怕就将失去最大的依仗了。

就比如眼下，没有掌天瓶中的绿液，他想弄到万年份的诞魂花，就成了一件十分棘手的事情。不过，现在下结论还为时尚早，毕竟这里是真仙界，这里的环境和灵寰界及灵界都不一样。

韩立怀着几分侥幸心理，继续尝试。

第四天，绿液仍然没有出现。

第五天，还是一样。

第六天……

一转眼，十几天过去了。

这期间，掌天瓶每到夜晚，仍然和以前一样吸收月华，那神秘的绿液却一直没有出现。

密室之内，韩立看着眼前的掌天瓶，脸色阴沉。

想当初在人界，最长也不过七八日的工夫，掌天瓶便可凝聚出一滴绿液，如今两倍的时间过去了，瓶中却依旧空空如也，这可是过去从来没有发生过的事情，让他不禁有些措手不及。

经过这些天的思量，他想到了两种可能。

其一，也许是因为身处真仙界之故。根据当初那个下界真仙马良的话，这掌天瓶原本是仙界一个名为九元观的大势力之物，此刻掌天瓶重返仙界，其中可能发生了某些他所无法察觉的变化。其二，便是当日在界面间隙中，他和独目巨人一战时，此瓶收取了一道蕴含法则之力的迟滞光线，可能因此产生了什么影响。

韩立轻轻地呼出一口气，神情慢慢恢复了平静。

掌天瓶虽然是他最重要的宝物，但并不意味着离开此物，他便无法生存。而且，此瓶如今的情况，也并不意味着其再也无法产生绿液，起码，每天晚上它还在吸收月华。所以，目前他只能走一步看一步了。

韩立将掌天瓶暂时收了起来，打算以后每天晚上继续让其吸收月华，静观其变。至于炼制地祇化身所需的诞魂花，他只能另想办法了。

他如此想着，转身回到密室之中，站在了木桌前。桌上放了一只玉盘，里面盛放着一个蓝色的东西，正是此前被供奉于乌蒙岛禁地的那颗地祇化身的雕像头颅。

前些日子他去找洛风时，顺便将此头暂借了过来，并进行了一番研究。

他将雕像头颅从玉盘中取出置于地上，随后盘膝坐在蒲团之上，口中念念有词。一层青光从他身上泛起，接着离体而出，笼罩了整颗蓝色雕像头颅，并将之托举至半空。

韩立两手在身前舞动，姿势诡异，动作古怪，很像没有开化的蛮族敬天时做的动作，口中还诵念着晦涩的咒语。

随着他的动作，雕像头颅表面浮现出一圈诡异的蓝色光晕，并从中传出无数人在低语诵念一般的声响。周围不时浮现出点点蓝光，源源不断地汇聚到雕像头颅之中。

这些蓝色光晕，正是这颗地祇化身头颅从整座乌蒙岛的信众处凝聚而来的信念之力。蓝光不停闪烁，一股无形的力量波动从中散发出来，引得空中泛起肉眼可见的涟漪，甚至整间密室连同小院都开始晃动起来。

韩立神色未变，只是口中的咒语念得愈加急促了。

蓝色雕像头颅发出的蓝光跳动了几下后，才慢慢地稳定下来。

这股力量实在非同小可，其中蕴含着近万年来积攒下来的信念之力，可惜洛蒙已经殒命，无法再操控这些聚集于地祇化身雕像头颅中的力量了。

他也只是按照玉简中记载的方法，慢慢地尝试参悟和感受这些信念之力，为自己以后修炼地祇化身做准备。

就在此时，韩立脸上神色一变，单手一招，密室周围的禁制光芒顿时裂开一条缝隙，从中飞入一张闪着白光的符箓。

他将符箓吸入手中，放出神识一扫，当即停下了手中的动作，将蓝色雕像头颅放回桌上的玉盘之上，离开了密室。

四合小院外，洛风正神色恭敬地垂手而立。

“洛族长，你紧急求见，莫非高阶地仙功法一事有消息了？”未等对方开口，韩立先出声问道。

“柳前辈猜得没错，的确是高阶地仙功法一事有眉目了。昨日在下和一些相熟的道友小聚，无意间得知一个消息，据说下一次的黑风岛大拍卖会上将有高阶地仙功法出现，故而立马赶了回来告知前辈。”洛风朝韩立拱手行了一礼，满脸喜色地道。

“洛族长有心了。下一次的大拍卖会，要十几年之后才举行吧……在此期间，还要麻烦你继续留意探听，看有没有其他高阶功法以及诞魂花的消息。”韩立闻言心中一动，点了点头道。

“是，柳前辈尽管放心，我这就吩咐下去。”洛风点头应道，便要告辞。

“洛族长，等一下。”韩立忽然叫住洛风。

“柳前辈，还有什么吩咐？”洛风一怔，回过身来。

“没什么，只是这些时日为了我的事情，让你们多有费心，我都记在心里了。”韩立张口欲言，但眼底深处突然不易觉察地闪过一丝异色，便不动声色地道。

“柳前辈说哪里的话，这些都是我们应该做的。”洛风心中大喜，连忙摆了摆手。

两人又闲谈了几句后，洛风离开。

韩立目送洛风离开后，转身回到了密室。

方才，他本想告知洛风秘境内洛蒙尸骸之事，不过细想之后又觉得有些不妥。毕竟此事牵扯颇广，尤其是那株诞魂花的存在，如果让有心人知道了不免多生事端，还是等以后时机成熟，再和他们说吧。

半个月后的一个清晨。

一轮朝阳从海天相接处缓缓升起，略带暖意的阳光透过朝霞，在海面上映出粼粼波光。

整座乌蒙岛笼罩在一层和煦的光芒中，岛上几处洛蒙的雕像前聚集了大量的岛民和修士，都在进行统一的仪式——参拜祈祷。

岛中那处四合小院，也在阳光的照射下，变得明亮起来。

此刻，小院密室之内，正闭目调息的韩立缓缓地睁开了双眼，眼中闪过一道精光。经过这段时间的参悟，结合洛蒙留下的地祇化身雕像头颅做研究，他对于如何凝聚以及转化信念之力，已经有了一些心得。

换句话来说，现在韩立若能拥有一具属于自己的地祇化身，并修炼合适的高阶地仙功法，再通过接受乌蒙岛上的信众提供的信念之力并将其转化，他便有五六成把握能够将捆缚自己元婴的那些神秘锁链一一挣脱，从而恢复修为。

只是掌天瓶依旧无法凝聚出绿液，足够年份的诞魂花和高阶地仙功法也还没有眉目，看来只能寄希望于十几年后的那次大拍卖会了。

“要等十几年，还是太久了些……”

韩立若有所思地低语一句，像往常一样离开密室来到小院某处，俯身将一只墨绿色小瓶捡了起来。

小瓶一入手，他的眉毛就微微一挑，他感觉到手上的小瓶似乎比往日重了许多。他心中一动，连忙将手放在盖子上，尝试打开。

这一次，他毫不费力就把盖子从瓶子上取了下来。他连忙将瓶子凑到眼前，目光透过瓶口向内望去。

这一看之下，他不禁大喜过望！只见小瓶底部，有一滴黄豆大小的墨绿色液体正沿着瓶子内壁缓缓地滑动。

绿液终于再次凝聚出来了！

只是眼前的这滴绿液看起来与之前的稍有不同，其颜色似乎比往常更加浓重，有点偏黑色，将瓶内映得绿幽幽一片。

韩立捧着小绿瓶反复看了好几次，心情才逐渐趋于平静。虽说他已经做了最坏的打算，但内心深处总归还保留了一丝希望，毕竟若是连这小绿瓶也真的失灵了，对他来说，这个打击比丢失了所有法宝带来的打击还要大。所幸这一切都只是一场虚惊，这可真称得上是柳暗花明啊！

不过这前前后后加起来，都差不多过去一个月了，与过去相比，这次凝聚绿液的时间着实太长了。不知花这么长时间才凝聚出来的绿液，其功效到底如何呢？

想到这里，韩立迫不及待地返回密室之中，一口气开启了所有禁制，随后手掌一挥，取出那块玉牌，打开了通往秘境的通道。

秘境之内，一切如故。

那朵大如荷叶的紫色诞魂花，依旧孤零零地立在原地，至于洛蒙的遗骨，已经被韩立掩埋在木屋旁，堆起了一座小小的坟茔。

韩立来到紫色大花前，没有丝毫迟疑，直接打开掌天瓶的瓶盖，将那滴绿液朝着花蕊倾倒了下去，然后眼睛一眨不眨地盯着那滴绿液顺着诞魂花的花蕊缓缓地渗入，他的心情突然有些忐忑起来。这种感觉，倒有些类似他最初得知此绿液的功效后进行第一次试验时的心情，十分期待。

一日一夜的等待之后，韩立再次进入秘境之内，来到了那朵紫色大花前。

令他有些意外的是，仅仅过去一天的时间，那朵诞魂花就已经发生了巨大的变化。其所有的花瓣上，都已经多出了一道细若游丝的金色丝线，沿着花瓣的边缘围了一圈，看起来仿佛在花瓣周围绣了一圈纤细的金边。

按照之前洛蒙留下的玉简上的描述，花瓣上生出一道金纹，是在年份达到万年以后才会出现的现象。这朵诞魂花原本就已经有八千年了，这样算来的话，那一滴绿液的催熟功效，至少也应该有两千年。

得出这个结论后，韩立脸上终于露出了一丝满意之色。

虽然从目前看来，来到仙界以后绿液的凝聚变得极其缓慢，可绿液的功效也发生了变化，已经是之前在灵寰界时的数十倍。

接下来，他又花费了一个月的时间，确认掌天瓶的确是需要差不多一个月的时间才可以凝聚出一滴绿液后，他那颗悬着的心，总算是彻底放了下来。

同时，他对地衹化身的炼制之法的研究也没有停下，时不时就将那颗雕像头颅取出来，参详一番。

眨眼之间，又过去了三个月。

在此期间，韩立几乎每天都会在心中推演一遍地衹化身的详细炼制步骤。如今的他，已经将炼制之法彻底摸清，相信只要等诞魂花成熟，并且炼制材料收集齐全之后，他一定能够一举炼制出地衹化身。

在掌天瓶中绿液的催熟下，诞魂花的所有花瓣上已经生出了第二道金色细纹。根据韩立的估算，在仙界需要耗时一个月才能凝聚出的这一滴绿液，催熟功效应当在三千年左右。

照这样推算的话，只要一切顺利，再过三四年，他就能得到一株十万年以上的诞魂花了。

第49章

三名祖神

夕阳西下，金黄色的余晖将整座乌蒙岛映照成了一片漂浮于黑色海面上的金黄色树叶。

岛上，掩隐于山林间的凡人村落内升起了袅袅炊烟，港口停泊的船只也变得越来越多。几名乌蒙岛修士在岛上四周巡视，看着岛上一片祥和的景象，脸上都洋溢着几分满足。

大半年前的那场大战，洛家差点被灭族，他们之所以能够幸存，都是靠着族旦的那位老祖宗的庇佑。他们如今也没有别的奢望，只希望能够安安静静地在这里修炼下去，守住祖先传下来的土地。

“咦？”巡视之中，一名领头的修士突然神色一变停了下来，朝着远处的海域望去。

“怎么了？”其他人见此，也纷纷停下脚步。

话音未落，只见远处海面剧烈地翻滚起来，腾起一道又一道数十丈高的滔天巨浪，朝着乌蒙岛滚滚涌来。一时之间，不止他们前方的这片海域，几人目之所及之处的海面全都腾起一道道巨浪，汹涌而来。四周的地面也随之震颤起来，传来一阵阵“隆隆”的响声。

几人见此，脸色大变。为首那人急忙从身上取出一个圆筒状的东西一拉，一道灿烂的光芒冲天而起。

他们不知道的是，此时乌蒙岛周围的海域如同沸腾了一般，不断腾起一道道巨浪，从四面八方朝乌蒙岛涌来。

洛家主殿内，一道人影飞射而出，光芒一敛，现出了洛风的身影。他的神识早已覆盖了岛屿周围的海域，脸色变得难看起来。

“嗖嗖——”

又有几道身影从四周飞射而至，出现在洛风身边，正是岛上其他几名合体期的长老。这几人显然也发现了发生在岛屿周围的异常，脸色都变得十分苍白。

就在此刻，再次发生变化！

所有汹涌而来的巨浪忽然汇聚到一起，凝聚成巨大无比的水幕，从乌蒙岛周围同时升起，并且朝着岛屿中心汇聚而来。转眼间，一个巨大无比的水幕护罩出现，将整座乌蒙岛都笼罩在里面。

洛风等人见此情形，骤然惊惶。

“族长，这是怎么回事，莫非……”一名长老喃喃地道。

“是敌人来了，且此次前来的敌人很强大！快去请柳前辈！”洛风脸色铁青，对身旁一名长老大声吩咐道。

那长老二话不说，立刻遁光一闪朝着韩立住处飞去。

“吩咐下去，立即开启岛上的所有禁制！”洛风又飞快地下令。

几次呼吸之后，主殿附近各处光芒闪烁，张开一个又一个大阵禁制，将各处重要之地笼罩其中。

就在此刻，三道明亮无比的遁光从远处天际闪现，并以不可思议的速度朝着洛家主殿这里飞来。几乎只是一眨眼的工夫，那遁光便到了大殿上方，现出三道身影。

当先一人是一名身穿雕花白甲的魁梧大汉，脸上戴着一个镂空面具，遮住了半张脸，口中有两根弯曲的獠牙，令他看起来颇为凶狠。

白甲大汉旁边是一名黑袍老者，肤色黝黑，眼中闪烁着淡淡的蓝光。

第三人则是一名蓝衫女子，看起来四十几岁，风韵犹存，只是此女的鼻子生得有些尖，呈现出弯钩状。

颇为诡异的是，这三人看起来都有些呆滞，少了几分灵动，仿佛是三具制作极为精致的傀儡人偶。

“你……你们！”洛风透过上方的水幕望向三人，脸色陡然变得苍白，身体也不由得颤抖了一下，仿佛见了鬼一般。

其他长老，尤其是一些上了年纪的修士的神情也是一样，如见鬼怪，又惊又惧。

那些年轻的洛家修士大都不认得半空中的这三人，不过看到族长和长老们的神情，就知道这三人的来头必定极大，于是，他们也变得忐忑不安起来。

“寒丘祖神，陆坤祖神，鹄骨祖神！”洛风长长地吐出一口气，缓缓地道，仿佛要将心中的惊惧全都吐出来一般。

洛家族中年轻的修士们听到此话，脸色顿时变得煞白。

陆坤和鹄骨便罢了，两人是距离乌蒙岛颇远的两座海岛的祖神，平时与他们乌蒙岛并没有太多的交集，寒丘却是不久前刚进犯过乌蒙岛的寒晶一族的祖神，与乌蒙岛洛家可谓是数万年的死敌。

寒丘三人彼此之间都隔开了百余丈距离，居高临下地向下方战战兢兢的乌蒙岛众人望去，本就有些呆滞的目光显得更加冰冷。

“寒丘道友，你确定洛蒙已经殒命？我听说，前些时日你们寒晶族可是损兵折将铩羽而归啊。”黑袍老者眼中精光一闪，话里带着几分质疑之意。

“哼，若是洛蒙还活着，岂会近万年来从不在人前露面？至于前些时日我族受挫，是因为乌蒙岛最近又来了一位仙人坐镇。”白甲大汉冷哼了一声，缓缓说道。

“什么？寒丘道友，关于此事你之前可没有和我们提过啊！莫非有意欺瞒？”蓝衫女子有些惊怒地质问道。

黑袍老者眉头一皱，也有些不满地望着白甲大汉。

“两位少安毋躁，那人的底细我已经查明，只是一个刚刚飞升的下界修士而已，不知怎么来到了这里，此人根本不足为惧。话说回来，若乌蒙岛此刻无人坐镇，寒某又何必邀请两位一起前来？”寒丘神情平淡地道。

“刚刚飞升的下界修士……”蓝衫女子听闻，脸色稍霁，但言语间仍带着几分迟疑。

黑袍老者眉梢微挑，若有所思，没有马上表态。

“这样吧，事成之后，除了事先商量好的报酬，寒某愿意额外给两位每人一颗子午明神丹，就算是寒某事先没有说明此人情况的补偿，两位这下满意了吧？”寒丘见此，笑着提议道。

“哈哈，既然寒丘道友如此有诚意，我和鹄骨道友自然不会再多心猜疑。”黑袍老者哈哈一笑道。

蓝衫女子也点了点头。

“两位如此想便对了，一个刚刚飞升的小修士，岂能挡得住我们三人联手？”寒丘大笑道。

“既然如此，这便动手吧，免得夜长梦多。”黑袍老者说完，率先出手。

他一挥手，下方海域顿时“轰隆”一声，腾起数十道直径足有数十丈的巨大水柱，连天接地。这些水柱忽地融为一体，化为一只足有数百丈高的擎天巨手，朝着洛风等人所在的地方铺天盖地地拍了下去。

巨手未至，一股狂风已经轰然而来，各处禁制护罩被吹得剧烈地颤动，有数处禁制甚至“砰”的一声化为点点光芒消散了。

洛风等人见此，心中一惊，此时想要躲避根本来不及，眼看便要被巨手拍碎。

就在此刻，一声长啸从远处传来，转瞬间便到了近处，接着一道青色遁光飞射而来，一晃就出现在洛风等人身前。

青色人影一拳击出，一股无形的巨力撕裂空间而去，发出惊天啸声，所过之处泛起一圈圈肉眼可见的波纹，径直和那海水巨手撞在一起。

“轰——”

海水巨手被击碎，爆裂开来，化为漫天水珠朝着四面八方飞溅。

一股气浪仿佛波涛般朝着四下蔓延而去，所过之处掀起一股飓风，无论山石还是树木，要么被狂风卷走，要么寸寸碎裂化为粉末。

幸好附近没有几个凡人，倒也没有造成多少伤亡。

悬在半空的青色人影周身的青光消散，现出韩立的身影。

寒丘三人神色一变。

“祖神大人！”

乌蒙岛众人大喜，不禁发出劫后余生般的欢呼。

洛风也松了一口气，不过他脸上旋即又浮现出几分担忧之色。韩立的实力虽然很强大，但对方可是有三位祖神联手啊！

“三位道友是何方高人，到我乌蒙岛有何贵干？”韩立收回挥出的手臂，目光在寒丘三人身上扫过，沉声喝问道。

“柳前辈，这三人是附近其他岛屿的祖神。中间那个白甲大汉正是寒晶族的祖神寒丘；旁边那个黑袍老者，是陆坤老祖；那个中年女子，人称鹄骨夫人。”洛风飞到韩立身旁，对他传音道。

韩立听闻，心中一动，脸上神色丝毫未变。

“寒丘道友，眼前的情形和你说的好像不太一样啊，这人明明是名玄仙，可不是你口中的弱小之辈。”陆坤老祖眼中流露出一丝寒意，看向寒丘，传音道。

鹄骨夫人的脸色也有些不好看。

“据我所知，此人飞升至今尚不足一年，就算是玄仙，他体内的法力定然还没有完全转化成仙灵力，根本不足为惧！”寒丘倒是镇定得很，微笑着传音道。

陆坤老祖和鹄骨夫人听闻这话，互望了一眼，都没有说话。

“阁下便是柳道友吧。我们三人的来意，不用多说想必阁下也能猜到。乌蒙岛和我们三家是世仇，今日我们三人来此，是要灭了洛家，此事和阁下没有关系，我劝道友最好别多管闲事，立刻离开。至于前些日子阁下杀了本族数名族人之事，本人可以既往不咎。”寒丘眼放寒光，沉声说道。

洛风听闻这些，心中“咯噔”一下，有些忐忑地瞄向韩立。

周围其他洛家之人也都神色大变，年纪大的族人是惊讶于眼前的情况，年轻族人则是对寒丘的话感到震惊。

寒丘称呼祖神为柳道友，洛家年轻族人不由得想起族内一直暗暗流传的一个传言，现在的祖神已经并非洛蒙，而是别的人。族内长老一直严厉否认这个传言，并且严禁族人谈及，不过现在看来，此事极有可能是真的。

“呵呵，那恐怕要让阁下失望了，我既然答应了护佑乌蒙岛，便不会食言。三位道友还是就此退去吧，免得伤了和气。”韩立神情平淡地道，对方话语中的威胁之意他丝毫没放在心上。

“让我们退去？一个刚刚从下界飞升的小子，未免太嚣张了！”

寒丘听闻韩立的话，脸色微沉，周身白光一闪，手指朝前方一点，身前突然浮现出一团白色雾气。雾气一阵翻涌，朝着中间交织缠绕起来。

伴随着刺耳的声音，一根数丈长的白色冰锥浮现而出，冰锥上白光连闪，一阵模糊之后，居然以一化二，二化四，四化八……

转眼间，无数白色冰锥浮现而出，几乎遮蔽了半个天空，铺天盖地地直奔韩立而去。一股极寒之气从这些冰锥中散发出来，周围的温度骤然下降，空中甚至凝结出许多冰凌，似乎要将这一方世界全都冻住。

几乎是寒丘出手的同时，陆坤老祖和鹄骨夫人也出手了。

陆坤老祖周身被一层蓝光笼罩，单手五指一张，掌心浮现出点点晶莹蓝光，蓝光“嗖嗖”几声，就没入了下方的海面。

“轰隆！”

海面陡然翻滚起来，浮现出一个巨大的漩涡，漩涡不断变大，隐约能看到里面有道道蓝光在闪烁。

鹄骨夫人双目微闭，手中掐诀，只见她全身黑光闪动，一缕黑雾从她身上升腾而起，没入了上方的一团白云之中。白云骤然变得漆黑如墨并翻滚不休，一股波动从中弥散开来，引得方圆千里内的浓郁水汽纷纷朝其汇聚而去，使得它飞快地膨胀起来。

韩立见情况不妙，周身青光流转冲天而起，迎着漫天飞射而来的冰锥，朝寒丘三人飞扑而去。只见他眼中精光一闪，腕腹上浮现出七点星辰光芒，体内一阵“咔嚓”作响，身躯陡然变大三分，一拳击出。

一股恐怖的巨力狂涌而出，整个天地都剧烈地颤动了一下，然后猛然炸裂开来。无数肉眼可见的白色波纹层层叠叠浮现而出，并且以韩立的拳头为中心，朝着周围扩散而去。

飞射而来的漫天冰锥和白色波纹相撞，立刻发出一连串“噼里啪啦”的爆响，尽数被震得爆裂开来，化为无数细碎冰晶，飞向四面八方。

寒丘见此，面色丝毫不变，两手飞快地掐诀，又接连弹出数道法诀。

那些细碎的冰晶“砰”的一声，再次爆裂开来，化为无数白雾，翻滚弥漫下，顷刻间笼罩住了韩立周身数百丈的范围，一股强烈的法则波动从中荡漾而出。

韩立觉得自己的周围只剩下白茫茫的一片，袖子猛地一挥，顿时掀起一道狂风，朝着四周席卷而去。但是这些白雾除了一阵翻滚不定外，丝毫没有消散之势。

韩立没有再理会这些白雾，丝毫不停地直接扑入白雾中。周围的雾气仿佛活物一般，立刻纷纷缠绕在了他身上，但对他而言，这种程度的攻击根本不足为惧。

“嗖”的一声，韩立便飞出了白雾笼罩的范围，身上青光一闪，手臂抬起，便要给寒丘三人雷霆一击。但接着他脸色一变，前方已经空空如也，寒丘三人的身影竟然突然消失无踪。

他忍不住身体一晃，站定后朝周围望去，瞳孔骤然一缩。只见数百丈外，寒丘三人好端端地站在那里。

韩立目光四下一扫，心中顿时明白了。原来并非寒丘他们三人突然转移了位置，而是自己穿越白雾之时，不知不觉间受到了影响，从而改变了前进的方向，从白雾的另一侧飞了出来。

紧接着，他眉头微微一蹙低头看去，只见自己的双腿、小腹等部位已经被一道道细如发丝的白色雾气缠绕，一阵阵诡异的寒意正透过这些雾气侵入体内，让他觉得全身渐渐变得麻木，这种感觉就仿佛真的被冻僵了一般。

韩立想也没想就发出一声低喝，他胸腹处骤然亮起七团蓝色光芒，一层半透明的薄膜浮现而出，覆盖了他全身，顿时将那些诡异白雾隔绝在外。

这一切说来话长，但其实都发生在刹那间。

然而未等他出手攻击，一个庞然大物突然从下方的海面漩涡中飞射而出。

他定睛一看，赫然是一个身高数十丈的蓝色巨人，通体由海水组成，看起来颇为丑陋，头大身小，手脚的粗细长短也很奇怪，仿佛是用面团随意捏出来的。

那蓝色水巨人腾空而起，巨大的身影挡在了韩立面前，一只房屋大小的蓝色手掌朝着韩立拍去。

巨掌未至，一股飓风便呼啸而来，飓风所过之处空气都随之扭曲，就连韩立也被吹得一阵晃动。

韩立晃了几下便稳住了身体，单手握拳，不闪不避狠狠地击出一拳。

一股无形的巨力飞射而出，发出刺耳的爆鸣声。无数白色波纹再次涌现，然后迅速一凝，化为一团巨大的白色拳影，后发先至轰击在了蓝色水巨人身上。

接着，让韩立吃惊的一幕出现了！

蓝色水巨人被击中之处顿时泛起一圈圈波浪，形成一个漩涡。白色拳影一闪没入那漩涡之中，下一刻便从水巨人身体的另一侧射出，继续往前飞去，引得空气发出一阵炸裂般的闷响。那漩涡随之消失，而水巨人丝毫无损。

此时，那只蓝色巨掌也已拍至韩立身前。

“砰——”

韩立想要躲避已经来不及，他被撞得倒飞出去，翻滚着飞出了老远。不过他很快便稳住了身体，虽然他的脸色有些苍白，但他并没有受伤。

下一刻，蓝色水巨人再次朝韩立冲了过来。

“陆坤道友，没想到才两万余年未见，你以柔水法则凝聚的这具无相水鬼，已经如此厉害，更重要的是，此水鬼恰好是这玄仙的克星。”半空中，寒丘呵呵一笑道。

“寒丘道友过奖了，你的寒冰法则也不差，看来你已经触摸到虚域的门槛了吧。”陆坤老祖客气地说道，但他脸上还是忍不住露出了几分得意的神色。

“嘿嘿，略知皮毛而已，距离虚域可还差得远呢。接下来就要看鹄骨道友大展神威了。”寒丘抬头朝半空望去，咧嘴一笑道。

就在韩立被两人缠住的这片刻工夫，半空中那团乌云已经变大了无数倍，笼罩了方圆数十里，一道道银蛇般的电光在云中蹿动。

就在此时，鹄骨夫人挥手打出一道法诀，乌云中电光一闪，整个云团剧烈地翻滚！

“哗啦啦！”

天空突然下起雨来。

韩立刚刚一闪身避开了蓝色水巨人的一拳，趁着间隙朝半空望去，不禁眉头一皱。

一道道雨丝从天而降，雨丝一落到他身上立刻如绳索一般缠绕上来。转眼间，他身上已经缠上了数百道雨丝。

韩立双臂奋力一挥，体表的真极之膜银光流转，将身上的雨丝一一撑断，发出一声声轻响。

这些雨丝极为柔韧，数十道或数百道对韩立来说还没什么，但如果是数千道乃至上万道雨丝同时缠在他身上，后果将不堪设想！

韩立的脸色瞬间变得难看起来，他全身青光大盛，朝着乌云笼罩的范围外飞去。

只见蓝影一闪，蓝色水巨人挡在韩立前方，两只大手猛地拍了一下。

韩立朝前击出两拳。

“轰隆，轰隆。”

两股无形的巨力在空中划出两道白痕，打在水巨人的双掌上。水巨人双掌上蓝光一闪，两股巨力便穿透而过，并没有对水巨人造成一点伤害。

两只巨掌丝毫不停，继续朝着韩立拍去。

“该死！”

韩立低喝一声，一闪身朝着旁边横移而去。

短短数息工夫，他身上再次被数以百计的雨丝缠绕，令他的动作迟缓了很多，但他仍勉强躲过了巨掌的拍击。

蓝色水巨人大口一张，十几个磨盘大小的蓝色水球飞射而出，闪烁着耀眼的蓝光，散发出剧烈的力量波动，直奔韩立而来。

蓝色水巨人身体一转，再次扑了上来。

韩立被这个无法击溃的水巨人死死地缠住，无暇去挣断身上的雨丝，所以他身上的雨丝越缠越多，他的行动也变得越来越迟缓。

但此时若是仔细观察，就会发现寒丘三人身上的光芒，也比起初的时候暗淡了不少，尤其是鹄骨夫人和陆坤老祖两人身上的光芒。

几次呼吸过后，半空中多出了一个晶莹的蓝色蚕茧，隐约能看到里面韩立的身影，几乎无法动弹。

蓝色水巨人此刻也停下了攻击，一动不动地悬浮于蓝色蚕茧的旁边。

“两位道友辛苦了，接下来就看寒某的吧！”

寒丘眼中闪过喜色，口中低喝一声，无数白色符文从他身上的白光中浮现，散发出一股无比强烈的法则波动，融入了那些白雾之中。与此同时，他身体表面的白光也正以肉眼可见的速度迅速地暗淡下去。

白色雾气立刻涌动起来，飞快朝远处的韩立扑去，将韩立连同周围的蚕茧一起淹没，形成一个巨大的白色烟球。一股带着极寒之气的强烈法则波动在里面闪过。

“咔嚓！”

白雾飘散开来，露出一个直径足有数十丈的白色冰球，韩立被彻底冻在了冰球之中。

第50章

承认身份

望着海面上方悬浮着的硕大冰球和其中无法动弹的身影，陆坤老祖与鹄骨夫人不由得松了一口气。

他们方才与韩立交手，虽然前后不过短短十几次呼吸的工夫，但对方所展现出来的实力着实让他们心惊不已，所幸他们三人联手，总算将对方给制住了。

与此同时，乌蒙岛上的洛家族人全都大惊失色，露出了惶恐的神色。

“柳前辈……”

洛风低呼一声，眼中不禁流露出几分绝望之色。他最担心的事情终究还是发生了，如今族中唯一能够依靠的人都落败了，整个洛家的命运就如同砧板上的鱼肉，只能任人宰割，他无法想象，也不敢去想。

“此人能以一身巨力对抗我们施展的法则之力，实力确实超出了我们的预料。寒某幸得两位相助，否则这一次怕是要吃大亏了。”寒丘呵呵一笑道。

“夜长梦多，我们还是早做了断吧。”鹄骨夫人道。

“鹄骨道友所言极是。”寒丘说完，眼中寒光一闪，一只手掌亮起白光，朝不远处的冰球挥去。

半空中一抹白光闪过，一柄形如弯月，表面刻有龙形浮雕的白色弯刃浮现而出，通体晶光闪烁。

“嗖”的一声，白色弯刃一颤之下，化为一道白光疾射而出，一闪没入冰球之中，速度丝毫不减，朝着韩立斩去。

就在此刻，让所有人意想不到的一幕出现了！

冰球中原本无法动弹的韩立眼珠微微一动，接着，只见他全身上下陡然爆发出万道金光，瞬间将整个冰球都照得耀眼无比，恍如一轮旭日。

“咔嚓”几声过后，整个冰球开始猛烈震颤，表面浮现出一道道粗大的裂纹，接着“轰隆”一声爆裂开来，化为漫天白雾和无数冰碴儿，朝着四面八方席卷而去。

一只三十余丈高的金毛巨猿一跃而出，通体绽放着金光，一只毛茸茸的手掌正抓着一柄弯月状的白色弯刃。

白色弯刃疯狂抖动，锋利的刀刃在金毛巨猿掌间切割，火星四溅。然而巨掌表面的一层半透明的薄膜保护，所以一丝伤痕也没有。

“这是什么东西？！”

寒丘三人顿时大惊失色。

岛上的洛家族人在看到突然破冰而出的金毛巨猿后，也愣在了原地。只有洛风眼中，闪过一丝不易觉察的惊喜。

“嗷！”

金毛巨猿发出一声怒吼，握住白色弯刃的五指一用力。

“砰——”

它手里的那柄白色弯刃竟被它硬生生地捏碎了。

寒丘身躯一震，他祭炼的本命法宝被毁，身上的气息一下子减弱了三成。

陆坤老祖与鹄骨夫人对望了一眼，都从对方眼中看到一丝惊骇之色。

此时，蓝色水巨人那庞大的身躯正朝着金毛巨猿扑去，双拳狠狠地击出。双拳之上蓝光大盛，两团房屋大小的蓝色拳影飞射而出，所过之处空气随之震动。

金毛巨猿没有出拳迎击，而是猛吸了一口气，胸膛高高地鼓起，然后张口发出一声大喝。

一股巨浪滚滚而出，巨浪所过之处空间扭曲变形，泛起肉眼可见的波纹，一道道黑色空间裂缝浮现而出。

两团蓝色拳影一接触到这股巨浪便立刻寸寸爆裂开来。

下一刻，巨浪气势不减地罩住了蓝色水巨人。

蓝色水巨人全身剧烈地颤抖起来，庞大的身躯扭曲不已，表面蓝光狂闪，一道道粗大的水光从其体内飞出，朝着周围射去。

“不好！”

陆坤老祖脸色大变，两手接连掐诀，一道道蓝光飞射而出，没入蓝色水巨人体内。不过这一切只是徒劳，蓝色水巨人的身躯颤抖得越来越厉害，终于“砰”的一声爆裂开来，化为漫天细小的水珠，在巨浪的震荡之下，消失不见了。

陆坤老祖闷哼一声，身上的蓝光一下暗淡了许多。

金毛巨猿吼完，化为一道金影，朝半空中的乌云冲去，手臂朝上一挥，拳头上绽放出耀眼无比的金光。

伴随着一声巨响，一团山岳般大小的金色拳影冲天而起，直接没入乌云中，接着，一股恐怖的巨力袭来，化为一股股金色飓风朝四周席卷而去。

鹄骨夫人一惊，正想出手，却已太迟了。

天空中的乌云在一阵“噼里啪啦”的脆响后，被撕裂开来。漫天的乌云，瞬间消失。

鹄骨夫人闷哼一声，踉跄着后退了一步，气血一阵翻涌，身上的黑光也变得更加暗淡了。

金毛巨猿霍然转头，目光一一扫过下方的三名祖神，最后停在了寒丘身上，眼中闪过一道金光。紧接着，它那巨大的身躯陡然化为一道金色幻影，朝三人飞扑而去。

不知是有意还是无意，陆坤老祖和鹄骨夫人同时朝着左后方倒射而出，和寒丘分开了。

金毛巨猿俯冲的方向丝毫未变，甚至速度又加快了。

寒丘一边倒退，一边双手掐诀一阵变化，他身上的白光陡然大盛，凝聚成一层白色光芒，笼罩他的身体。

一阵阵强烈的法则波动从白色光芒中散发出来，无数白色符文从中飞出，上下翻滚。

寒丘张口一吐，吐出一块玲珑剔透的白色冰晶，所有白色符文纷纷朝着这冰晶飞去，交织缠绕下，眨眼间就化为一条十几丈长的白色冰龙，张牙舞爪地冲向了金毛巨猿。

金毛巨猿冷哼一声，一拳击出。

伴随着一声炸雷般的巨响，一团金灿灿的光芒脱手而出，一闪之下，化为一团小山般的金色拳影，轰向白色冰龙。

白色冰龙大口一张，喷出一道粗大的白色光柱。白色寒气犹如惊涛骇浪般狂卷而出，所过之处不断发出“刺啦”的声音，一片片寒冰飞快从中涌出。

金色拳影与白色光柱相撞，传出“轰隆隆”的响声！

白色光柱不堪一击，直接爆裂开来。金色拳影则微微一顿，继续击在了白色冰龙身上。

“轰！”

白色冰龙直接爆裂开来，化为漫天细碎的冰晶，消失在空中。

寒丘身上的白光犹如一层薄纸一般瞬间破碎，在这股巨力的席卷之下，他直接倒飞而出，跌进了下方海域，溅起大片水花。

金毛巨猿一闪身，正要继续追赶。

就在此时，高空中一男子的声音传来：“柳道友，有话好说，且慢动手！”

金毛巨猿眼神一动，停下了动作，抬头朝上空望去。

两个人影从远处飞来，停在了金毛巨猿身前不远处的地方，正是陆坤老祖和鹄骨夫人。

“呵呵，想不到阁下的实力如此强大，佩服，佩服！”陆坤老祖笑呵呵地拱手说道。

“道友既然有此等实力，按照黑风海域的规矩，我们愿意承认阁下对乌蒙岛的控制权。今日之战算是一场误会，再打下去对谁都没有好处，不如就到此为止吧。不知道友意下如何？”鹄骨夫人望着金毛巨猿，如此道。

金毛巨猿眼睛微眯，眉头微微一皱，没有答话。

“哗啦——”

远处海面上一个人影飞射而出，正是寒丘。他身上散发出来的气息很微弱，显然受伤不轻。

“寒丘道友现在也领教过柳道友的神通了，对于乌蒙岛的控制权归柳道友一事，相信你不会再反对了吧？”陆坤老祖看向寒丘问道。

寒丘沉默了片刻，然后笑着说道：“柳道友的实力，着实令寒某大开眼界，寒某心中甚是佩服。由柳道友掌控乌蒙岛，寒某自然没有任何意见。”

金毛巨猿深深地望了寒丘一眼，目光又在陆坤老祖和鹄骨夫人身上一扫，随后只见它身上金光一闪，身体飞快缩小，化为人形。

“柳某刚刚就已经说过，我本无意和三位动手。既然三位想离开，就请便吧。”韩立淡淡地一笑，说道。

压抑的气氛，因为韩立这一笑，顿时缓和了几分。

“柳道友，我们也算是不打不相识，黑风海域各处的势力一直争斗不断，我们四座岛屿相邻，想当初洛蒙道友还在时，我们四人一向都是共同进退的。柳道友如今初掌乌蒙岛，咱们几个以后还要多多走动才是。”陆坤老祖微微一笑道。

“正是，我们几个没有前辈高人的指点，只能独自苦修，需要多多交流才是。一直以来，我们几人每隔一段时间都会聚到一起交流修炼心得，或是举行小型交流会。柳道友年纪轻轻就已经修炼到了如此境界，日后大有希望能够突破金仙境界，对法则之力也需要多加了解才行啊。”寒丘点了点头，微笑着道。

“柳某若是有空，定然前往。”韩立眼神微闪，点头道。

“柳道友，今日多有打扰，这便告辞了。”鹄骨夫人说完，转身化为一道黑影，朝着远处疾射而去。

“柳道友，后会有期！”陆坤老祖也朝着韩立和寒丘分别拱了拱手，转身飞走了。

转眼间，韩立前方只剩下寒丘一人了。

“寒丘道友，莫非阁下还有什么事情？”韩立见此，低声问道。

“柳道友，寒某先前多有冒犯，还请柳道友见谅。”寒丘突然朝着韩立抱拳说道。

韩立眉头微皱，眼中闪过一丝异样的神色，没有说话。

“道友说得没错，寒某确实有一件事，想和柳道友商谈。”寒丘略一迟疑，如此道。

“寒丘道友有话就直说吧。”韩立平静地道。

“据在下所知，洛蒙道友当年曾经偶然得到了一株诞魂花，如今此花应该落入柳道友手里了吧。柳道友既然走的是玄仙之路，想必用不到此花，不知能否将此花转让给在下？至于价钱方面，韩道友不必担心，一定不会让你失望的。”寒丘说到这里，脸上露出几分希冀之色。

“抱歉，柳某并没有在岛上找到此花，让寒丘道友失望了。”韩立闻言，神色如常地道。

寒丘笑容一僵，面色微沉。

“哈哈，原来如此，那寒某就先告辞了。”寒丘哈哈一笑，朝韩立点了点头，然后化为一道白光，朝着远处飞射而去，消失在天际。

韩立看着寒丘的身影消失后，才转身朝乌蒙岛落了下去。

原本罩在乌蒙岛四周的水幕，不知何时已经消失，周围的海面恢复了平静，就好像之前什么事情都没有发生过。

“柳前辈！”

以洛风为首的数名合体期修士激动地迎了上来，后面还跟着不少炼虚期修士。

“今日多亏了柳前辈，否则我们洛家恐怕难逃灭族的结局。”洛风说完，朝着韩立恭恭敬敬地行了一个大礼。

“多谢柳前辈大恩！”洛家其他人也齐齐躬身行礼。

“洛族长客气了，我既然答应了要庇护乌蒙岛，自然不会食言。”韩立目光微闪，淡淡地道。

从这些人对自己称呼的改变来看，想必洛风已经对族人解释过自己的身份了。这样也好，毕竟此事本就瞒不了多久，自己可没有办法给洛家族人施放庇护之力。

洛风等人还想再说什么，韩立却直接以大战之后需要休息为借口脱身，回了四合小院。

数月时间一晃而过。

秘境内，身着一身青衣的韩立正站在那株诞魂花前，盯着那朵花。

诞魂花上的金纹，相比之前又多了一道，现在已经有三道，由外向内长在所有花瓣之上。

超过三万年，此花的颜色变得紫中透金，更添了几分尊贵的气息。

韩立的目光落在花瓣之上，心中却一直在想上次自己与那三大祖神的地祇化身交手的场景。

虽然那次他打败了那三人，但通过那次交手，他对法则之力有了更多的认识，同时他也对掌握这一神奇的力量，有了更大的兴趣。

片刻后，他缓缓直起身来。

就在他准备转身之际，他瞥见洛蒙坟茔旁的小木屋内突然光芒一闪，一个东西无声无息地飞了出来。

他定睛一看，发现那个东西居然是洛蒙的那颗地祇化身的雕像头颅，正闪烁着蓝光悬浮在半空中。

之前他每次尝试参悟这雕像头颅内的信仰之力时，总会引发一阵或大或小的异动，最强烈的一次甚至将小院的围墙都震出了裂缝。

为了方便探察，他将秘境中的那座小木屋修葺了一番，最近这一个月，除了晚上使用掌天瓶凝聚绿液之外，他大部分时间都会留在这里。那颗雕像头颅，自然也被他从密室移至了此处。

以往，只要他没有按照玉简中记载的方法参悟雕像头颅中的信念之力，雕像头颅便会如同死物一般毫无反应。雕像头颅像眼前这样主动飞出，他还是头一次看到。

韩立眉头微蹙，正打算上前查看，他的心却猛地一跳，下意识就想朝后方躲开。

只听“砰”的一声巨响，一团蓝色光芒在半空中轰然炸裂开来，一股气浪从中涌出，朝着四面八方冲击而去。

韩立扫了一眼距离爆炸处不远的那株紫色大花，心中暗叫一声“不好”。下一刻，他一闪身，就来到了诞魂花前。

只见他双臂在身前交叠，周身法力涌动而出，在身前撑起了一层青色光幕，挡住了那股气浪。

“轰轰轰——”

气浪不断冲击在青色光幕上，继而朝旁边涌去，周围的树林中立即冒起了滚滚烟尘，数十棵距离较近的古树纷纷倒下。就连刚刚修葺一新的小木屋，也经受不住这气浪的冲击，轰然倒塌。

雕像头颅爆炸的波动持续了好一会儿，才逐渐变弱，中心处的蓝光，也逐渐变得暗淡。

就在这时，一张牛头面具突然从蓝光中闪现，径直朝着韩立冲了过来。

这张面具通体呈蓝色，上面布满了一种韩立从未见过的古怪花纹，一阵阵奇异的波动从中不断传出。面具的眉心处，还刻着两个古怪的字符，看起来像是“一”和“五”。

韩立下意识地抬起一只拳头，朝着这古怪的面具砸了过去。

谁承想，那面具飞快地从他拳头之上飞了过去，稳稳地停在那株诞魂花的前面。

韩立微微一怔，立即转身，就见那牛头面具之上突然蓝光一闪，一圈圈肉眼可见的淡蓝色波动从中传出。

诡异的一幕出现了！

那面具上看似僵硬的嘴巴，竟然微微颤动，口吐人言："蛟十五，你已有数千年没有执行本盟发布的任务，你上一次缴纳的供奉豁免早已失效。

"接下来的一个月之内，你必须立即赶到海榕岛与蛟三会合。届时，他会带你完成此次任务。

"如逾期不至，你将被驱逐出'无常盟'。由此造成的所有后果，由你一人承担。"

话音刚落，面具上的波动随之消失，面具却没有就此落地，而是依旧闪烁着光芒，悬浮在半空中。

韩立脸上神情不变，目光却骤然变冷，朝着那株诞魂花看去。他冷哼一声，双手一动，掐出一个奇异的法诀，骤然伸手向前一抓，一根晶丝立即从他的指尖涌出，径直刺入了诞魂花的花蕊之中。

随着韩立的手掌缓缓收回，那根晶丝从诞魂花中扯出了一缕黑色雾气。那黑色雾气一离开花蕊，就在半空中剧烈地扭动，最后凝聚成一个数寸高的黑色小人。

那黑色小人的容貌竟然与洛蒙的雕像一模一样，而且小人身上散发出来的气息，也与那雕像头颅上残存的气息相同。

"你是……洛蒙？"

韩立扫了一眼那黑色小人，眉毛不由得一挑，有些意外地问道。

那黑色小人面露惊慌之色，嘴巴不断开合，却发不出半点声音，那刚刚凝聚出来的身躯上有一丝丝的黑色雾气飘散出来，看起来好像有消散的迹象。

韩立见状，眉头微微一蹙。

眼前这个黑色小人，似乎是由洛蒙的一缕神魂气息所化，并不是其真正的神魂，甚至连残魂都算不上，看眼下这般情形，黑色小人应该撑不了多久，就会消散了。

韩立略一思量，双手在身前快速掐诀，数道青色法诀立即从他手中飞出，径直打在了黑色小人身上。

只见黑色小人身上青光一闪，一层青色光幕立即浮现而出，如同一层光膜一般将黑色小人整个包裹了起来。

有了这层光膜的阻挡，那些四散的黑色雾气无法再飘出，那黑色小人的身影才勉强稳定了下来。

那黑色小人的嘴唇不停颤动，细若游丝又略带沙哑的声音传了出来："多谢道友……"

"先别忙着道谢，你将这一缕神魂气息藏在诞魂花中，到底有何居心？"韩立面无表情，冷冷地问道。

"道友并非我的族人，却能一口叫出我的名字，还愿意出手替我稳固阴魂，想来不是我乌蒙岛的敌人。只是……道友为何会出现在我这秘境之中？"黑色小人反问道。

"我只是恰巧路过此处，出手从寒晶族手中救下了你们乌蒙岛洛家一族，现在因为某些原因暂时留在这里罢了。"韩立没有隐瞒，坦然答道。

"这么说来，是我乌蒙岛欠道友一份恩情了……不知……洛风如今身在何处？"洛蒙阴魂略一迟疑，问道。

"不管你信不信我说的话，先老老实实地回答我的问题，再谈其他事。"韩立眼中忽然射出两道寒光，冷冷喝道。

"道友千万别动怒，其实你先前所提及的，具体是怎么一回事，我自己也不是很清楚……

"我只记得自己旧伤复发，留下遗言后没多久，便人事不知了……直至数日之前，我的灵识突然清醒，我才发觉自己竟然已经殒命，只剩下这一缕阴魂气息，附在这诞魂花之中……”

面对韩立的喝问，洛蒙阴魂叹息一声，解释道。

第51章

无常盟

“既然你数日之前就已经清醒，为何一直不现身，鬼鬼祟祟地藏在这诞魂花之中？”韩立面色不变，继续问道。

“这个……一来是因为我的这缕气息实在有些虚弱，一旦离开诞魂花就有可能会消散；二来则是因为，我有些忌惮柳道友。”洛蒙阴魂略带几分迟疑地道。

“你认得我？”韩立闻言，眉头微微一蹙。

“不瞒道友，自从我醒来之后，便能够在族人祈祷参拜之时，勉强通过与岛上雕像之间残存的一丝微弱的联系，知晓岛上近期发生的事情……所以，柳道友之前庇护乌蒙岛之事，我多少知道一些。”洛蒙阴魂顿了一下，如此回答道。

韩立冷眼看着眼前的黑色小人，一语不发，心中无数个念头在转动。根据目前的种种迹象来看，对方说的应该是实情，多半是当年洛蒙殒命之际，本体神魂的一部分气息不知为何被拥有聚魂之力的诞魂花给吸收了，而洛蒙丝毫没有察觉到。

如今这诞魂花已经被韩立催熟到了一定程度，它聚魂的能力也随之增强，这才让洛蒙的气息重新凝聚成了这一缕阴魂。虽然这缕阴魂在韩立的帮助之下算是暂时稳固了，但从黑色小人方才说话时的样子来看，恐怕坚持不了多久。

洛蒙阴魂见韩立久久沉默不语，有些讪讪地道：“先前我试图隐藏自己，实乃无奈之举，还望道友莫要见怪……我也知道柳道友你欲走地仙之途……

不敢奢望道友帮我恢复真身，只要道友答应日后能继续庇护我的族人，我就愿意将道友想知道的一切和盘托出。”

“说起来，我来到乌蒙岛之后，多少也受了洛家一脉的恩惠，在力所能及的情况下，我自会庇护洛家族人。”韩立缓缓地道。

“洛某相信柳道友是重信守诺之人。道友有何疑惑便问吧，我一定知无不言。”洛蒙阴魂点了点头道。

“先说说这面具方才提及的‘无常盟’，究竟是怎么一回事吧。”韩立瞥了一眼还悬浮在半空中的牛头面具，说道。

“怎么说呢，这……无常盟……可以说是一个极其神秘的组织，关于这个组织的具体情况我不太清楚，当年我也是无意之中加入的……不过，我后来之所以能够有所成就，全靠无常盟的帮助……”洛蒙阴魂犹豫了一下后，才答道。

“哦，此话怎讲？”韩立心中一动，有些疑惑地问道。

“在下资质普通，全凭机缘造化，一路磕磕碰碰才进阶至合体期，此后一直困于瓶颈，根本无望大道……后来，在无常盟的帮助下，我得到了各种修炼资源以及功法上的指点，顿时茅塞顿开，修为突飞猛进，一举进阶大乘期并最终渡劫成功，得道成仙……之后，我经过了数万年的苦修，仍然无法参悟法则之力，又是在此盟的帮助下，才走上了地仙之路。”

“无常盟如此大力地帮助你，不会是无偿的吧？”韩立若有所思地点了点头，又问道。

“那是自然。根据约定，成为仙人之后，为了偿还先前修炼所耗费的资源，我无偿为无常盟服务了数万年，才得以恢复自由之身……不过在那之后，我为了继续保留无常盟下层会员的资格，依旧留在了盟中。”洛蒙阴魂轻叹了一口气，说道。

“莫非成仙之后，继续保留此盟的会员身份，还有什么别的好处？”韩立眉毛一挑，问道。

“柳道友猜对了，这无常盟的神秘和强大，远非常人所能想象。并且，盟中之人，无论地位高低，都信奉一切皆可交换的原则……当年我重伤之后，想重塑地祇化身，也是通过此盟才再次换得一株诞魂花。”洛蒙阴魂缓缓地说道。

“这倒有点意思……”韩立摸了摸下巴，沉吟道。

“可以说，在无常盟里，只要你肯付出相应的代价，就可以得到一切你想要的东西……甚至……还可以请来强者，帮你消灭敌人。”洛蒙阴魂似乎回忆起了往事，稍显激动。

“我从来不相信世间会有无本重利的买卖，会员继续待在无常盟中有如此多的好处，想必要付出的代价也不会小吧？”韩立话锋一转。

“确实如此……无常盟规矩森严，想要维持下层会员资格的话，要么定期向盟内缴纳大批资源；要么，就得去完成上面交代的一些任务……否则，不仅仅是被逐出盟，还可能要付出无法估量的代价……”洛蒙阴魂苦笑了一声，说道。

“什么样的任务？”韩立眨了眨眼睛，流露出几分感兴趣的神色。

“说来惭愧，我只执行过一次盟里发布的任务……那次任务用凶险万分来形容，一点也不为过……

“就是在那一次任务中，我的地祇化身替我的本体挡下致命一击，就此毁坏，最后只剩下一颗头。而我虽然侥幸保住了一条命，但本体深受重创。”洛蒙阴魂摇了摇头，说道。

“就是在那次任务后，你便躲进了这秘境之中，一边休养，一边培育诞魂花？”韩立想了想，说道。

“是的……也是自那以后，我就再也没有执行过无常盟发布的任何任务了……之后的数千年内，我一直靠缴纳资源勉强维持着在盟中的会员身份……”洛蒙阴魂答道。

“这么说的话，你又为何会殒命？据我所知，即便你的地祇化身完全毁坏，也不至于会影响到性命吧，何况你这化身还剩下一颗头，你可以继续用它接受信念之力。”韩立有些不解地道。

洛蒙阴魂闻言，沉默了。

良久之后，他才摇了摇头，有些感伤地道：“我身上的伤自然早已恢复，但由于地祇化身被毁，我能够催动的法则之力有限，故而在秘境中一躲就是八千余年……

“就在这时，一名仇敌寻上门来。无奈之下，我只得秘密潜出，以本体应战，将对方击杀，我也因此再次身受重伤……之后我虽重回秘境，但新伤旧患一起发作，最终还是无力回天……”

“盟里发布的任务如此危险，执行之人自然也不会是寻常之辈。难不成这无常盟内所有的下层会员，都和你一样，皆是祖神级别的存在？”韩立眉头一皱，问道。

“这个……我就不清楚了……”洛蒙阴魂摇了摇头道。

“你既然执行过一次任务，即使在盟中没有相熟之人，总该见过盟中其他成员吧？”韩立又问道。

“道友有所不知……无常盟的成员之间，只会在执行任务期间见面，平日里是没有任何联系的……并且所有执行任务的人在会合之时，都要戴上一张由盟里下发的面具。”洛蒙阴魂解释道。

“这个就是你说的面具吧？此物倒是有些奇特。你的本体早已经殒命，只留下这一缕连神魂都算不上的阴魂，我自认为神念足够强大都未能察觉你的存在，它却能够准确地感应到你的所在？”韩立伸手指向那张牛头面具，好奇地问道。

“此面具的奇异之处还不止这个……它不但可以完全屏蔽所戴之人的气息和真容，同时还是盟内成员之间进行沟通的秘宝……一旦佩戴之人失去了会员资格，此面具就会自行销毁。”洛蒙阴魂缓缓地答道。

“关于面具刚才所说之事，你打算如何处置？”韩立心念一转，问道。

“道友说笑了，我如今这副模样，自然是无法前去执行任务了……盟中即便要来追究，到时我这缕残魂早已消散得无影无踪了……只是万一……他们迁怒于本族的话，还望道友能够守约，尽力帮衬族人。”洛蒙阴魂惨笑一声，无奈地道。

“阁下这算盘倒是打得好，若无常盟真如你所说那般强大，凭我一人之力又怎么可能保得住整个乌蒙岛？”韩立冷笑道。

“我自然不敢奢求阁下与无常盟硬碰硬，只求能帮乌蒙岛族人留下一点血脉，就已经感激不尽。”洛蒙阴魂开始对着韩立苦苦地哀求。

“或许还有另外一个办法，只是不知行不行得通？”韩立瞥了洛蒙阴魂一眼，意味深长地说道。

“什么法子？”洛蒙阴魂闻言，连忙问道。

“由我代替你前去执行这次的任务，你觉得如何？”韩立目光微闪，缓缓地说道。

“柳道友，先前我已说过……盟中发布的任务，无一不是极其凶险之事，你当真愿意去？”洛蒙阴魂闻言一怔，有些难以置信地问道。

“我也不瞒你，根据刚才你所说的情况，我觉得这无常盟对我来说似乎大有用处，我正需要一个身份混入其中。既然这张面具可以完全屏蔽佩戴者的气息和真容，那我代替你去执行任务，应该也不会有人发现。”韩立略一沉吟后，坦言道。

“若是如此，那倒正好……事实上，无常盟的成员之间，都是只认面具不认人的……即使其他成员知道面具下的成员已经换了一个人，只要面具没有毁掉，他们仍然会默认接替之人的身份……并且，由于盟中严禁成员之间互通身份……所以换人一事，就更难被发现了……”洛蒙阴魂面露微笑，断断续续地说道。

同时，只见一缕极其细微的黑色雾气，从洛蒙阴魂的肩膀处缓缓飘出，在空中飘摇。

“柳道友，我的这缕残魂已经快支撑……不下去了，你……还有什么问题……就请赶紧问吧……”洛蒙阴魂扭头瞥了一眼肩膀上的黑色雾气，苦笑着道。

话音刚落，洛蒙阴魂的小腿处，也飘出了一缕黑色雾气。

“我没有什么要问的了。你若还有什么遗愿未了就说出来吧，只要是我力所能及的事，我绝不会推托。”韩立看着洛蒙阴魂，说道。

洛蒙阴魂仰头望天，喃喃道：“先前我所求之事，道友能够做到即可……我不敢，再有其他奢望……若我洛氏一族，他日还能再现辉煌，余愿足矣……”

洛蒙阴魂的声音逐渐变小，身影也逐渐变淡，最后化为一缕缕黑色雾气完全消散于天地之间。

韩立望着洛蒙阴魂消失的地方，有些出神。

半晌过后，他才回过神来，伸手隔空一抓，就将那张牛头面具抓入手中。这一次面具没有任何变化，而是老老实实地落在了他的手里。韩立目光一凝，打量着面具上的奇异纹路，再次陷入了沉思。

大半个月后。

距离乌蒙岛数万里外的一片海域上，铅灰色的阴云布满整个天空，海面上狂风席卷，掀起滔天巨浪。

一道青光仿佛一把锋利的宝剑，从层层巨浪之中一穿而过，溅起无数银色浪花。青光之中是一名高大的青袍男子，他脸上带着一张蓝色的牛头面具，遮住了真正的容貌，他的双眼透过面具的洞，射出熠熠光芒。

此人不是别人，正是代替洛蒙前去执行任务的韩立。

在他前方数十里外的海面上，浮着一座直径不过一里的圆形岛屿，从远处看去，那座岛屿就如同一片随着海浪的起伏而微微晃动的碧绿荷叶。

那里正是他此行的目的地——海榕岛。

韩立放慢速度又飞了十几里后，小岛变得越发清晰起来。

只见岛上生长着许多海榕树，那些树枝繁叶茂，巨大的树冠相互紧挨着，遮蔽了整座小岛，无数成人手臂粗细的枝丫层层叠叠，相互交错，仿佛一片厚实的青色木墙。

那些密集的枝丫上，还长着数不清的细长侧根。有的侧根探入了泥土之中，有的侧根则垂落在海水之中，密密麻麻连成一片，看起来就像是老人的胡须一般。

韩立飞至海榕岛近前，悬在半空中，向岛内望去，就见地面上到处都是灰白色的鸟粪，林间却看不到半只海鸟的踪影。他的耳畔除了海风穿过树枝时发出的“呜呜”声之外，再无半点其他声响，整座小岛呈现出一种不寻常的安静。

就在这时，一道有些冰冷的声音突然在韩立耳边响起：“蛟十五，既然来了，为何还不登岛？”

韩立有些惊讶，因为这声音并不是从岛内传来的，而是从他脸上所戴的面具中响起的。他随即一闪身，落到岛上。

岛上的泥土十分松软，脚踩上去便会陷进去，韩立缓缓地从密林中穿过，来到了小岛正中。

小岛中央处，有一棵三人合抱的海榕树，主干四周垂下的侧根已经被砍光，清理出了一片较为宽敞的空地。此时空地上已经有数道人影，或坐或站地分布在树干四周。

韩立目光一扫，第一眼就落在了一名端坐在海榕树正前方的红袍男子身上。此男子头上戴着一张赤红色的龙首面具，面具上同样雕刻着许多奇异的符文，在面具的眉心处，以古怪的字符刻着一个“三”字。

“蛟三？”韩立心中一动，沉默不语。

头戴龙首面具的男子，只是随意打量了韩立一眼，便收回了视线，丝毫没有要与韩立交谈的意思。

韩立自然也没有主动说话，而是目光一转朝其他几人看了过去。

只见其中一人背部微弓，身上穿着一件宽大的紫袍，头上戴着一只蓝色的羊首面具，上面刻有一个“九”字。那人一直半蹲在地上，目光紧盯着地面，不知在看什么，根本没有抬头看韩立的意思。

在羊首面具男子的身旁不远处，是一名站立着的头戴蓝色虎头面具的高大男子，他冲韩立略微点了点头。

韩立没有说话，望向对方额头上的数字“一六”，也微微点了点头。

在树干左侧，有一名身着纱裙，头戴猫头鹰面具的女子，其婀娜的身躯背靠着海榕树，纤细的双臂环抱在胸前，朝着韩立这边微微侧着头，她面具上的数字则为“二一”。

在猫头鹰面具女子身后，海榕树的另一侧，一个戴着刻有“二五”二字的蓝色鹰隼面具的脑袋探了出来，扫了韩立一眼，便缩了回去。

海榕树右侧的一根横枝上，还倒挂着一名消瘦的男子，那人脸上戴着一个猿猴面具，上面刻着一个“八”字。见韩立在打量自己，那人的土黄色眼珠骨碌碌地转起来，也打量起韩立来。

在此人下方，还有一名身着水蓝长衫，头戴黑熊面具的清瘦男子，正襟危坐，闭目养神。其面具的眉心处，则刻有“一三”二字。

不知是因为无常盟的规矩，还是出于别的什么原因，在场的所有人都没有出声交谈，甚至连那名头戴龙首面具的红袍男子蛟三，都没有跟其他人多说半个字。

韩立见此，遂也挑了一个地方坐下来，开始闭目调息。

这一等，就是七天。

在此期间，没有新的人过来，在场之人，也没有一人说话，更没有一人离开，现场的气氛颇为诡异。

直至第八天清晨，第一缕阳光照射到小岛之上时，一直静坐在海榕树正前方的红袍男子蛟三，才微微抬头，从地上站了起来。

一道声音从那张龙首面具下传了出来："时间到了……"

众人闻声，纷纷站了起来，一直待在树干上头戴猿猴面具的消瘦男子，也立即跳了下来。

就在这时，天空中突然有一道遁光飞至，落在了小岛之上。

整座小岛轰然一震，所有树枝都剧烈地晃动起来。

遁光敛去之处，一个头戴野猪面具的魁梧身影显现出来。来人一登岛，便风风火火地朝着岛屿中心冲了过来，沿途他不闪不避，遇到的树枝树根，皆被他直接撞断。

直到来到众人面前，将所有人都扫视了一圈后，来人才扯开嗓子问道："哪个是蛟三？"说完，他的目光毫不顾忌地朝在场之人身上扫去，最终落在了那名头戴龙首面具的红袍男子身上。

"原来你就是蛟三。赶紧公布任务吧，成事之后我还有要事要办。"头戴野猪面具的男子大声说道。

"蛟三十二，你迟到了。"蛟三望着头戴野猪面具的魁梧男子，语气淡漠地说道。

"我只是晚到了半炷香的工夫，也值得一提？你赶紧说正事，别耽误时间了。"头戴野猪面具的男子摆了摆手，不耐烦地说道。

韩立站在一旁看着两人，心里没来由地突然一跳，下意识地就朝后方退开一步。

下一刻，令人惊诧的一幕出现了。

蛟三周身突然亮起一层红光，"呼"的一下腾起一片赤红色的火焰，将他团团罩住，一股炽热的气浪从他身上迸发而出，逼得周围众人纷纷后退。只见他身躯猛地前倾，手掌并指如刀，飞快地朝着头戴野猪面具的男子的胸膛捅去。

面对蛟三毫无征兆的攻击，头戴野猪面具的男子反应也是极快，只见他立马向后撤了一步，双手在身前快速掐诀，一层白色光芒顿时在他全身亮起。

与此同时，一面八角形的白色盾牌也浮现在他身前。盾面之上遍布菱形花纹，表面还亮着一层耀眼的白色光芒，一阵阵法则波动从中传出。

虽然只是仓促之间的应对手段，但韩立发现这头戴野猪面具的男子散发出来的这股法则波动，似乎比寒丘还要强一些。

“噗！”

没有预料中的剧烈碰撞，也没有想象中的巨大声势，这两人只是交手一击，便瞬间分出了胜负。

众人惊恐地看到，蛟三的手掌已经穿透了那面八角盾牌，直接刺入头戴野猪面具的男子的胸口。

第52章 红月岛岛主

“蛟三十二不遵调令，报到迟到，我宣布取消他的无常盟会员资格。”蛟三收回手掌，冷漠地道。

蛟三的话音刚落，蛟三十二脸上的野猪面具符文大亮，“砰”的一声碎裂开来化为齑粉，消散在空气中。

面具之下是一副双眼圆睁、嘴巴大张的狰狞面孔，他似乎到死都无法相信，自己竟然连对方的一击都抵挡不住，瞬间就被击杀了。

“扑哧”一声，一个蓝色的元婴从蛟三十二身上一跃而出，满脸惊惧，身上光芒一亮，就朝岛外遁去。

蛟三看也未看其一眼，随手屈指一弹，一团火焰骤然一闪，在空中消失不见。

下一刻，岛外十几里处，一道红色火焰瞬间追上了那团蓝光。只听“砰”的一声响，这位代号“蛟三十二”之人的元婴直接在空中爆炸，化为一片光点，最后消失不见。

众人见状皆沉默，由于全都戴着面具，他们看不到彼此的表情。

蛟三的目光从众人身上一一扫过，眼神中没有恫吓警告的意味，有的只是如同看待死物一般的冷漠。仿佛在他眼中，周围这几人就只是几块石头或者几棵树而已。

“现在我宣布这一次的任务：前往红月岛，除掉岛主公输鸿。”蛟三收回目光，不带任何感情地说道。

蛟三的话音刚落，就有一人轻声惊呼：“什么……竟然是他？”

“这……”另外几人也感到很惊讶。

牛头面具之下的韩立，眉头也不由得微蹙了起来，公输鸿的大名他之前听洛风提过，此人并不是什么简单角色。

据说此人是一名拥有真仙中期修为的强大地仙，他修炼的是水之法则下非常少见的血之力，平日嗜杀成性，“嗜血大魔头”的名号在整个黑风海域尽人皆知。

按说公输鸿如此暴戾，仇家定然不少，不过，因为他的实力实在太强大，且他修炼的法则之力十分诡异，所以一直以来极少有人敢去找他报仇，不承想他们此次任务的目标，竟然是此人。

“蛟三……大人，据我所知，这红月岛一向颇为神秘，极少和其他岛屿打交道。不知因何原因，此岛从数千年前开始，便终年闭关封岛，严禁其他岛屿的修士踏足一步。并且对外宣称，凡私自闯岛者，格杀勿论！”头戴猿猴面具的蛟八有些迟疑地道。

“这个你们不用担心，盟中早已经派人潜入此岛，并传回了不少消息。原本，是打算等明确掌握了红月岛的具体情况再动手，但是半个月之前，盟内高层下达严令，要我们尽快斩杀红月岛岛主公输鸿。”蛟三瞥了一眼蛟八，缓缓地道。

“据说这位红月岛岛主的实力，在整个黑风海域的排名仅次于中心岛屿的那几名强大岛主，他手下还有数名散仙，其实力也不容小觑。”头戴虎头面具的蛟十六略一沉吟后，说道。

紧接着，那头戴猫头鹰面具的女子走上前说道：“是啊，况且他身为地仙，在红月岛上占尽地理优势，我们就这么贸然前去，恐怕……”

“笑话！所谓地仙，不过是会一些小伎俩罢了！凭他那点道行，也就只够在你们黑风海域这种弹丸之地称王称霸。”蛟三闻言，冷哼一声道。

韩立一直冷眼旁观，他注意到，蛟九和蛟八在听到蛟三这么说之后，都不自然地耸动了一下肩膀，似乎都对蛟三方才的话有些不悦。不过也就仅此而已，两人都没有进一步的举动。

“我丑话说在前面，此番击杀公输鸿，若有谁胆敢临阵退缩，蛟三十二的下场便是前车之鉴。”蛟三冷冷地警告众人道。

大家闻言面面相觑，透过眼神，都看懂了彼此的心思，这一战他们只能自求多福了。

蛟三也不管众人的反应，单手一抬，手掌朝着半空一挥，便有一道红光骤然在空中亮起。光芒之中，似有龙吟之声响起，一艘约莫二三十丈长的龙形飞舟浮现而出。

飞舟通体火红，舟首雕刻着龙首，舟身遍布线条流畅的金色灵纹和火云图案，看起来颇为不凡。

蛟三一跃，飘然落在了舟首，然后对着众人道：“都愣着干什么？”

“这是……后天仙器？果然是上仙的手笔啊……”头戴羊首面具的蛟九，仰头望着火红的飞舟，忍不住赞叹道，随后一跃而上。

众人见状，也都纷纷飞身落在飞舟之上，目光中流露出艳羡之色。这些人大多数都是散仙，像飞舟这样的仙器恐怕他们连见都没有见过几次，更别说拥有了。

韩立也有些意外，忍不住多打量了几眼飞舟。

等众人都登上飞舟之后，蛟三双手掐诀，口中轻吐一个“疾”字。飞舟立即红光大亮，涌出大片赤红色的火焰，火焰托载着飞舟，“轰”的一下，就飞至天际尽头。速度之快，简直可以用风驰电掣来形容。

数日之后。

一片海浪翻涌的蔚蓝海域上空，一道火红的光芒疾飞而至，停在高空之中。红光敛去，一艘火红色的龙形飞舟显露出来。

飞舟之上，站着数名头戴面具之人，看起来颇为古怪。这些人正是赶往红月岛执行任务的无常盟成员。

此刻，韩立正立在飞舟一侧，遥望着百余里之外的岛屿。说是岛屿，却比乌蒙岛大了不知多少倍，看起来就仿佛一块巨大的陆地。

“这是关于红月岛的一些资料，你们都看一下吧。”蛟三一边说着，一边手掌一挥，将数块白色玉简抛向韩立等人。

韩立接过玉简之后，看向一旁，见有几人径直拿起玉简就朝面具眉心处贴了上去。他也跟着照做，果然，待玉简贴在面具上之后，立即就有一些图画和文字浮现在他的识海之中。

片刻之后，韩立的眉头不禁微微蹙起，他发现这红月岛的面积，比他预估的还要大得多。

“蛟三大人，这玉简中的地图上标出的六七处位置，想必便是红月岛岛主可能会出现的地方吧，我们应该先去哪一处为好呢？”头戴羊首面具的蛟九问道。

“为了尽快确认此人所在的位置，我们需要兵分三路，分别从岛屿的东部、西部和南部潜入，各自探察，然后逐步向岛中央推进，直至确认他真正的所在地。”蛟三想也不想地直接答道。

韩立闻言心中一动，这种安排本就在他预料之中，事实上他巴不得多兵分几路，最好能够让他自己单独一路，不过这显然是不可能的。

果不其然，只听蛟三道：“蛟八、蛟十三、蛟二十一，你们三人为一队，由蛟八带队，从岛屿东侧登岛，探察岛屿东部那几处标记的地点。”

“是。”头戴猿猴面具的消瘦男子略一拱手，应声道。

头戴黑熊面具的男子和头戴猫头鹰面具的女子也同时点了点头，一言不发地来到蛟八身后。

蛟三又看向剩余几人，接着说道：“蛟九、蛟十五、蛟十六，你们三人为第二队，由蛟九带队，从岛屿西侧登岛探察。”

“蛟九一定竭尽全力完成任务，决不辜负蛟三大人所托。”头戴羊首面具的蛟九立即上前一拜，恭敬地道。

韩立与那名头戴虎头面具的高大男子对视一眼后，就一同站到了蛟九身后。

蛟三转头望向头戴鹰隼面具的男子，随口吩咐了一句：“蛟二十五，你就跟着我从正南方向登岛吧。”

那人应了一声，然后直接站到了蛟三身后。

“公输鸿精通血之法则，对于气息的感应极为灵敏，而且岛上到处都布下了警戒禁制。我们虽然有面具可以遮蔽气息，一般情况下不必担心被发现，可是，如果我们肆意使用神识进行探察，则极有可能被公输鸿察觉。故登岛之后，如非必要，我们不得随意使用神识进行探察。”蛟三的目光在众人身上一一扫过，语气中带有强烈的警告意味。

“是。”众人齐声答应。

“最后提醒一句：上岛后，如果你们先我一步发现红月岛岛主，先不要轻举妄动，立即通过面具通知我。记住，虽然通过面具传信被公输鸿察觉的概率很低，但是也不能大意，只有到了紧要关头才可以使用。”蛟三又沉声叮嘱道。

“一切都听蛟三大人吩咐。”蛟九立即恭敬地答道。

韩立伸手摸了摸脸上的面具，突然记起前几日他刚到海榕岛时，蛟三就曾通过面具传音给他，此物的确有几分神秘。

“行动开始！”

蛟三一声令下，同时挥手将火红飞舟收了起来。而后，他伸手一抓，就将蛟二十五拉至身前，朝着红月岛的正南方向疾飞而去。

蛟八等人身上也纷纷亮起光芒，飞走了。

头戴羊首面具的蛟九扫了韩立和蛟十六一眼，轻描淡写地说了一句“走吧”，随后便化作一道青光，朝着岛屿的偏西方向飞去。

韩立和蛟十六也跟着飞了过去，只是他们的速度比先前那几人慢了一些。

不多时，蛟九、韩立以及蛟十六就来到了红月岛西侧的某处海滩。

让三人有些诧异的是，这片区域竟然十分荒芜，渺无人烟，不过联想到红月岛数千年来的闭关封岛，也就没什么好奇怪的了。

至于这里布下的警戒禁制，虽然算是巧妙隐蔽，但对于三名拥有真仙境修为的人来说，自然是形同虚设了。

即便如此，三人也丝毫不敢大意，纷纷隐匿了气息，按照预定路线朝着他们的第一个目标，也就是一处名为“天水城”的地方缓缓飞去。

韩立一边飞行，一边俯瞰岛屿上的环境。

红月岛西部区域地势平坦，大都是平原，少有山峰，放眼望去，植被茂盛，连绵的森林延伸到视野尽头。

也许是土质的缘故，红月岛上的树木基本都呈现赤红色。海风吹过，树叶摇动，恍如跳动的火海一般，很是壮观。

当三人飞出森林区域后，一片平原出现在前方，距离森林数十里处，有一座不小的城池，远远望去，可以看到城门上方写着“枫海城”三个大字。

飞在最前面的蛟九突然一抬手，停了下来。

韩立和蛟十六见状，也立刻停下。

“可是发现了什么？”蛟十六问道，同时目光向四周扫去。

“从我们入岛至今，难得看到一座城池，不如先对照地图确认一下位置，毕竟蛟三大人给的地图并不精确，以免我们走偏了方向。”蛟九沉声说道。

“也好。”蛟十六听闻，点了点头。

韩立对此自然也没有什么意见，他们毕竟已经飞了小半天，确实需要确认一下方向。

三人从半空中悄无声息地落下，朝着城池方向走去。

结果，当三人来到城下，都不禁微微一怔。

这座看起来规模不算小的城池，不仅城门紧闭，城内也是一片死寂，仿佛是一座空城！

“留神，这可能是敌人的陷阱！”蛟九立即向韩立河蛟十六传音道。

韩立和蛟十六微微点头，悄悄地靠近城池，在确认城墙外没有任何禁制后，翻身到了城墙之上。

因为蛟三的叮嘱，韩立三人没有直接放出神识去探察城中的情况，而是动用其他手段进行了一番搜索，结果他们三人都没发现这座城中有什么异常之处。

“看来这真的只是一座空城而已，我们倒是有些大惊小怪了。”蛟九喃喃地道。

“奇怪，这座城池看起来并不陈旧，不久之前应该还是有人在此居住的，城内的建筑也没有任何损坏，看样子也不像是遇到了袭击，那这座城怎么会突然就变得空无一人呢？”蛟十六疑惑地说道。

韩立眉头微皱，心中也充满了疑惑。

他方才动用了明清灵目神通，看到城内不少房子内都空荡荡的，商铺也是店门紧闭，但每处地方无一例外都遗留着有人待过的痕迹，的确不像是一座空了很久的城池。

风从空荡荡的街道吹过，“呜呜”作响，一些没有关好的门窗被吹得摇晃起来，发出“咔咔”的碰撞声，街角不时有野猫野狗蹿过，整座城中到处透着一股诡异的气息。

“此地的事情和我们没有关系。我们所处的位置既然已经确认，那就走吧，任务要紧。”蛟九说道，显然他是不打算理会这座城池的事情了。

韩立和蛟十六点了点头，他们也没有闲心去管这些事。

三人当即绕过此城，继续朝前方飞去。

前方的地形越发平坦，不多时，一片肥沃的草原出现在三人面前，有不少牛羊正在吃草，但附近一个人也没有。甚至在草原深处的小村里，他们也没有看到一个人影。

在这片草原的尽头，又出现了一座城池。

见过了刚刚的空城以及沿途的情形，三人虽没有打算在此处停留，但仍下意识地朝下面多看了几眼。

结果这一看，三人再次一惊。

“咦，这座城里面也是一个人都没有，怎么又是一座空城？”蛟十六有些奇怪地说道。

“不必理会，或许是这片区域最近出了什么事，所以人都迁走了。”蛟九略一沉吟后，如此道。

“若是下一座城的情况还是如此，我觉得我们有必要知会其他人一声了。”韩立说道。

“再看看吧。根据地图所示，前方不出两千里，还有一座大城。”蛟九点了点头，说道。

果然，三人又飞了片刻之后，一座城池出现在他们前方。

此城名为“安城”，面积颇大。

令韩立等人意外的是，这座城一切正常，城门口人来人往，城内店铺林立，热闹非凡，除了凡人外，还有不少低阶修士穿梭其中，此城和之前的两座空城形成了鲜明的对比。

“嘿，这座城里人倒是不少，该不会之前两座城池的人，都迁来这里了吧？”蛟十六的神情放松了几分，用一种调侃的口吻说道。

韩立却眉头微皱，心里十分疑惑：这座安城距离之前的那座空城并不远，两座城中的情形，怎么如此截然不同？

“两位道友，我们的时间还算充裕，之前的空城颇为怪异，我想我们还是在此城中稍微调查一下比较好，顺便也能收集一些关于红月岛的资料。”韩立沉吟了一下，如此建议道。

“蛟十五此言有理，我们还是谨慎些为好。”蛟十六看了韩立一眼，点了点头说道。

“既然两位都觉得如此，那我们就在此城稍微调查一下好了，不过还是要小心为上。”蛟九说着，伸手指了指下方城池中央的一处广场。

那广场中央矗立着一座红色的雕像，雕像发出淡淡的红色光芒，将周围百丈的地方笼罩在内。

路过广场的人，无论是凡人还是修士，都对这座红色雕像十分尊敬，纷纷躬身行礼，只是城中修士们的修为似乎都不高，最高也不过结丹期。

韩立自然早就注意到了那座雕像，正是一般地仙用来收集信念之力的普通雕像。

红月岛岛主公输鸿是一名地仙，在岛上各处设有这样的雕像并不是什么奇怪的事。

不过，根据无常盟此前收集到的情报来看，公输鸿修炼的功法颇为特殊，似乎能通过这些雕像感知岛上各处的情况，故而蛟三才一再提醒他们，潜入红月岛后，一定要小心行事。

韩立对于这个说法，一直心存怀疑。最近一段时间，他查阅了不少关于这类雕像的资料，这些普通的雕像只是收集信念之力的特殊容器而已，并不是地仙的地祇化身，应该没有五感之能。但既然无常盟的人这样说了，他自然不会无缘无故地去惹麻烦。

韩立三人在城外一个隐蔽的地方落下，各自催动面具幻化了容貌，扮成三名客商，混在人流中进入了安城。

看着周围热闹的场景，韩立心中有些感慨，不禁想起了自己和柳乐儿在灵寰界的凡俗世界结伴同行的情景。虽然当时他尚未恢复神志，但那些点点滴滴的记忆还是保留了下来。

在修仙界这般残酷的环境下，柳乐儿能够把他当成哥哥一般悉心照料，这一点尤为难得，他似乎也从乐儿身上找回了记忆中早已有些模糊的小妹的影子。只是如今，乐儿被声称是她同族的女人带走了，也不知究竟身在何处。

韩立正思量间，蛟十六的声音传来：“前面有一座酒楼，不如我们去那里看一下。”

韩立回过神来，顺着蛟十六所说的方向望去，那是一座三层高的酒楼，生意颇为不错的样子。

韩立三人一跨进酒楼的大门，一名看起来十分机灵的店小二立马笑着迎了上来。

“给我们安排一间安静些的雅间。”不等店小二开口，蛟十六便出声吩咐道。

“好咧！三位客官请随小的来。”店小二连连点头，带三人来到了二楼一个布置得典雅大方的单间。

“去温两壶酒，再炒几个你们酒楼最拿手的下酒菜，一起端上来。速度要快，这些银子你拿去，多出来的不用找了。”蛟十六坐下后，从怀中摸出一锭银元宝抛给了店小二，说道。

韩立闻言，瞥了蛟十六一眼，看他的样子，似乎经常出入凡俗的酒楼。

蛟九也忍不住多看了蛟十六两眼。

店小二接过银子，顿时笑容满面地答应下来，快步走了出去。

“呵呵，让两位道友见笑了。在下虽早已辟谷多年，但对于这些世俗酒菜，一直割舍不下。”蛟十六注意到了韩立两人看向自己的异样目光，不好意思地解释道。

“道友言重了，所谓人各有所好。说起来，我也有些怀念世俗的美味佳肴了，今日就乘此机会好好地享用一番，满足一下口腹之欲。”蛟九哈哈一笑，说道。

店小二很快就托着一个托盘走进雅间，托盘上面放满了各色酒菜。

这酒楼的师傅手艺确实不错，酒醇菜香，让人闻之不禁食指大动。

蛟十六将三人的酒杯都倒满酒，然后自顾自地连饮了两杯，脸上露出一丝满足的神色。

韩立见此，微微一笑，也拿起酒杯抿了一小口。

“三位客官请慢用，小的就先告退了。”店小二微笑着说完，便要转身退出雅间。

“等一下。”蛟九突然叫住了店小二。

“客官您还有什么吩咐？”店小二脚步一停，转过身来。

“我们三人是南方来的行商。前些日子经过了枫海城和墨临城，见那两座城池空无一人，这是怎么回事？不知你们安城之人可知晓此事？”蛟九微笑着问道。

“哦，你说那两座城啊！他们前不久都被唤去红月城朝圣了，自然是人去楼空了。”店小二笑着说道。

第53章

接头

“朝圣？”蛟十六放下酒杯，疑惑地问道。

蛟九眉头一皱，瞪了蛟十六一眼。

蛟十六脸上露出懊恼之色，显然也意识到自己说错话了。

“朝圣，自然是去……”店小二正要回答，脸色突然一变。

“你，你们竟然不知道朝圣？你们是外来……”店小二惊呼道，一转身准备出去报告。

几乎在店小二大喝的同时，韩立双目浮现出淡淡的晶光，那晶光一闪，没入了店小二的脑袋。店小二的声音戛然而止，眼神变得呆滞，显然他的神魂已经被韩立控制了。

这是一种迷魂的小法术，因为韩立他们此行不能随便使用神魂之力，所以此次他施法的威力很弱，不过对付眼前的店小二自然是足够了。

与此同时，蛟九双手掐诀，一个蓝色光罩瞬间出现，笼罩了整个雅间，所以，半点声音都没有传出去。

“抱歉，我……”蛟十六脸色微红，不好意思地说道。

“无妨，还好蛟十五动作快。”蛟九摆了摆手，安慰道。

“说吧，什么是朝圣？”韩立眼中晶光闪烁，朝店小二问道。

“朝圣是从古至今留下的传统，每隔一甲子，各个城池之人都会在城主的带领下分批前往圣城红月城，聆听圣主大人的教诲，朝圣的这一年也被称为‘朝圣年’。”店小二机械地回答道。

“既然他们只是去朝圣，为何要带上所有的财物，搞得像是迁徙一般？”

韩立继续问道。

“因为所有人都想成为被选中之人，一旦被圣主选中，自会得到圣主赏赐的更加肥沃的土地。”店小二毫不迟疑地答道。

“被选中之人是什么意思？没被选中的那些人呢，又会怎样？”韩立又问道。

“被选中之人无一不是最为虔诚的信众，能被圣主选中可是无上的光荣……没被选中之人，只能回到自己原本的城中。”店小二说到这里，脸上露出羡慕之情。

韩立三人听闻，互望一眼，都从对方眼中看到了诧异之色。原来那些空城是这么回事，看来店小二口中的圣主，八成便是红月岛岛主公输鸿了。

“关于圣主，你还知道些什么？”蛟九问道。

“圣主大人赐予我们肥沃的土地，世世代代护佑我们……”店小二絮絮叨叨地说了一堆，对于韩立他们来说，都是一些没用的信息。

“你们对外来之人似乎很敌视，这也是圣主教导的？”韩立摇了摇头，打断了店小二的话，继续问道。

“是！外来之人都是海外邪魔，他们觊觎我们红月岛的资源，一旦发现外来之人，必须立刻禀告城主，将他们统统杀掉。”店小二继续茫然地答道。

蛟十六轻哼了一声，蛟九则面露思索之色。

韩立眼睛微眯，又询问了几个关于红月岛岛主的问题，可惜这店小二只是一介凡人，知道的东西实在不多，所以，韩立并没有从他口中问出多少有用的信息。

韩立示意蛟九收起雅间内的蓝色光罩，然后他低低地念了几句咒语，只见他的眼中浮现出淡淡的晶光，一闪而逝。

店小二身体猛地一震，眼神随之恢复了清明，有些茫然地朝周围看了看。

“好了，这里没你什么事了，下去吧。”韩立对店小二说道，他刚刚施法抹去了店小二之前的这段记忆。

“是，三位客官请慢用。”店小二的脑子还有一些蒙，笑着退了出去。

“原来那些空城竟然是这么一回事，倒是我们多想了。”蛟十六笑了笑，说道。

“从此人口中，倒也得到了一些信息。既然城中之人都去朝圣了，那不就意味着，红月岛岛主如今应该身在那座圣城红月城中接受朝圣？”蛟九沉吟道。

韩立若有所思地点了点头，脑海中不由得浮现出蛟三给他们的那幅红月岛地图。

那地图画得很简略，标出的城池并不多，里面确实有一座城池名为“红月城”，不过距离天水城有一段不短的距离。这些凡人千里迢迢去朝圣，应该是有高阶修士通过什么特殊的手段携他们前往，否则以他们的速度，不知何年何月才能抵达红月城。

“你们说，我们是否要将这个消息告知其他人？”蛟十六面露喜色，不确定地问道。

“依我看来，我们如此轻易便获得了这个情报，潜伏在红月岛的无常盟成员不可能查不到吧。可他们汇报的红月岛岛主可能身处的几处地方里面并没有红月城，这里面会不会有什么缘故？毕竟刚刚店小二的话，也可能只是流言而已。”韩立想了想后，如此道。

“我们还是按照原来的计划，先去天水城，找到在那里潜伏的盟内成员再做打算吧。”蛟九点了点头道。

三人商定后，便悄然离开了安城。

接下来的行程中，三人又途经了不少城镇，其中也有好几座空城。不过，他们既然已经知道了这些空城的缘由，便没有再在沿途逗留。

三日后，他们来到了一片绵延千里的平原，这里矗立着一座高逾十丈的黑色城池。

城外良田千顷，被一条通往海边的大河分出的数条支流分隔成一块块大小不一、形状不同的田区。大河的一条主要分支，沿着人工开凿的河道穿过一片青色的稻田，将整座城池包围起来，形成了一条宽逾十丈的护城河。

此时正值清晨，通往城内的吊桥尚未放下来，城门外已经聚集了上千名普通百姓，他们或肩扛手提、或担挑车推着鼓鼓囊囊的货物，等待着城门打开。

在人群当中，有三个身穿布衣、头戴斗笠的人挨在一起，看起来就像普通农夫，很不起眼，这三人不是别人，正是一路潜行至此并幻化了容貌的韩立三人。

阳光刚刚照在城头的“天水城”三个大字上，城内就响起了洪亮的钟鸣声。紧接着，城墙内传出一阵机括运转的声音，巨大的吊桥缓缓地降了下来。

早已经等候多时的人们，纷纷踏上吊桥，朝着城内鱼贯而入。

整座城门只有一个高大的门洞，大门两旁各有数名修士值守，为首之人更是拥有化神期修为，值守之人皆身穿深蓝色的长袍，胸口处画有一牙红色的弯月。

韩立虽然不能用神识进行探察，但他知道这城中必定还有修为更高之人在坐镇。

经过观察，他发现这红月岛与其他岛屿一样，都是修士和凡人混居于城中，凡人似乎已经习惯了修士的存在。只是红月岛上达到元婴期修为的修士都穿着这种红月蓝袍，看起来倒像是某个宗门一般。

走入门洞后，韩立见头顶有微光亮起，稍稍仰头打量了一下，就看到上方的砖石之上刻着一个八角形的法阵图案，图案正中还镶嵌了一面圆形铜镜。

每当有人走到铜镜下方，铜镜之内便会射出一道淡红色的光芒，将经过之人笼罩进去。

只是扫了一眼，韩立就大致猜出了这个法阵的作用，应该是用来检查隐藏身份的修士，防止他们偷偷潜入城中。

以韩立如今的修为来看，这法阵并不复杂，也谈不上有多么高明，只要是大乘期以上的修士，都能设法隐藏气息安全通过铜镜的检查。不过，如果是大乘期以上的修士，若无特殊法宝掩盖自身气息，恐怕不必经此一遭，早在初登此岛之时，就会被察觉。

韩立三人的修为不低，加上脸上所戴的面具能完全屏蔽他们的气息，所以，他们一点都不担心这个法阵。三人坦然地跟着拥挤的人流，慢慢地朝城内挪动。果然，当他们经过法阵下方时，铜镜射出的光芒只是略微闪动了一下，便又恢复如常，显然是将他们三人当作普通人了。

进入城内，人群开始朝两边分流，城中的景象展现在三人眼前。

只见他们正对面的大街之上，市肆遍布，商贾如云，街道两侧的房屋上，到处都挂着商家用来招揽生意的旗帜、幌子。不过，由于这会儿时间还早，许多商铺都还没开门迎客，只有一些早茶铺子已经洒扫干净，敞开店门，迎接食客。

这座天水城远比他们之前见过的那几座城池要大，两条大街将整个城池划分成四个大城区。

韩立三人沿着城中大街走到城南区域后，转入一条小街道，走了大半个时辰，七弯八拐地来到了一条偏僻的巷子。巷子里十分安静，为数不多的几座院落都是大门紧闭，没有半点声音传出，也没看到半个人影。

韩立三人来到巷子最深处的一座普通宅邸前，停下了脚步。

“就是这里。”蛟九上下打量了一眼宅邸暗红色的大门，点了点头道。

这座宅邸是先前潜入红月岛的无常盟成员开辟的一处秘密据点，韩立三人来此，便是与他们会合并获取情报的。

蛟十六闻言，上前几步，以两短一长的方式轻敲了几下大门上铜兽口中的衔环。

敲了几下后，院内没有半点回应。

韩立心里闪过一丝异样，他本想放出神识探察一番，但想起之前蛟三的警告，便作罢了。

蛟十六和蛟九也察觉事情有些不对劲，但显然他们也有着和韩立同样的顾虑，所以都没有动用神识进行探察。

蛟十六回过身来，目光犹疑地与两人对视了一眼。

韩立眼睛微眯，没有说话。蛟九略一沉吟，做了一个准备作战的手势。

就在三人准备行动之际，门内突然传来了一阵铃铛摇晃的声音，而且是按照约定好的三长一短的方式摇动的声音。

三人微微一怔，同时望向大门。

蛟十六略一沉吟，手上力道加重，又快速敲击了三下门环。

片刻后，暗红色的大门“吱呀”一声，向内打开了一道缝隙，一名中年男子伸出脑袋，打量了一下门外的三人，压低声音道：“进来吧。”

韩立打量了那名中年男子一眼，发现对方的容貌是通过无常盟的面具幻化出来的。通过无常盟的面具幻化而来的容貌虽然看似与常人无异，但同样佩戴面具之人能感觉到面具之间的那一丝微弱的联系，这也是无常盟成员之间的纽带。

蛟九与蛟十六也发现了这一点，当即从那道门隙中跨进院内。

韩立略一犹豫后，也跟了进去。

中年男子等韩立三人都进入院子后，朝门外张望了一眼，这才合上了门。

这院子有百余丈深，却空荡荡的，除了院子中央一棵枯黄的老树和摆在树下的一套石桌石墩外，就再无别的东西了。

除了老树根周围，院子的其他地方都铺着崭新的青砖，青砖上面非常干净，连一片枯叶都没有。

院子尽头正对着大门的是一间主屋，两侧分别还有数间厢房，此刻全都虚掩着门。

中年男子一边在前面引路，一边回头冲韩立三人说道：“知道上头要派人过来，在下已在此等候多时，不知这次是由哪位大人主事？”

从进院开始，韩立就一直在观察这中年男子，就在对方问出这个问题之后，他眼中突然闪过一抹寒光，提起拳头就朝对方的后背砸了过去。

那中年男子大惊，却似乎早有防备，背后骤然亮起一片红光，幻化出一面银光闪动的圆盾，挡在了身后。

只听“砰”的一声响，银光圆盾轰然炸裂，中年男子被砸得倒飞了出去，重重地跌在主屋前的石阶上，口中连吐几口鲜血，气息顿时变得微弱。

蛟九和蛟十六此时也反应过来了，就在他们准备上前之时，情况突然发生了变化！

只听“嗡”的一声响，四周空间开始扭曲，小院内同时亮起数道冲天红光，接着，一个巨大的红色阵图虚影浮现在半空中，无数红色符文在阵图表面缭绕。

接着，阵图中央的红光突然一闪，韩立三人连同那中年男子便一起出现在一个红色空间之中。

这红色空间看起来不像是真实的世界，四下望去，仿佛无边无际。在他们头顶上空，积着一层厚厚的红云，脚下的土地一片殷红，仿佛浸满了鲜血，就连周围的空气中也弥漫着一股令人不适的腥味。

就在几人惊疑不定地打量四周时，整个红色空间猛地一震，地面上瞬间出现数百道大小不一的裂缝，从中冒出浓重的红色雾气，一道道模糊的身影从雾气中爬了出来。

一时间，鬼啸声大起！原来，那一道道模糊的身影是一只只浑身赤红的人形血鬼。这些血鬼刚从地面的裂缝中爬出，便发出一阵阵低哑的叫声，朝着韩立三人扑了过去。

“两位道友小心，不要只注意这些血鬼，此处的气息也有些不对劲。”蛟九的目光从那些血鬼身上扫过，又看了一眼天上的红云，对韩立和蛟十六提醒道。

韩立自然也发现了，这股弥漫在整个空间的腥气中似乎蕴含着一种诡异的戾气，能直入识海，令人心底深处产生一种狂躁烦闷之感。不过，以他强大的神魂，这点程度的影响还不足为虑。

蛟九提醒韩立和蛟十六之后，手掌一翻取出一块被金线系着的白玉，挂在了脖子上。

只见那白玉一闪，发出一片晶莹光芒，将他整个人笼罩住。接着，他手掌一挥，蓝色水浪涌出，将冲至他身前的十几只血鬼撕碎，血鬼的残躯化为红雾消散无踪。

蛟十六也一语不发地取出了一张紫色符箓，朝自己眉心处一贴，紫光一闪，符箓就不见了。

接着，他发出一声低喝，体内立刻传出一阵"咔嚓"声，他的手臂和胸腹肌肉开始快速地膨胀。然后他高高跃起，如同一颗流星般砸入了前方的血鬼大军之中，顿时将七八只血鬼砸得粉碎。

韩立见状，取出一颗丹药服下，然后大步向前一跨，"砰砰"两拳将两只靠近他的血鬼砸飞了。这两只血鬼倒飞出去的途中，撞上了十几只正朝着这边冲过来的血鬼，一连串闷响过后，这些血鬼全都化作一片红雾消散了。

韩立三人很快就发现，这些从四面八方涌来的血鬼虽然看似凶神恶煞，但其实不难对付，甚至可以说是不堪一击。可麻烦的是，它们就像无穷无尽一般，倒下去一批，很快就会有更多的血鬼从地面裂缝中爬出来，他们怎么杀都杀不完，三人很快便被数以百计的血鬼围得水泄不通。

另一边，那名被韩立击伤的中年男子，十分惊惶地不断祭出各种法宝。他先是取出一套阵旗布置在周围，继而又祭出一面宝镜，悬在头顶上空。接着，他身上红光一闪，又多了一件红色的铠甲。只见一个接一个的防护光罩不断出现在他四周，将他层层包围起来，冲过来的血鬼一时间近不了他的身，只能疯狂地挥舞鬼爪，攻击着那几个防护光罩。

中年男子似乎仍然有些不放心，手里握着一柄红色长剑，四下张望，有些焦躁不安。很显然，他能以法宝和法阵挡住血鬼的攻击，却无法挡住腥气对自己神魂的侵袭。

果不其然，没过多久，中年男子就双目通红，仰天大吼了一声，然后他就像是失去了理智一般，挥舞着红色长剑胡乱地劈砍起来。他周身的那些法宝、法阵，因为失去了他的控制而威力骤减，最外层的那个光罩很快就被血鬼撕开了。

不远处正在与血鬼厮杀的韩立看到这一幕，猛然想到了什么，向蛟九和蛟十六飞快地传音道："这些鬼物死得越多，会使得这里的腥气越浓。"

"不错！我们必须尽快离开这里，否则时间一长，难保不会被其影响。"蛟九恍然大悟地道。

"我或许有办法破开此处的空间，但需要两位替我护法片刻。"蛟十六将面前的数只血鬼击飞后，飞快地说道。

"好！你尽管施法。"韩立说着，双手闪电般朝身前一抓，再向外一抛，顿时将两只血鬼扔向了蛟十六的左侧，砸倒了一片血鬼。

另一边，蛟九一掌击飞了挡在身前的数只血鬼后，猛地一跃就落在了蛟十六右侧，双手飞快地在身前掐诀，同时口中念起咒语。

伴随着一阵低沉的"隆隆"声，一团光芒凝实的蓝色水雾在蛟九的身前凝聚而出，浓郁的水之力从中传出。

只听他大喝一声"去"，同时双手立即向前猛地一推。

"嗷……"

一阵龙吟之声响起，一条蓝色的水龙顿时从蛟九身前的那团水雾中冲出，张牙舞爪地朝着蛟十六右侧的血鬼大军冲去。

"轰轰轰——"

水花四溅，眨眼间便有数十只血鬼被水龙冲倒在地，乱作一团。

与此同时，韩立已经出现在蛟十六左侧，不断在血鬼之中穿梭，双拳不停挥舞，将血鬼一一击飞。

蛟十六见此，飞快地在原地盘膝坐下，手掌一挥，身前就浮现出一个黑色铁锥，尖端朝上，直指天穹。铁锥上遍布着一圈圈细小的符文，一阵阵空间波动从中传出，看起来似乎是一件蕴含着法则之力的低阶后天仙器。

韩立与蛟九两人见此，眼中都闪过一丝诧异。毕竟在整个黑风海域之中，能够拥有仙器的人并不多，更何况蛟十六还只是一名散仙。

只见蛟十六双手在身前交叠，低沉的咒语声从他口中传出。片刻之后，吟诵声一停，他探出手掌在身前的铁锥上一抹，掌心之中立即破开一道口子，鲜血直流。沾了血的铁锥，顿时光芒大放，仿佛燃烧起来了一般，通体变得赤红，从中传出的空间波动也变得愈加强烈。

就在此时，红色空间某处突然传出了惨叫声。

韩立与蛟九顿时朝着声音传来的方向扫了一眼，只见那名中年男子周身的护罩已被尽数撕碎，他整个人完全淹没在了密密麻麻的血鬼之中。下一刻，一团红光突然从中亮起，接着一闪便从血鬼之中急冲而出，正是那中年男子的元婴，手持一柄红色小剑，疯狂地飞向了高空中。

天空中的某片红云突然裂开了一道口子，从中飞出一个紫黑色的圆钵。圆钵滴溜溜一转，释放出一股强大的吸引力，瞬间就将中年男子的元婴吸入其中。

中年男子的元婴一入钵，就化作一片红光没入钵内。随后，圆钵表面浮现出一串难懂的符文，那些符文闪烁着黑光，犹如刻在圆钵上一般。

第54章

脱困

就在圆钵吞噬元婴的下一刻，一名年逾花甲，身穿红月紫袍的老者突然从红云之中飞出，二话不说一抬手，冲圆钵的方向一指。

只听“嗡”的一声，圆钵表面浮现出来的那些符文瞬间化作无数细密的纹路，接着，一道碗口粗细的黑光从钵中射出，朝下方的蛟十六疾射而去。这黑光的速度之快犹胜元婴瞬移，韩立和蛟九正皆被血鬼缠身，想要出手阻拦已经来不及了。

蛟十六正处于施法的最后时刻，面对这个突发情况，他自然是避无可避。千钧一发之际，他只得猛地调转锥尖方向，将原本欲刺向天穹的铁锥朝向了那道黑光。

呈现赤红色的铁锥之上，一道光芒刚刚亮起，还来不及从锥尖射出，就已经被那道黑光砸中，炸裂开来。

蛟十六身前仿佛突然升起了一轮“太阳”，绽放出耀眼的赤红色光芒，一股狂暴的气浪从中涌出，向四周席卷而去，将周围的红雾推出去数百丈远。

密密麻麻的血鬼也被这股气浪冲飞了，韩立与蛟九则硬顶着气浪的冲击，朝蛟十六冲去。但还没等他们冲到蛟十六身前，蛟十六周围的红光突然消失了，两人见状，都是一怔。

只见蛟十六双眼紧闭瘫倒在地，似乎昏厥了，数道铁棍一般的黑色光柱插在他身上，将他死死地钉在了地面上，一阵阵波动从那些黑色光柱中传出。

紧接着，高空中传来一连串滚雷之声。

韩立和蛟九猛地一停，同时向后方倒射而出。

"轰隆隆！"

一团团磨盘大小的赤红色雷火从空中落下，纷纷爆裂开来，刺目的电光顿时将两人原本所站的地方淹没。

韩立和蛟九稳住身体后，同时抬头朝空中望去。只见那名紫袍老者正单手托着那只圆钵，他那清瘦的脸上笼罩着一层诡异的红光，他周围的红云之中，电光狂闪。

"嘿嘿，老夫早就料到那些家伙必定还有同伙，却没想到来的竟然是三名真仙，这倒让老夫有些意外了。你们不想彻底失去神志的话，就赶紧束手就擒！"老者望着韩立和蛟九，微笑着说道。

"阁下若是识相，就赶紧放我们出去。"蛟九冷冷地说道。

"啧啧，死到临头还敢如此张狂！既然如此，那就让老夫好好地招待各位。"紫袍老者冷笑着说道。

话音刚落，他手中的圆钵脱手飞出，圆钵滴溜溜一转，周围的红云内立刻响起雷鸣声，紧接着，数以百计的赤红色雷火从中飞出，朝着韩立和蛟九落去。

"轰隆隆！"

赤红色雷火纷纷落地，地面被砸出一个个大坑，整个红色空间都跟着剧烈地晃动起来。

雷火落地之后，爆开大片红色火焰，朝四周飞射而去。

不一会儿，方圆数里的大地皆被一团团红色火焰覆盖，恍如一朵朵开遍大地的妖艳血莲，温度灼热惊人。

不知紫袍老者是有心还是无意，所有雷火坠落之处，都避开了蛟十六的所在地，不过，还是有不少火焰溅到了蛟十六身上。原本已经昏厥的蛟十六，被火一烧，清醒了过来，哀号连连。

韩立眼中蓝光闪烁，在漫天雷火与血鬼之间不断跳跃躲避，却仍免不了被火焰溅到。皮肤上传来微微的灼痛感，更加诡异的是，他觉得自己体内的血液似乎随着这火焰的燃烧而变得沸腾，内心也变得越来越狂躁。他立刻催动心念，一股清凉之意从丹田生出，压下了心里的狂躁。

不远处的蛟九手中出现了一只蓝色葫芦，蓝色水光从葫芦嘴喷出，在他周围撑起一层蓝色水膜，暂时隔绝了红色火焰的侵袭。但是劈头盖脸砸来的雷火与不断袭来的血鬼，还是令他有些难以抵挡。

前后不过几次呼吸的工夫，附近的空间几乎全被红色火焰覆盖，韩立他们可以躲避的空间变得越来越小。从地面裂缝中爬出的血鬼却越来越多，更可怕的是，它们似乎完全不受这红色火焰的影响，反而变得更加迅捷凶猛，毫不畏惧地朝着韩立他们冲过来。

蛟九刚一闪身躲过数团雷火，不少血鬼又围了上来。他目光一凝，猛地一咬舌尖，张口喷出一口鲜血，没入手中的蓝色葫芦之中。

蓝色葫芦上立即亮起光芒，无数蓝色符文在光芒中闪现，同时，葫芦内传出大江奔腾的声音。

“哗啦啦！”

只见滚滚水浪从葫芦口涌出，化作数名蓝甲水卒，手持冰矛迎向了四周的血鬼大军。

与此同时，蛟九冲不远处的韩立传音道：“蛟十五，不能再拖下去了！我设法牵制那人，你快去救蛟十六，务必助他破开此处空间。”说完，他眼中红光一闪，整个人忽然化为一道光朝着半空中的紫袍老者飞射而去。

然而，韩立仿若没有听到蛟九的话一般，并没有马上去救蛟十六。他先是抬手挥出数拳，将围在身边的几只血鬼击飞，随后接连几次闪身躲过数团雷火，最后突然一转身，朝着后方某处疾驰而去。

已经冲至紫袍老者身前的蛟九见此情形，不由得一怔，顿时气急败坏地怒喝道：“蛟十五，你要去哪里？”

蛟九的话音还未落，一道黑光破空而至，正是紫袍老者催动手中圆钵发出的攻击，朝着他的头顶疾射而来。他连忙催动身前的蓝色葫芦，喷出数道蓝光，蓝光一阵扭曲，在他身前形成了一个巨大的蓝色旋涡。

只听“砰”的一声响，那道黑光落在旋涡中央，爆发出一团黑光，随后爆裂开来，蓝色旋涡在“隆隆”声中飞快缩小。

就在此时，破空声大作！赫然又是数道黑光从圆钵中射出，蛟九顾不得再去管韩立，赶紧催动蓝色葫芦不断喷出蓝光，拼命地抵挡。只是此刻的他眼中红光渐盛，胸口处悬挂的白玉已经变得有些暗淡，远不如先前那般晶莹剔透了。

“哈哈，你的同伴已经弃你而去了！不过你放心，他根本就走不出这个红色空间！”紫袍老者看也未看韩立一眼，继续催动手中的圆钵，放声狂笑道。

此时的韩立，已经跑到数百丈之外，他二话不说提起拳头冲着前方某处狠狠地砸下一拳。

“轰隆——”

整个红色空间骤然一震，一道明亮的光线随即在韩立落拳之处亮起，紧接着便化为一道绵延数千里的白色裂缝。

一阵镜子碎裂的声音响起，整个红色空间顿时从那白色裂缝处裂开，继而化作无数碎片消散开来。

四周骤然一亮。

韩立等人重新出现在天水城内那座僻静院落的上空，此时院外的巷子里正横七竖八地躺着八名身穿红月蓝袍的修士，旁边地面上还散落着一些阵盘。这几人自然是之前召唤和控制红色空间法阵之人，他们竟然都是合体期修士。

这些修士在韩立破开红色空间之时似乎遭受了某种反噬，此时已经晕倒在地，七窍流血奄奄一息。而浑身被烧得焦黑的蛟十六，则一动不动地趴在院内那棵枯黄的老树旁，他身上的黑色光线已经消失不见，气息略有些不稳，却没有性命之虞。

“轰——”

小院上空炸开一片耀眼的光芒，两道身影从中一跃而出，朝着两边倒射而去。

其中，退向主屋方向的是蛟九，他双眼之中的红色光芒逐渐消失，神识也变得清明，眼中闪过一丝惊喜。

飞向另一边的是紫袍老者，他的面色十分难看，除了震惊之外，他望向韩立的目光带着几分怨毒之色。他怎么都没有想到，三人之中看起来实力最弱的韩立，竟然能够发现大阵的薄弱之处，并以一己之力破开了大阵。

要知道这红色空间的稳固程度，远非寻常大阵可比，普通仙人即使能够发现破绽，也未必能够成功将其攻破。不过这个念头一闪即逝，他猛地一拍圆钵底部，一圈圈奇异的波动飞快地扩散开来。

巷弄之中，顿时传出一连串“噗噗”的声响，一个个元婴从那些合体期修士的头中飞出，化为一道道红光，一闪没入圆钵之中。

只是其中一人的身上竟然亮起一层白光，似乎有什么宝物挡住了元婴的飞出，这让紫袍老者微微一怔，不过他并未多管，而是再次催动法诀。

圆钵上的黑色符文再次大亮，两道粗大的黑光瞬间射出，分别朝着韩立和蛟九疾射而去。

蛟九见此，手中的蓝色葫芦表面灵纹一闪，葫芦口骤然喷出一道水桶般粗细的晶莹水柱。

只听“轰”的一声响，黑蓝两色光芒骤然炸裂，无数水花漫天泼洒。

蛟九被爆炸的余波震得倒飞出数十丈，才稳住身体。

另一边的韩立为了躲避黑光的攻击，连晃了好几下。等他再次稳住身形，朝天空望去时，那里已经风平浪静，哪里还有紫袍老者的身影。

韩立略一沉吟后，一闪身来到瘫倒在枯树旁的蛟十六身前，将他扶起，取出一颗丹药让他服下。

“多谢。”蛟十六受伤不轻，朝韩立点了点头后，便盘膝坐下，默默地开始疗伤。

另一边的蛟九发现已经失去紫袍老者的踪迹后，蓦然一转身，来到了旁边巷子内那名尚存一息的合体期修士身前。未等对方开口，蛟九单手闪电般探出，五指如钩抓住了对方的头，掌心蓝光一闪，那名合体期修士便双眼一翻，人事不知了。也不知蛟九施的是何种秘法，很快一个被蓝光包裹着的淡红色元婴就被扯了出来，那元婴双目半合，看起来萎靡不振。

蛟九提着元婴回到小院内，他先是扫了一眼正在闭目调息的蛟十六，而后又将目光投向了站在一旁的韩立。

"没想到道友在法阵禁制方面造诣匪浅，先前还以为道友是畏战而逃，倒是在下误会了，还望道友莫怪。"蛟九冲韩立微微点头，道。

"阁下谬赞了，哪里谈得上什么造诣，我不过是恰巧找到了那处空间的薄弱之处罢了，多亏了道友神通广大，成功牵制住那名散仙，我才有机会行那破阵之事。"韩立笑着道。

蛟九闻言没有再多说什么，而是把目光转向了自己手中的元婴，另一只手掌缓缓扬起。

"噗"的一声响，无数纤细黑丝从蛟九掌心飞出，直接没入那元婴的脑袋。

元婴身体一颤，口中发出凄厉的惨叫。

蛟九丝毫不为所动，更多的黑丝从他掌心源源不断地飞出，朝那元婴头内涌去。

元婴的惨叫声越来越低，神情也逐渐变得呆滞，眼神开始涣散。

蛟九眉头微微一皱，脸上闪过一丝不快，从他掌心飞出的黑丝越来越多。

就在此时，元婴身上突然浮现出一层晶光，身体也变得半透明。

"不好……"韩立见此，突然想到了什么，连忙提醒道。但他的话音还未落，那元婴便"砰"的一声，化为无数光点飘散开来。

蛟九嘴角微动，面色有些难看。

“看来此人的元婴神魂被人设下了某种禁制，一旦外人的搜魂涉及某些记忆便会触发禁制，令其自毁。不知蛟九道友可探察到了什么？”韩立轻叹一口气，问道。

“没探察到什么有用的信息，以此人的身份，知道的事情恐怕不会太多。不过此处的无常盟成员，确实已经被他们杀了。”蛟九摇了摇头道。

韩立闻言，双眉微蹙。

“那我们下一步怎么办？”蛟十六身上的伤恢复了一些，站起身来问道。

“先把这座天水城好好地搜查一下。既然我们的行踪已经暴露，那就不用再顾忌什么了。”蛟九目光闪烁，沉声道。

与此同时，距离天水城数万里外的高空云层之间，一艘暗红色的楼船正朝前方疾速飞行。

这艘楼船分为两层，每一层都有几个独立的房间，船身刻着几对翅膀的图案，幻化出八对巨大的暗红色翅膀，正在快速扇动着。

楼船顶层的一间房内，此前那名与韩立等人激战的紫袍老者正盘膝而坐，脸色阴沉。他略一沉吟后，翻手取出一个巴掌大小的玉盘，朝其中连点几下，顿时大片红光浮现而出，接着一个干涩的声音从中传出：“仇五，情况如何？”

“我已经和无常盟派来之人交过手。”紫袍老者面无表情地道。

“呵呵，果然如此，看来我所料没错。”玉盘中的人得意一笑。

“哼！来人的实力比你预计的可高了不少，不止有两名散仙，还有一名地仙，总共有三名真仙！若不是我还有些保命的手段，刚刚差点就栽在他们手里了。可惜有一名手下落在了他们手中。”紫袍老者愤怒地道。

“哦，那手下可知道些什么？”玉盘中的人问道。

“那人不过是一名合体期修士，能知道多少东西？”紫袍老者不屑地道。

“那就好。单是你那里就来了三名真仙，看来无常盟这次确实是来者不善。他们若是知难而退也就罢了，如果还是这么继续下去，圣主自会让他们好看！好了，这次你辛苦了，先回来吧。”玉盘中的人先是冷笑一声，接着又话锋一转道。

紫袍老者眉毛一挑，显然对方这种颐指气使的口气令他有些不满，但他并没有多说什么，而是直接结束了传信。只见他挥手掐诀，楼船红光大盛，加速朝着前方疾飞而去。

天水城，某间石殿之中。

这里面积颇大，显得有些空空荡荡，两边耸立着一根根石柱，每根石柱顶端都放置着火盆，不过并没有点燃。

韩立三人此刻正站在石殿门口，此时他们已经恢复了戴着面具的模样。

以他们的修为，在无所顾忌地使用神识探察的情况下，很快就将整个天水城彻底地探察了一遍，发现城内并没有炼虚期以上的高阶修士，也没有发现别的异常，只在城南某个偏僻之处，发现了这间石殿。

殿中央，整整齐齐地摆着三具尸体，无一例外都是全身皮肉萎缩，脸部扭曲变形，似乎生前遭到了极其恐怖的攻击，他们身旁还散落着数张通体呈青色的面具，看起来与韩立几人所戴的不太一样。

从这些尸体的干枯程度来看，他们全身的血液似乎在一瞬间就被抽干了。行凶之人堂而皇之地将这些人的尸体整齐地摆在这里，显然带着几分挑衅的意味。

“这些应该就是盟中那些提前潜伏于此的人员了。”蛟九检查了一下这些人的身体和面具，缓缓地道。

“一名大乘期修士，两名合体期修士，看样子是一交手便被人杀了，连元婴都未能逃脱……应该是之前那名散仙下的毒手，此人似乎能够使用些许法则之力。”韩立的目光从三具尸体上扫过，若有所思地道。

“公输鸿这老狐狸，看样子是早有准备了。之前的禁制，更像是一个精心设计的局，为了引诱我们一步步落入陷阱。”蛟十六恨恨地道。

“先别管这些了。看来，这座天水城内是查不到什么有用的线索了，在离开之前，我们必须先将这里的情况告诉蛟三大人，再商议一下接下来的行动。”蛟九提议道。

话音刚落，蛟九就单手掐诀，只见他脸上的羊首面具上浮现出一层蓝色波纹，闪烁不定，然后猛地一亮，他当即闭上双眼，嘴唇微动。

韩立和蛟十六站在一旁，没有出声打扰。

片刻之后，蛟九面具上的光芒消失，他也睁开了眼睛。

“蛟三大人怎么说？”蛟十六连忙问道。

“大人吩咐我们立刻去龙湖城集合。”蛟九缓缓地道。

“他们是否也遭到了袭击？”韩立突然问道。

“另外两队道友距离目标城池较远，此刻还没有赶到。不过由我们这里的情况推测，他们的接头人多半也是凶多吉少了。如今我们给他们提了醒，他们已经有所防备，对方再想偷袭他们，恐怕也没有那么容易了。”蛟九沉声说道。

韩立点了点头，没有再多问什么。

“这里已经没有更多的线索了，我们走吧。”蛟九将地面上的几具尸体收起来后，就朝着外面走去。

三人很快走出了这间石殿，并悄然离开了天水城，来到一处旷野。

蛟十六正要施展隐匿秘术，耳边传来蛟九的声音：“不必了。蛟三大人说既然敌人已经知道了我们的存在，我们就不必再费心潜行了，我们直接赶去龙湖城。”

蛟九说着，袖子一挥，滚滚水浪四下翻涌，前方空地立即出现一艘十余丈长的蓝晶飞舟，飞舟呈流线型，通体晶莹剔透，灵光四溢。

蛟十六手中的动作一顿，看向蓝晶飞舟的目光充满了羡慕。

“此舟通体由云蓝天晶打造而成，虽算不上是仙器，但应该也相差不远了吧。”韩立轻吐一口气，赞叹道。

“阁下过奖了，区区一艘灵宝级别的飞舟，哪有你说的那般夸张。”蛟九笑着说道。先前韩立与人交手时所施展出来的实力，让蛟九刮目相看，所以，此刻他不觉对韩立客气了几分。

“这飞舟的速度尚可，我们便坐此舟赶路吧。蛟十六，你抓紧时间疗伤，之后我们少不了还有恶战。”蛟九说完，一闪身就落在了飞舟前端。

蛟十六点了点头，与韩立一前一后飞身上了飞舟。

蛟九挥手打出一道法诀，飞舟上立即蓝光闪烁，化为一道蓝色光影朝着前方飞去。

第55章

初探红月城

龙湖城的规模比天水城要大得多，城内有一片占地逾千亩的湖泊，此湖连通着城内数条大河，一直延伸到城外。

此时正值清晨，城内人流如梭，颇为热闹。

当韩立三人马不停蹄地进城，并来到城西一处偏僻的庄院时，蛟三和其余的人都已经到了。不过看样子，蛟八那一组也是刚刚抵达此处。

在蛟三的吩咐下，蛟九将他们三人在天水城遭遇埋伏的经过详细地说了一遍，又将之前在石殿中发现的无常盟成员的尸体取了出来。

蛟三望着地上那一具具干枯的尸体，目光一冷。其余几人见此，脸色也都变了。

“我们发现他们之时，已经是这般模样了。我们推测，应该是伏击我们三人的那名散仙所为。”戴着羊首面具的蛟九说道。

“得知你们那里的情况后，我和蛟八他们随后也赶到了各自的目标城池。不出所料，之前潜入那些城池的无常盟成员无一例外地全部失踪了。”蛟三沉声道。

“这一路上，除了有些城中空无一人，据说城中之人全都前往圣城朝圣了之外，并没有发现其他异常的情况。至于朝圣一事，我们调查的结果和蛟九他们查到的差不多，应该是公输鸿收集信念之力的一种方式。”头戴猿猴面具的蛟八略一沉吟后，说道。

“你们可曾注意到，据说在这些朝圣的人之中，会有一些虔诚的信众被选中，他们在朝圣结束后不会再返回自己原本所在的城池？”韩立突然问道。

“确实有这么一回事，听说那些被选中的人会迁往更为富饶的城池，可能这是公输鸿为了增强信众的信仰之力而采取的一种手段吧……话说回来，我和蛟三大人并没有遭遇对方的伏击，看来此人对我们无常盟早就有所提防了。之前盟中收到的那些信息的可信度，也要打个问号了。”蛟八有些不以为意，话锋一转说道。

“不错，对方可能早就掌握了我们这些人的行踪，故意以假消息设局引我们前去，只是他们低估了我们的实力。其他地方暂且不说，之前我们得到的地图上标注的这六七处地方，公输鸿是绝对不会在的，他倒是有可能在圣城红月城中，我们不如就去那里看看，或许会有收获。”蛟九苦笑一声，提议道。

“说到此事，这红月岛总共有二十八个州，几乎每个州都有一座城被称为‘红月城’。”蛟八闻言，摇了摇头道。

“此话当真？”蛟九微微一怔。

“之前我们得到的地图中，虽有一处地方名为红月城，但我们在路过某座城时，无意间发现他们口中所说的红月城，其实处于地图的另一个方位。起初我们并未在意，之后却发现，事实并非如此简单。我们虽然只路过了几个州，但刻意留意之下，还是发现了每个州都有一座红月城。”蛟八说着，单手一扬，五块玉简分别飞到了韩立、蛟三等五人身前。

韩立等人接住玉简后，纷纷将神识探入其中。

玉简中的地图比他们之前得到的多了不少标记，除了之前的那座红月城外，在其余几个州内，也各自标出了一座红月城。

红月岛上每一个州的面积都很大，若是有高阶修士出手隐瞒此事，凡人乃至低阶修士根本不可能发现这一点。

“我们在岛上途经的各座城中，都只能买到某一区域的地图，从未看到有全岛地图出售，看来这应该是公输鸿有意为之。他手下的那些修士应该都被下了某种特殊的禁制，一旦涉及此事便会神魂爆裂而亡，故而无法透露此事。甚至之前我们得到的那幅地图，都有可能是对方故意泄露给我们的。”蛟九点了点头，缓缓地说道。

所有人听完，都沉默了。毕竟就目前得到的线索来看，他们此行的目标公输鸿的行踪还是一个谜，情况的确有些棘手。

韩立像是忽然想到了什么，将刚刚放下的玉简又贴在了额头上，眼中闪过一丝异色。

“现在既然没有别的线索，我们就从那些红月城开始调查吧。你们所有人一起行动，将每个州的红月城都探察一遍。”蛟三忽然说道。

“蛟三大人，您不和我们一起行动吗？”蛟九一怔，问道。

“我自己单独行动。你们查到了什么，传信给我便是。”说完，蛟三看了众人一眼，身上红光一闪，就不加掩饰地冲天而起，朝某处飞去。

“看来蛟三大人是打算明着去找那公输鸿了。我们就按他的吩咐办吧，此处是澜州，这个州的红月城距离这里不算太远。”蛟八说道。

其他几人当即纷纷幻化容貌，离开了这处庄院，混在普通百姓之中，朝着城外而去。

“诸位稍等片刻，在下有些琐事，想耽搁大家一点时间。”途经一条街道时，韩立突然叫住了众人。

说完，他不等众人回应，就快步走进了路边一家贩卖典籍的店铺。

其他人微微一怔，不过并没有说什么。

没过多久，韩立便走了出来，他手中多了几本典籍，看起来应该是关于此岛地理环境的书。

“让诸位久等了。”韩立朝几人点了点头，然后当着几人的面，将典籍收了起来。

一行人很快就出了龙湖城，来到一处僻静之地，随后各施手段冲天而起。

蛟九则再次祭出了之前的那艘蓝晶飞舟，载上韩立和蛟十六一起上路了。他此举让蛟八等人颇觉惊讶。

韩立站在飞舟上，朝着下方龙湖城附近的大河望了一眼，然后盘膝坐下，取出刚才买的那些典籍，仔细地翻阅起来。

蛟十六觉得韩立的举动有些奇怪，却没有管他，而是自顾自地运功恢复。

韩立很快就将几本典籍翻看完了，略一沉吟后，他再次取出了蛟八先前给他的那块玉简，放出神识探入其中。

此刻天色已晚，天空浮现出点点繁星。

他们一行七人飞行了大半日后，在一座大城前停了下来。

此城正是澜州的红月城，此城面积极大，一条数百丈宽的大河从城内蜿蜒流过。整座城池被一个巨大的蓝色光罩笼罩着，光罩上面不时泛起水波般的幽光，看起来颇为神秘，透过蓝色光罩只能模糊地看到城池的轮廓。不过，在城池东西南北四座城门的入口处，蓝色光罩留了四个缺口，供人们进出。四个城门口都有身穿红月蓝袍的修士看守，负责检查进出的行人。

“我没猜错的话，这应该就是大名鼎鼎的千光幻波禁，此禁制的防护能力一般，对神识却极为敏感。”蛟八看着蓝色光罩，低声说道。

“此城防守如此严密，莫非这里就是公输鸿的老巢？”跟在蛟八身后的蛟二十一欣喜地说道。

其他几人听闻，眼睛也都一亮。

“不管是不是，先进去看看再说。诸位要多加小心，尽量收敛神识，不要碰到那禁制。”蛟八沉声叮嘱道。

听到蛟八发号施令，蛟九眼中闪过一丝不满，但他没有说出来。

七人在城外的僻静处落下，混入了进城的人群中。

城门口虽然有化神期修士看守，但他们并没有发现韩立一行人的伪装，七人顺利地进了城。

城内的地面全都以宽大的青石板铺就，干净整洁，街道两旁商铺林立，看起来颇为繁华。两条宽阔的大道连通四座城门，将整座城池分成了四个区域，城池中央有一个极大的广场，广场中央矗立着一座巨大的雕像。

城内各处都是人山人海，城中的广场上更是站满了人，加起来起码有数百万人。此刻，所有人都神色恭敬地朝着广场中央的地祇化身雕像参拜着，整个城内充满了肃穆的气氛。

“这是……”看到城内的情形，韩立一怔。

其他人也都有些惊讶，但随即就想明白了。眼前这一幕，应该就是店小二所说的朝圣仪式了。

韩立眼中蓝光一闪，朝着周围望去，片刻后，他眉头微皱。

城中的人是很多，但大多数都是没有法力的凡人，即便有修士，也只是炼气期和结丹期的低阶修士。城内倒还有一些身穿红月蓝袍的修士，但他们的修为也不高，都只是元婴期和化神期，连一个炼虚期修士也没有。

由此看来，此城并不像是他们要寻找的地方。

其他人显然也注意到了这一点，不免脸色微沉。

“不管如何，我们先将此城好好地探察一番，说不定能找到一些有用的线索。”蛟八说道。

其他人闻言，纷纷点头，他们略作商议后，决定分头行动。

整座城池面积太大，他们不好大规模地动用神识进行探察，况且，反正所有人都在城内，如果有人碰到了敌人的埋伏，其他人也来得及赶去接应。

商议好后，众人便开始分开行动。

韩立沿着一条街道慢慢地走，他眼中蓝光闪烁，探察着周围的一切。他的身影此刻若隐若现，和周围的环境融为一体。因为街道上的人群都在静静地参拜，他独自一人四处行走难免引人注意，所以他干脆施法隐匿了身形。

片刻后，韩立停在街边一家贩卖典籍的店铺前。

此刻几乎整座城池的人都在朝圣，店铺虽然打开门在做生意，但里面并没有什么客人，只有一个中年掌柜守在店内。

韩立一闪身飞了进去，片刻之后又走了出来。接下来，他没有再耽搁，认真地开始探察起城内各处来。

这座红月城面积不小，七人足足花了小半日的工夫，才将整座城池都探察了一遍，然后在城内一处僻静之地聚集到了一起。

可惜，七人都没有任何发现。这座红月城，似乎只是一座寻常的大城，没有任何异常之处。

“看来这里不是红月岛岛主的老巢，既然如此，我们也不用继续在此浪费……”蛟八说道。

“蛟八道友，稍等一下，我觉得这地下有些古怪。”一个声音突然响起，打断了蛟八的话，出声的正是蛟二十五。他此刻正半蹲在地上，身上散发出一圈圈肉眼可见的黄色波纹，波纹弥散开来，没入地下。

“蛟二十五，你在地下有什么发现？”蛟八面色一喜，赶忙问道。

“诸位可以仔细探察一下此处下方百丈处。”蛟二十五站了起来，说道。

众人听闻，纷纷放出神识朝地下扫去，很快，大家的眼睛都是一亮。此处地下有一个洞，面积颇大，显然是有人挖出来的。

“还好你细心，否则我们就要错过这一处可疑的地点了。”蛟八眨了眨眼睛，称赞蛟二十五道。

“哪里哪里。在下修炼的功法有些特殊，所以对地下的情况感知得灵敏一些罢了。”蛟二十五谦逊一笑。

“走，我们去这地下的大洞看看。”蛟八说完，当先潜入了地下。

蛟八小队的其他两人立刻跟上，蛟二十五也随之潜入地下。

很快，地面上就只剩下韩立、蛟九和蛟十六三人了。

蛟九脸色不太好看，没有立刻潜入地下。蛟十六和韩立交换了一下眼神，也站在原地没动。

七人虽然一同行动，但是因为先前的分组，早已形成了各自的小圈子。

“我们也走吧。”蛟九沉默了片刻，身上亮起蓝光，也潜入地下。

韩立和蛟十六见状，紧随其后，也施法潜入了那处地下空间。

这地下空间的面积极大，宛如一个圆形的地下广场，颇为空旷。地面十分平整，全部由暗青色的石板铺就。

众人见此，都面面相觑。

韩立朝着地洞的其他地方望去，鼻子轻轻地嗅了嗅。这洞内水汽很重，而且隐隐散发出一股腥气。他蹲了下来，五指插进一块石板，将其硬生生地拔出，露出了下面暗红色的地面。

颇为奇怪的是，这些暗红色泥土的最上层，却被染成了淡淡的黑色。

韩立抓起一把泥土，看了片刻后，挥手扔掉。

“蛟十五，你可是发现了什么不对劲的地方？”蛟十六走了过来，问道。

“那倒没有。我只是觉得这个石洞内有些诡异，充满了腥气和阴气，石板下的泥土几乎都变成了阴土，似乎这里死过不少人。”韩立沉吟道。

“也许，这里是他们专门处置敌人的地方？”蛟十六猜测道。

韩立缓缓地摇了摇头，若是处置敌人，在哪里都可以，何必专门带到地下，还特意建造一个石洞？他心中隐隐觉得此事透着一股诡异，但一时之间又想不明白。

与此同时，蛟八等人也议论纷纷，猜测着这个地下空间的真正用途。

“我们不必烦恼，想知道这里为何会有一个地下空间，抓一个人过来问问便知道了。”蛟九说着，挥手打出一道黄光，那黄光化为一杆黄色小旗，一闪没入石室顶端不见了。

红月城广场外围某处，一名身穿红月蓝袍的元婴期中年修士正在维持秩序。突然，他脚下的地面黄光一闪，一只黄色大手闪电般探出，抓住他的双足猛地朝地下扯去。他脚下的地面浮现出一圈圈黄色波纹，坚硬的地面似乎变成了水面一般。

“嗖”的一声，这个中年修士便没入地下消失无踪，地面的黄色波纹也随之消失。

周围的人都在专心朝圣，没有一人察觉到发生了何事。

地下，就在刚才黄色小旗消失的地方，又是黄光一闪，一个被黄光笼罩着的中年男子掉了下来，“扑通”一声跌落在地。

中年男子看到韩立等人，脸色一变。不过他此时被黄光禁锢着，动弹不得，也发不出声音。

蛟九一把抓住中年男子的脑袋，掌心黑光大放，黑光化为无数黑丝，直接没入中年男子的脑袋。

中年男子的脸变形扭曲，七窍流血。

蛟九神情冷漠，掌心的黑丝源源不断地涌出。就在此刻，中年男子的身体猛地一颤，脑袋里面传出“砰”的一声响，似乎有什么东西爆裂了。然后，只见中年男子眼中的神采变得暗淡，气息也消失了。

蛟九脸色一沉。这中年男子的情况和他们之前在天水城内抓到的那名合体期修士一样，他们的神魂都被设下了禁制，一旦外界的搜魂涉及某些记忆，他们便会殒命。

“就算能搜魂，这些元婴期的低阶修士知道的东西也不会太多，我们继续留在这里没有什么意义，还是尽快去下一座红月城吧。”蛟八见此，略带几分嘲讽地说道。

说完，蛟八冲天而起，他身旁的三人立刻跟上。

“哼，我们也走吧。”蛟九转头对韩立和蛟十六说道，随后三人也冲天而起。

一行七人很快离开了此城，马不停蹄地朝着下一座红月城而去。

数日后，七人来到了一座被巨大的蓝色光罩笼罩着的城池前，此城正是奉州的红月城。此城旁边有一个巨大的湖泊，虽说是湖泊，但其实此湖连通海域，是一片规模不小的内陆海。城外有数十个码头，成百上千的船只进进出出，颇为壮观。

说起来，这已经是他们找到的第六座红月城了。前几座红月城的情况都和澜州的红月城一样，虽然在城内发现了岛民的朝圣之举和地下空间，但除此之外，没有其他异常之处。

七人在城外落下，顺利混进了城内。

城内有两条主道，城池中央有一个巨大的圆形广场。此时，广场上站满了从四周赶来朝圣的民众。

韩立用明清灵目一扫，不禁眼睛微眯。这里和之前发现的那几座红月城一样，城内根本没有高阶修士坐镇，此城八成也只是一座寻常的城池，恐怕这次他们又要白跑一趟了。

蛟八嘴巴微张，正要说什么，突然他感觉身边有一阵微风吹过，然后就看见蛟九已经带着韩立和蛟十六朝城内走去了。他眼中寒光一闪，不好再说什么，只得带着其余三人从另一条路入城。

片刻后，蛟九三人来到了一处偏僻的角落。

正当他们准备分头行动之际，蛟九突然冲韩立和蛟十六说道："盟中有一个不成文的规定，在任务中发挥了重要作用的人，事后会得到额外的奖励，这些奖励往往非常丰厚。虽然现在还没有太多线索，但你们切不可放松，莫要让此等好处落在蛟八那几个人的头上。"

韩立和蛟十六听闻，先是怔了一下，随即朝着蛟九拱了拱手道："多谢道友指点。"

蛟九点了点头，然后朝着一个方向走去。

蛟十六和韩立招呼了一声之后，也快步朝着另一个方向走去。

韩立则转身朝着另一条街道走去，他的眼睛不时朝两旁的店铺望去，似乎在寻找着什么。此刻朝圣似乎快要结束了，不少人开始在城内走动，他便没有隐匿身形。

片刻之后，韩立快步走进了街边的一家店铺，这是一家贩卖典籍的铺子。书店规模不小，共有上下四层，第一层的门面有三间房，每一间都有四五丈宽，里面摆满了书架。因为正值朝圣，所以店里生意冷清，只有几个顾客。

"这位客官，您需要什么典籍？"看到韩立进来，一个留着八字胡的肥胖中年男子，笑容满面地迎了上来，看起来像是这里的掌柜。

“你这里有没有古老的地图或者地理典籍？年代越久远越好。”韩立朝店内的书架看了一眼，问道。

“地图……有是有，不过年代都不是很久远。”八字胡男子眼中闪过一丝异样的神色，不过立刻便恢复如常，从容答道。

虽然那异样的神色只是一闪而过，但逃不过韩立的眼睛。韩立心中一动，两道晶光从他眼中射出，射向八字胡男子的眼睛，八字胡男子的神情立刻变得呆滞起来。

“将你们店里最古老的地图和地理典籍拿出来。”韩立淡淡地吩咐道。

“是。”八字胡男子木讷地答道，转身朝里面走去。

韩立迈步跟上。

片刻之后，韩立走出了这家书店，他手中翻着一本棕色封面的书，看起来极为古老。

“果然……”韩立眼中流露出一丝兴奋之色。

小半日后，一行七人再次聚集，大家的脸色都不怎么好看。

在这座城中，他们仍然没有发现任何异常之处，地下空间依旧空空如也。

“这公输鸿到底藏到哪里去了？难道要我们一直在这破岛上这么找下去？”蛟二十一忍不住抱怨道。

“不用着急，公输鸿虽然躲起来了，但这里是他的老巢，他绝对跑不了。整个岛上的红月城总共只有二十几座，我们一一找过去，总会发现线索的。接下来，我们去藏州的红月城。”蛟八说完，便准备转身离去。

“蛟八道友，等一下，关于那红月岛岛主的藏身之地，我这里可能找到了一些线索。”一个声音突然响起，正是韩立。

众人听闻，顿时一惊，皆朝着韩立望去。

“当真？是何线索？”蛟九大喜，连忙问道。

韩立屈指一点，一片水光骤然浮现，凝聚成一面水镜，一幅图像浮现在水镜之上。

“诸位请看。”韩立说道。

众人的目光纷纷落在水镜之上，只见上面是一幅岛屿的地图，和蛟八先前给他们的那幅红月岛地图大同小异，只是这幅更加详细。

“这地图不是蛟八道友先前补充的那幅地图吗？我们早就看过了。”蛟二十五有些不屑地说道。

其他人眼中也纷纷流露出疑惑之色。

“咦！”

“咦！”

就在此时，两声轻呼同时传出，分别来自蛟八和蛟九。

第56章

天选

“看来两位道友也注意到了，之前蛟八道友给我们的那幅地图看似没有问题，其实图上没有画出岛上各处大河水脉的位置，因为城中公开出售的地图上都没有画出这些水流的位置。而我们一路走来，明明遇到过很多条大河，现在我将它们都画上去了。”韩立笑着说道。

其他人听闻，都若有所思，再次望向那幅地图，发现果然如韩立所言，地图虽然画得详尽，但是极少画出河流水脉，即便有，也只是一些小河小江。众人先前都只顾盯着那些城池，倒是没有注意到这一点。

“这几日我每到一座城池，都会收集一些当地的地理资料，尤其是一些古老的地图，总算让我找到了一些大河水脉的资料。”韩立说着，手指一点。

只见水镜上光芒闪烁，地图上相应的区域浮现出一条条大河。

“这是……”众人看着水镜，脸色一变。

“因为时间仓促，我收集到的水脉资料只有这些，但正所谓窥一斑而知全豹，想来诸位应该也发现了，我们一路途经的这些红月城和大的城池，都坐落在各大水脉附近，这几日我们所见到的情景，也正好验证了这一点。”韩立缓缓地解释道。

其他人回想之前去过的几座城池，确实每一座都在大江或是湖泊附近，此刻众人所在的这座红月城也是如此。

“这也没有什么奇怪的，城池靠近大江大河，运输自然便利许多。不光红月岛，其他岛屿的城池，也大都会考虑建在江河附近。”蛟十三说道。

“话虽如此，但我刚刚对此城内一个贩卖典籍的掌柜施了迷魂之术，从他那里得知了一个信息：岛上的任何典籍，都严禁绘制出主要水脉的位置。而且这个命令是圣主，也就是公输鸿亲自下达的，显然他是想掩饰什么。”韩立继续解释道。

“这……”蛟十三一怔。

“虽然不知道这位红月岛岛主为何要如此做，但从已经绘制出来的这些河流的分布情况来看，所有的主要水脉的交汇处便是这里。”韩立指向了图上的一座城池，正是坤州的红月城。

“这些都只是你的推测而已，你能肯定公输鸿就在那里？”蛟二十五问道。

“在下自然不敢肯定。不过，我们与其漫无目的地寻找，不如先到那里去看看，公输鸿在那里的可能性总要比别处大一些。”韩立缓缓地说道。

蛟二十五动了动嘴唇，似乎想反驳两句，却不知该说什么。

“此言有理！蛟十五道友，多亏你发现了这一点，否则我们到现在还毫无头绪呢。”蛟九哈哈一笑，称赞道。七人一起行动后，蛟九总有一种处处被蛟八压了一头的感觉，此刻，他终于扬眉吐气了一回，心情顿时舒畅不少。

“没错，若是真要将这二十多座红月城都一一探察一番，不知道要搞到何年何月去了！”蛟十六也颇有几分得意地说道。

“两位过奖了，我只是偶然发现了这一情况而已。”韩立谦逊地说道。

“蛟十五道友推断得很有道理，那我们现在便去坤州吧。”蛟八略一思索后，也嘿嘿一笑道。

数日之后的一个夜晚，红月岛中部，一片宽广的平原上空，两道粗大的遁光划破夜空，落在一片树林边缘。光芒敛去，现出两艘形态迥异的飞舟，七个头戴动物面具的人从飞舟上走了下来，正是韩立等人。

“前面就是坤州的红月城了，看样子城内正在进行朝圣仪式。”蛟八抬手指向远方，说道。

韩立顺着蛟八手指的方向，看到十余里外的地方有一座巨大的城池，城内灯火通明，到处亮着赤红色的灯火，光芒映照在夜空的云层上，将那一片天空都染成了红色，看起来颇为诡异。

城外笼罩着一个蓝色的禁制光罩，在灯火的映照下，颜色有一些变化，隐隐透着暗红。

“这座城规模不小，看来真有可能是公输鸿的老巢。”蛟九思索了一下，缓缓地说道。

“事不宜迟，我们先进城吧。和之前一样，大家入城之后，切记不要大范围使用神识。”蛟八叮嘱道。

看到蛟八这发号施令的架势，蛟九自然是选择了无视，其他人则默默地点了点头，没有多说什么。

片刻之后，众人凭借面具幻化了容貌，又换上了黑色斗篷，才一言不发地朝着红月城赶去。

此时的坤州红月城，四座城门大开，城内通往中央广场的干道两旁，挂满了一盏盏火红色的灯笼，将整座城池照得通亮。

四座城门之外的官道上，数千行人正步履匆匆地往城内赶去，他们都是来参加朝圣的信徒，可能因为各种各样的原因，来得稍晚了一些。

韩立等人分为两队，混在了这些信徒之中，顺利地进入了红月城。

韩立与蛟九、蛟十六从南城门入城，跟着人流朝城中央走去。

城内的气氛显得有些肃穆，周围的行人也都十分安静，全都双手交错抱在胸前，默默地沿着街道朝城中央赶去。越靠近城中央，越能清晰地听到一阵阵语调奇异的吟诵之声，如海水扑岸般不断地冲入三人耳中，有一种特别的韵律感。

此刻，在城中央那巨大的广场和附近的主干道上，已经密密麻麻地挤满了数百万人，当韩立三人来到南面大街中段，就被密集的人群挡住，无法再往前走了。

韩立三人缓缓地拨开人群，朝着广场中央艰难地挤过去，他们的行为不时惹来周围人的白眼。不过，由于此处大多数人都只是凡人，而且大家都忙于吟诵祷词，倒没有人真的跟他们计较。所以，他们真的一点一点挤到了广场上，虽然还没到广场中央，但也已经很靠近了。

韩立本就身材高大，站在人群中略一仰头，就能看见广场正中央的地方，矗立着一座高百余丈的巨大雕像。不知是材质还是周围灯光照射的缘故，那座雕像看起来红极了，显得有些诡异。

在雕像前方的半空中，悬浮着七道人影，他们身上都穿着深蓝色的丝质长袍，胸口处还绣着一牙红色弯月。在周围灯光的映照和后方雕像的衬托下，那几道悬空而立的身影仿若神明一般，周身都散发出一股奇异的气息。然而，事实上这几人的修为并不算高深，除了正中间那名面相和蔼的白发老者是大乘后期的修为外，其余几人都只是合体期而已。不过，对于下方那些修为最多不过结丹期的修士和普通凡人来说，他们就是高高在上的神明。如同所有信徒一样，这七人此时也是微微颔首，低声吟诵着祷词，神色无比虔诚。

韩立正打量着上方这几人，突然收到蛟十六的传音："你们说，我们要不要先将这几人拿下？"

韩立回头，见蛟九正望着他，神色有些犹豫。

就在这时，高空中的弯月已经缓缓地移至中天，周围的吟诵之声也随即变小了。

只见半空中的那名白发老者慢慢地直起身来，他的目光从广场四周缓缓扫过，如同高官巡视百姓一般，道："圣主垂恩，惠泽众生。尔等诚心可鉴，当享天选荣光。'甲子天选'即将开始，诸位便以诚挚之心，祈祷圣主的垂青吧。"

白发老者的话音刚落，人群之中顿时响起一阵山呼海啸般的欢呼声。但不过片刻，全场就安静下来，所有人都微微颔首，满怀期待地将双手在身前交叠握紧，做着祈祷状。

韩立三人不明所以，只得效仿。

就在这时，广场之上突然微微一震，像是某种古老的法阵被启动了一般，周围生出一种十分奇异的气息。

韩立微微低头，双目之中蓝光一闪，透过人群的间隙，朝着地面望去。只见白石铺就的地面上，忽然亮起一道道肉眼无法看见的复杂纹路，密密麻麻地相互交错着，向四面八方延伸而去。

“嗡——”

整个广场之上，忽然有数百道赤红色光柱从各处地面上冲天而起，每一道赤红色光柱都笼罩在一名红月岛岛民身上。

韩立见此，顿时感到有些惊讶。

被赤红色光柱笼罩的那些人非但没有露出半点惊慌之色，反而个个面露狂喜之色，有的人甚至喜极而泣，不住地抹着眼泪。而没被赤红色光柱笼罩的人，都满眼艳羡甚至带着些许嫉妒之色地望着那些被选中的人。

韩立有些错愕地回头看了看蛟九和蛟十六，见他们也是满眼疑惑，显然也有些不明就里。毕竟此处的所见所闻，与之前那几座红月城中的情况完全不一样。

韩立略一沉吟，像是突然想起了什么，眉毛一挑，向两人传音道：“莫非这些人，就是被那圣主选中留下之人？”

“应该是了……跟着这些人，或许就能找到红月岛岛主的踪迹。只是不知这些人都被带往了何处？”蛟九沉吟片刻，传音道。

韩立笑了笑，回道：“这个好办，不知你们发现没有，被传送走的这些人中虽然男女老幼皆有，看似没有什么规律可言，实则不然。”

“这些人似乎都是低阶修士或者拥有灵根之人！”蛟十六闻言，激动地传音道。

“果真如此！你的意思是，我们也假扮成低阶修士，被他们传送过去？”

蛟九传音问道。

“不错。想来以我们的修为，要假装低阶修士，应该是没什么问题的。”韩立回道。

“被传送的去处或许和公输鸿有关，我们是否要通知蛟八他们？”蛟十六犹豫地问道。

“我们现在还只是设法潜入，等真正有所发现的时候再说吧。”蛟九语气淡漠地道。

说罢，蛟九抬手在额头上轻轻一点，一股无形的波动立即从他身上荡漾开来。他幻化之后的面容虽然没有任何改变，身上的气息却快速变化，眨眼间就变成了筑基中期。

韩立和蛟十六见状，也如法炮制，先后将自己的气息调整至筑基期。

随后三人微微凝神，等待那道赤红色光柱从脚下亮起。然而过了半刻钟，周围不断有赤红色光柱亮起，却始终没有一处是在他们脚下。

“为何我们没有被传送走？该不会是你判断有误，这‘天选’只是随机进行的？”蛟九面色犹疑，忍不住传音问韩立。

“先别着急，再等等吧。若是等到‘甲子天选’结束，我们还没被传送走，便小范围使用神识探察一下好了。”韩立想了想后，回道。

蛟九听罢，没有再说什么，只是小心地朝四周打量了几眼。就在这时，他的脚下忽然光芒一亮，一道红光骤然升起，将他笼罩了起来，不等他做出什么反应，那光芒瞬间一敛，他的身影随即消失不见。

周围的人群中顿时响起议论、赞叹之声。

突然，又有两道红光亮起，那红光一闪之下，就将两个人从原地带走了。

这两人自然就是韩立和蛟十六了。

韩立只觉得周围光影不停旋转，身子在空中一阵晃动，之后就落到了地面上。他朝周围一看，发觉身旁站了不少人，蛟十六正一脸疑惑地站在离他不远的地方，而蛟九的身影，他一时间没有看到。

他们此时所处的地方，是一个宽阔的巨大地宫，四周全都是人，根本看不到地宫的墙壁，只能看到头顶上方的屋顶和一根根矗立在附近的粗壮石柱。

屋顶上面吊着数个硕大的火盆，里面不知燃烧着什么，不见半点烟气冒出，只有赤红色的火苗在不断跳动。

周围仍然不断有红光亮起，一个接一个的凡人和低阶修士，被传送到这里。

相比广场上的肃穆氛围，这里显得嘈杂一些，所有被传送至此的人，都很兴奋，踮起脚朝四周打量。

韩立的周围除了有数名筑基期和炼气期修士外，更多是凡人，对于突然被传送到这里，他们自然觉得是神迹，一个个虔诚不已地低声吟诵起祷词来。

各种声音混在一起，在整个地下宫殿中不断回荡，“嗡嗡”地响个不停。韩立听着这些声响，心里不知为何感到有些压抑。不过，这种感觉很快就消失了，只是空气中仍然弥漫着一股淡淡的腥气。

韩立微微皱了皱鼻子，低头看了一眼脚下，发现地上铺着的青石板全都呈现出一种略微发黑的暗红色，看起来就像是常年被鲜血浸染才形成的。

韩立脑海中不由得想起，在澜州红月城的地宫石板下发现的那些阴土，他的眉头忍不住皱了起来。

这时，蛟十六艰难地从人群中挤了过来，走到韩立身边，压低声音问道：“怎么样，可有什么发现？”

“似乎有些端倪，不过尚无法确定，我们还是先找到蛟九道友再说吧。”韩立摇了摇头道。说罢，他便传音给蛟九，问他身处何方。

一番传音后韩立得知，蛟九现在的位置离他们尚有些距离，在靠近地宫中央的地方。于是，韩立和蛟十六在嘈杂声中，慢慢地朝着地宫中央的方向移动。他们的行为自然又引来了民众的抱怨。

越靠近地宫中央，韩立发觉自己能嗅到的腥气越浓郁，脚下地板的颜色也变得越深。等他们来到地宫中央附近，地板的颜色已经接近紫黑色了。

韩立略一抬头，就看到前方矗立着一座三丈余高的雕像，正是红月岛岛主公输鸿的雕像。

在靠近雕像的地方，有一个略微高出地面的石台，上面站着一名身材不高，体格却非常健壮的矮汉。

矮汉身穿一件紫色长袍，胸口处绣着一弯红月图案。只见他双目半合，眼中的精光大半被遮掩，赫然是一名不显山不露水的散仙。

韩立两人走到空旷区域的边缘便停了下来，目光在那名矮汉散仙身上略一停留之后，就朝着雕像后方望去。只见雕像后方的人群之中，也有一人略微朝前挤了挤，露出半个身子在张望，正是蛟九。

蛟九自然也看到了韩立两人，就在他正欲朝韩立那边移动时，那名矮汉散仙突然抬起头来，朝着左右各扫视了一眼。

片刻之后，那矮汉散仙收回了目光，望向正前方，道："诸位……"

他的声音一响起，周围所有嘈杂之声戛然而止，整个地宫之中顿时变得极为安静，所有人的目光都朝他望去，气氛顿时变得有些凝重。

蛟九见状，也停了下来，朝那名矮汉散仙望去。

"天选仪式已经结束，在场诸位皆因诚心信奉圣主，才能得到圣主垂青，获得这无上荣光。"矮汉散仙朗声说道。

众人闻声，顿时大喜，不由得一阵欢呼。

韩立朝四周扫视一圈，发现地宫之内果然不再有红光亮起，也不再有新的人被传送过来。

矮汉散仙抬起双手在空中虚按了几下，欢呼声便渐渐变小了，地宫中又恢复了安静。

他又道："圣主仁厚，愿开仙门，决定从尔等之中选取天资过人、仙缘深厚之人，传授修仙秘法，留侍身侧。尔等需诚心祈祷，以求圣主降临。"

殿内之人听闻，纷纷双目紧闭，双手合在身前，立即做出祈祷状。

蛟十六听罢，面上露出一丝喜色，传音给韩立两人道："两位道友，既然得知公输鸿要降临此处，我们是否立即通知蛟三大人？”

韩立闻言，目光一凝望向对面的蛟九，见对方一脸犹豫之色。就在这时，地宫中央的那座雕像，忽然一阵颤动，雕像的双目之中亮起两道红色光芒。

韩立几人见状，纷纷朝雕像那边望去。

“恭迎圣主降临。”那名矮汉散仙回身，冲着雕像俯身一拜，无比恭敬地道。

众人见状，立即效仿，弯腰深深一拜，口中也念道：“恭迎圣主降临。”

韩立也跟着微微弯腰，目光却在打量着那座雕像和那名其貌不扬的矮汉散仙。只见那矮汉散仙的双手在身前掐诀，双唇不断嚅动，似乎在默默吟诵着什么。那座雕像眼中的红色光芒突然一闪，径直化作两道红色光柱射向前方。

“咔嚓！”

雕像缓缓转动，那两道红色光柱也随之从人群中缓缓地扫过。

当那红色光柱扫过韩立时，他明显感受到有一股神识在自己身上略微停留了一下，随即转向了旁边。令他有些奇怪的是，这神识并非来自那座雕像，而是来自那名矮汉散仙。

就在这时，蛟九的传音在韩立耳边响起：“此人在搞什么鬼，这哪里有什么圣主降临？分明就是他自己在释放神识而已！”

“看样子他只是借用那位圣主大人的名号在进行仪式罢了，公输鸿恐怕不会降临此处。”韩立略一沉吟后，回道。

韩立的话音刚落，那两道扫过人群的红色光柱就停了下来，落在两名青年男子身上。

那两名青年男子顿时欣喜不已，连忙在那名矮汉散仙的召唤之下，朝着中央移动过去，一路上引来无数艳羡的目光。

韩立的目光移向那两名青年男子，仔细地打量了一下，顿时发现这两人虽然只有筑基期修为，但他们的灵根属性和根骨皆不错。

紧接着，那两道红色光柱又在人群中扫射起来。片刻之后，又停在了一名瘦弱少年和一名清秀少女的身上。

韩立一看，便发现这两人虽然不是修士，但他们的修行资质都非常好。

之后，随着红色光柱的不断移动和停下，一个接一个的少男少女被选中。他们全都在那名矮汉散仙的指引下，朝着中央的那个石台移动过去。

不一会儿，石台那里就已经聚集了两百余人。

在韩立看来，若不看修为层次，只论修行资质，石台上的那些人无一不是这地宫中数万人当中的佼佼者。想到这里，他心中突然灵光一闪，将之前的许多事情都串了起来，似乎想通了什么，连忙传音给蛟九和蛟十六："两位道友，事情怕是有些不妙。此地恐怕不是朝见圣主之所，而是红月岛的一处血祭之地。"

"什么？"蛟九闻言一惊。

"蛟十五，你莫非发现了什么？究竟是怎么回事？"蛟十六也面露疑惑地望向韩立。

第57章

算计

“此处的地宫与其他红月城的地宫一样，腥气凝而不散，地面的泥土已经形成阴土，显然是常年屠戮生灵的凶地。而地宫中被带来的这些人，除了修士之外，都是拥有灵根、气血旺盛的凡人，恐怕是用来献祭的祭品。”韩立面色凝重，解释道。

“公输鸿修炼的正是血之法则，莫非此法竟须以生灵之血来修炼？”蛟十六有些惊异地道。

“若真是如此，他们为何不立即发动血祭，还要先进行一次筛选？”蛟九有些半信半疑地问道。

“据我猜测，他们之所以先将这些人中修炼资质上佳的人挑选出来，为的是将其培养成高阶修士，供公输鸿驱使，就像我们之前看到的那些穿着血袍的人。而且为了防止这些人泄密，他们应该在这些人的神魂之中都下了某种禁制。至于剩下的其他人……等到筛选结束，真正的献祭恐怕就会开始了。”韩立沉吟道。

“照这情形来看，应该还有一些时间，足够我们将此人拿下再离开这里了。”蛟九瞥了一眼那名矮汉散仙，传音道。

然而，蛟九的话音刚落，“嗡嗡”声大作。

诡异的一幕出现了！

周围墙壁之上突然浮现出一道道纵横交错的红色纹路，如同蜘蛛网一般，顷刻间就布满了所有墙壁。

许多红光隐现的眼睛从红色纹路中浮现而出，这些眼睛犹如活物一般不停地蠕动，看起来诡异至极，令人毛骨悚然。

所有人都被映照成红色，空气中弥漫的腥气也越发浓郁。众人见状，不少人脸上开始浮现出惶恐之色。

蛟九嘴巴一动，正要说什么。

周围又传来“嗡”的一声，那些红色眼睛陡然光芒大放，一道道红光从中飞射而出，密集如雨，瞬间笼罩了整个地宫。并且每一道红光中，都散发出一阵阵法则波动。

韩立三人心中一惊，虽然不知道这红光是什么，但显然不是对他们有利的东西。

韩立当机立断催动心念，身体表面浮现出一层光膜。同时一挥手，祭出一面黄色圆镜和一柄青色如意，一闪之下化为黄、青两个光环，罩住自己。这两件法宝是他从寒晶族大乘图哈身上得来的，祭炼一番后便带在了身上。

蛟九反应也是极快，两手掐诀，周身浮现出一道道蓝色水波，层层叠叠地裹住身体，护住全身。

蛟十六则挥手祭出一柄青色大伞，在头顶撑开，大伞滴溜溜一转，数道耀眼的青色光线从伞面垂下，所有的青色光线形成一个青色光球，将他笼罩在内。

“怎么会这样？时间明明还没到啊……”那名矮汉散仙在看到红色眼睛出现的瞬间，眼中闪过一丝错愕之色，但无数红光已经飞射而至。他浑身一颤，似乎对这些红光十分畏惧，一张口喷出一面红幡，滴溜溜一转，红幡瞬间化为一个红色光罩护住了身体。

这些从红色眼睛中飞出的红光速度极快，眨眼间便落在地宫中的众人身上。

韩立等人的法宝光芒凝聚而成的光罩形同虚设，红光轻易便穿透了所有人的防御，没入他们体内。

韩立脸色大变，立刻放出神识探察全身。但那诡异的红光一没入他的身体，便消失得无影无踪，让他心中不禁“咯噔”一下。

“怦怦怦怦……”

就在此刻，他的心脏不知为何突然不受控制地剧烈跳动起来，而且有越来越快的趋势！他体内血液的流动速度也加快了数倍，并且全身经脉变得灼热无比，甚至连丹田内的法力也受到了影响，开始变得不稳。

蛟九和蛟十六也惊呼出声，显然他们遭遇的情况和韩立一样。

“这是什么东西？！”

“我好难受……”

“受不了了……”

“啊！”

……

一连串的闷响，夹杂着凄厉的惨叫声从四面八方传来。

韩立等人抬头望去，只见周围那些被红光击中的凡人和低阶修士，全身皮肤立刻变得通红，颤抖不已，然后“砰”的一声，化为一团团红雾。

前后不过数次呼吸的工夫，周围数人已经全部化为红雾，弥漫了整个地下宫殿。

随着红色眼睛的不断眨动，地宫内的红雾飞快汇聚，凝聚成一片片红云，原本拥挤的地下宫殿变得空荡荡的，视野也变得开阔了。

距离韩立三人不远处，还站着四个身影，他们也被各色光芒笼罩着，正是蛟八一行人。不知何时，他们也潜入了这里。

蛟九与蛟十六两人见此，心中微喜。不管怎么说，在这种诡异的情形下遇到同路人总是令人振奋的一件事，他们相信，七名真仙合力，总有办法渡过眼前的危机。

韩立目光飞快地扫了一眼空中的红云，心中一沉，随即他全身青光大放，竭力运转体内法力，同时接连施展几个秘法，试图控制体内的变化。

可惜，无论他施展什么手段，体内的情况都没有丝毫好转，他心脏跳动的速度越来越快。一股无形之力在他体内冲撞，朝着心脏压迫而去。他的身体却恰恰相反，仿佛被另一股力量充塞着，飞快地膨胀起来。他的皮肤上也开始浮现出一层诡异的红色，只是颜色极淡。

韩立心中一动，脑海中不禁浮现出刚刚那些凡人和低阶修士化为红雾的情形。

与此同时，蛟九和蛟十六，乃至远处的蛟八等人的皮肤上也浮现出一层诡异的红色。让他们有些意外的是，就连石台之上的那名紫袍矮汉散仙的情形也和他们差不多，表情十分狰狞。不过，此刻他们自然无暇去管此人了。

到了此时此刻，情况已经很明显。韩立等人以为自己已经成功混入朝圣的信徒之中，但其实，公输鸿早已发现他们，并将计就计将他们困在地下，伺机杀掉。

韩立等人思量间，周围那些红色眼睛仍旧不断地眨动，一道道红光飞射而出。他们虽然竭力躲闪，仍然不断被红光击中。每一道红光入体，他们便感觉有一股诡异的法则之力侵入体内，他们心脏跳动的速度就会随之加快。

片刻之后，在场诸人全都面露痛苦之色，心脏跳动如雷，似乎要从他们体内跳出来。

七人之中，此时情况好一点的就只有韩立了，因为他已经修成了真极之躯，全身上下坚不可摧，心脏比一般修士的心脏要坚韧得多。虽然他的心脏也跳动得越来越快，但还在他可以承受的范围内。

蛟九脸色阴沉，到了这一刻，他不再掩饰任何法力，口中念念有词，无数蓝色符文从他身上飞射而出，交织成一个薄薄的护罩。这护罩看似单薄，表面却犹如水光流转，散发出强烈的水之法则波动。周围飞射而来的红光打在这护罩上，都被挡住了。

“原来如此，果然法则之力还是得用法则之力才能抵挡……”韩立见此，心中暗道。

韩立和蛟九看起来没有什么大碍，蛟十六的情况就有些糟糕了。他虽然手段尽出，但他那被数个光罩笼罩着的身体仍然微微膨胀，皮肤鲜红如血。

“此地不宜久留，先设法离开这里再说！”蛟九沉声喝道，身上蓝光一闪，冲天飞射而出。

蛟十六二话不说立刻跟上。

韩立受这些红光的影响最小，不过此处实在诡异得很，他自然不想留在这里遭人算计，于是也跟了上去。

蛟八等人显然也想到了什么，身上纷纷亮起遁光。

身处半空的蛟九手臂猛地一挥，一柄水蓝色的飞刀脱手飞出，一闪化为一柄十几丈长的蓝色巨刀，发出“隆隆”的声音，狠狠地斩在地宫顶部的石壁之上。

然而，就在蓝色巨刀碰到石壁的瞬间，异变突生！

大片红光毫无征兆地从石壁上浮现，形成一层红色光幕，里面隐现无数符文，上下缭绕。

“铛——”

蓝色巨刀如劈在金石之上，红色光幕安然无恙，闪也不闪，稳固如山。

蛟九脸色一变！

就在此刻，一声巨大的轰鸣传来，只见一个被黑光包裹着的三棱黑锥从不远处的蛟十六身上飞出。

蛟十六眼中隐现急色，一口鲜血喷出，一闪没入三棱黑锥之中。

三棱黑锥顿时光芒大放，飞快地旋转起来，表面浮现出无数细小的符文，一道道黑色闪电缠绕其上，发出惊天的雷鸣声。

受到黑色闪电的影响，空间剧烈震荡，浮现出一道道黑色的裂纹。

“去！”

只见蛟十六一指点出，三棱黑锥爆发出一声巨响，然后化为一道黑色闪电疾射而出，狠狠地扎在了上方的红色光幕之上。

几乎是同一时间，蛟九猛催法诀，那柄蓝色巨刀表面浮现出一圈圈符文，光芒耀眼夺目，而韩立双拳所化的拳影，也纷纷落在了这层红色光幕之上。

瞬间轰鸣声大作！

红色光幕表面光芒狂闪，深深地凹陷了进去，但看起来没有任何破碎的迹象。

就在此刻，周围墙上的红色纹路突然红光大放，并从中传出“咕噜咕噜”的怪声。

那片硕大的红云剧烈翻滚，从中射出一股股犹如长蛇般的红雾，朝四面八方飞去，并纷纷渗入墙上的红色纹路之中。

转眼间，漫天红云消失得无影无踪，地下宫殿显得愈加空荡。

墙壁上的红色纹路陡然变粗了一倍，那些诡异的红色眼睛也随之变大了许多，看起来就像是瞪得滚圆的眼睛，显得愈加恐怖。

令韩立等人惊讶的是，那层挡在顶部石壁前的红色光幕也变得越发凝实了，被三人合击导致的凹陷之处，更是绽放出耀眼的红光。

只听“砰”的一声，三棱黑锥和蓝色巨刀直接被弹飞了。韩立也被一股巨力震得一个趔趄，眼中闪过一丝惊骇之色。

不等他们做出反应，四周的那些红色眼睛纷纷红光大盛，耀眼夺目的红色光芒瞬间笼罩了整个地下宫殿，将这里映照成一个红色的世界。

“怦怦怦怦……”

韩立眉头一皱，他能清晰地感受到，一股比之前更加强烈的法则之力正透过红光源源不断地涌入他的体内，使他心脏跳动的速度再次陡然加快。即便身体坚韧无比，他也有些承受不住。

韩立闷哼一声，立刻全力运转小北斗星元功，胸腹上浮现出七点星光，一道星光顿时罩住了他的身体。他全身的筋骨和肌肉立刻紧绷如铁，心脏上也泛起一层星光，心脏跳动的速度总算慢了下来。

蛟九早已面如土色，二话不说掐起法诀，他身上水蓝色光芒一闪，一道黑光从他体内飞出，黑光飞快变大，化为一名黑袍老者。黑袍老者全身被耀眼的水蓝色光晕笼罩着，这蓝色光晕中有无数蓝色的符文在跳动，散发出一阵阵强烈的法则之力。

蛟九手中再次掐诀，挥手打出一招。黑袍老者身上的水蓝色光晕立刻飞射而出，融入他体内。蛟九周身蓝光大放，法则之力形成的护罩顿时变得明亮，总算是挡住了红光的侵袭。

与韩立和蛟九不同的是，身为散仙的蛟十六既没有强大的肉身，又无法催动法则之力护体，他直接暴露在这红光之下，脸色瞬间变得惨白。

一股股不断增强的法则之力疯狂涌入蛟十六体内，随即化为一股诡异的力量，狠狠地击在了他的心脏之上，他的心脏开始飞快地跳动。“扑通”一声，他跌倒在地。

三棱黑锥上的光芒随之消散，“铛”的一声掉在地上。

蛟十六眼中充满不甘，伸手试图抓住什么，突然，他的身体开始膨胀，随即“砰”的一声化为一片红雾。他体内的元婴也未能幸免，一起殒命了。

在吸收了蛟十六所化的红雾后，空间中的那股法则之力再次增强了。

韩立只觉得耳边再次响起心脏跳动的声音，他深吸一口气，闭上了双眼。他既以玄仙入仙道，本就对肉身研究得极为透彻，心脏是人身之根本，他自然极为清楚这一点。

这诡异的心跳声，绝非一般的变强变快这么简单，而是暗含了某种规律。

方才蛟十六肉身爆裂的那一瞬间，韩立想到了什么。

另一边的蛟九在蛟十六殒命后，口鼻中流出鲜血，脸色变得愈加苍白。他显然意识到了，四周法则之力的增强，与蛟十六的死大有关系。然而，即便他已经将地祇化身里的信念之力和法则之力一并收回，还是无法隔绝红光中的这股诡异的法则之力。

“怦怦怦怦……”

蛟九能够感受到，自己的心跳速度已经濒临身体所能承受的极限！

“不，我不甘心！”

蛟九心中怒吼，却有心无力，甚至连声音都无法喊出，只能眼睁睁地看着自己的护罩渐渐变得暗淡，眼中流露出绝望之色。

“砰！”

一只拳头突然出现，穿透了蛟九的护罩，打在他的后背之上。一股拳劲透体而入，打在了他的心脏上。

这股拳劲极为巧妙，一下就打乱了他心脏跳动的频率，并令在他体内横冲直撞的那股诡异之力，消散了大半。

“噗！”

蛟九张口喷出一口鲜血，不过他的脸色缓和了不少。他转头一看，发现韩立站在自己身后，正缓缓地收回手臂。

蛟九微微一怔，虽然他不明白韩立这一拳为何可以破解这股法则之力的侵袭，但仍感激地朝对方点了点头。

此时，墙上的那些红色眼睛不知为何开始缓缓地闭合，充斥整个地下宫殿的红光也随之飞快地消散。而那些红色纹路仍然还在，挡在上方岩壁上的那层红光也没有消散。

不过，韩立和蛟九的心跳已经恢复了正常，他们长长地呼出一口气，有一种恍如隔世的感觉。

远处，一道人影飘然落地，看身形是蛟八，此刻的他全身浴血，看起来十分凄惨，显然也是元气大伤，不过能够抵住之前那股狂暴的法则之力的侵袭，可见他参悟的法则之力，颇为特别。

除了他们三人，偌大的地下宫殿再无一个活人，空气中弥漫着一股令人作呕的腥气。

方才韩立他们自顾不暇，哪有余力去观察周围的人，对于蛟八等人的情况，并未太注意。此刻看来，蛟八四人显然也是手段尽出却冲不出此处空间，最终除了蛟八以外，另外三人不幸殒命。

也就是说，刚刚这一役，他们这边足有四名真仙级别的修士形神俱灭。除此之外，地宫中央石台上的那名紫袍矮汉散仙也消失无踪，只余下光芒暗淡的红色大幡，孤零零地插在那里。

韩立眉头微微蹙起。

设下此处陷阱之人，极有可能是红月岛岛主公输鸿，此人真是心狠手辣，为了引他们来此，竟然不惜杀死自己手下的一名散仙，显然是想将他们赶尽杀绝。

韩立想到这里，取出一些丹药服下，并飞快地运功调息。他心里明白，对方绝对不会放过他们几人。

“蛟十五，刚刚多谢救命之恩，感激不尽。”

蛟九在服下数颗丹药后，缓过来了几分，连忙冲韩立拱手道谢。说完，他单手一扬，只见站在他旁边的那名黑袍老者飞快地缩小，最后化为一道黑光没入他体内。

“大家同处危险之地，理应互相照应，蛟九道友不必客气。”韩立早已发现了蛟九放出的地祇化身，但他脸上神色未变，淡淡地说道。

蛟九刚刚放出的那具地祇化身，韩立不仅认识，还与之交过手，正是当日和寒丘一同在乌蒙岛挑衅的陆坤老祖的化身。没想到陆坤也是无常盟的一名低阶会员，还碰巧和自己来执行同一个任务。

此时，远处的蛟八也飞了过来，落在韩立和蛟九身旁，朝两人拱了拱手，脸上露出一丝苦笑，说道：“看来我们还是棋差一着，被公输鸿给算计了。”

“公输鸿修炼的功法如此邪恶，竟然一次屠戮这么多修士和凡人，简直丧心病狂！”蛟九狠狠地骂道。

“两位盟友，我们如今还没脱离危险处境，还是先考虑一下如何脱困吧。”韩立缓缓地说道。

韩立的话音刚落，一阵怪笑声传来：“嘿嘿，没想到三位竟然能活下来，无常盟当真是藏龙卧虎之地啊！”

紧接着，在一阵“隆隆”的巨响声中，地宫中央处的石台突然倒塌，露出一个大洞，一团红云从洞中飞射而出，随后飘散开来，现出三个人来。

其中一人正是在天水城伏击韩立他们的那个紫袍老者。另外两人，一个是身穿红月紫袍的中年大汉，身躯壮硕，面上长有虬须，一双眼睛闪烁着精光；另一个是身着黑裙的少妇，身材臃肿，五官扁平，肤色黝黑，看起来颇为丑陋。

从这三人散发出来的气息来看，他们都是真仙，若单就气息而论，那虬须大汉最强，此时，他正望向韩立三人，嘴角挂着一丝冷笑。

（本册完）

（《凡人修仙之仙界篇》第3册即将上市，敬请期待！）